VANISH

漂離的伊甸

泰絲・格里森——著　莊瑩珍——譯

TESS GERRITSEN

媒體名人盛讚

扣人心弦……不可否認，泰絲・格里森說故事的功力一流！《漂離的伊甸》是暢銷懸疑小說的絕佳代表作——內容豐富、充滿娛樂性、令人愛不釋手。

——芝加哥・太陽報

懸疑大師泰絲・格里森帶領讀者遨遊一場節奏明快的瘋狂旅程，讓讀者一路都猜不透最後那令人震撼的結局。

——班哥爾日報

力道十足的故事，闔上最後一頁之後，仍縈繞在讀者心頭，久久不已。

——奧蘭多前哨報

這是一部張力十足的懸疑小說，從一開始就牢牢抓住讀者的眼睛，令讀者非到讀完不肯放手。

——美國書單雜誌

假如你從來沒看過格里森的小說，那麼，當你決定買下第一本的時候，最好把電費也算進去，因爲，一旦你翻開它，沒到天亮你是停不下來的……

——史蒂芬・金

關於醫療情節的描述精確歷歷在目……無怪乎雙日、文學工會及推理指南讀書俱樂部均將《漂離的伊甸》列爲重點選書推薦；在暢銷書榜上這本書不但不會缺席，而且必定名列前茅。

——出版人周刊

泰絲・格里森的文字像長了翅膀般，讓書頁飛快地奔馳卻彷彿書頁不曾翻動過。她的新作《漂離的伊甸》跳脫一般懸疑小說的窠臼，啓發讀者對現實世界的關懷，閱畢後仍久久沉浸其中低迴不已。

——Bookreporter.com

《漂離的伊甸》讓女性讀者可以爲一個勇敢的女英雄加油。

——華盛頓郵報・書香世界

內容特殊且文筆犀利。

——美國圖書館學刊

【導讀】

當之無愧的「醫學懸疑天后」

推理評論家　黃羅

・舉步維艱的女性偵探

想想看，你最欣賞的偵探是哪一位？

福爾摩斯？白羅？艾勒里・昆恩？還是只剩一根手指頭能動的林肯・萊姆？

不知各位有沒有發現，在思考答案時，大家腦子裡浮現的名字多半是男性偵探，彷彿女性偵探並不存在。綜觀近一百七十年的推理文學史——請容我說一句非常政治不正確的話——女性偵探確實是次等族群。是的，我沒忘了「謀殺天后」克莉絲蒂創造了大名鼎鼎的瑪波小姐，也幸好有這位能與眾家男偵探分庭抗禮的瑪波小姐，女性偵探才不至於在前一百三十年的兩性戰爭中全軍覆沒。事實上，能隨口叫出名號的女性偵探眞的屈指可數，弔詭的是，知名的女性推理作家倒是不少，但她們筆下的破案英雄八成是男人，若舉與克莉絲蒂齊名的四大天后奈歐・馬許（Ngaio Marsh）、瑪格瑞・艾林罕（Margery Allingham）、桃樂絲・榭爾絲（Dorothy L. Sayers）等人爲例，清一色寫的都是男性英雄；她們無意塑造爲女性同胞代言的名偵探，反而藉著機智過人的男主角來投射她們心目中理想的男性形象。

女性勢力的崛起，嚴格說來是從一九七七年開始，當時由梅西．米勒（Marcia Muller）帶頭，率領蘇．葛拉芙頓（Sue Grafton）和莎拉．派瑞斯基（Sara Paretsky）等女作家絕地大反擊，攻城掠地之後終於取得一塊能安身立命的理想大地。不過有趣的是，在這個時期強出頭的紙上女英雄幾乎都是非官方代表，她們要嘛是私家偵探，不然就是記者或賞金獵人。女警？我不敢說七〇、八〇年代沒人以女警爲要角寫小說，但寫出名堂的恐怕沒幾人。畢竟警界是男性的聖地，槍械、手銬、警棍，全是十足陽剛的警察配件，女性若想硬闖此殿堂，下場大概是被派去路上開違規罰單，或分發去風化組扮裝抓流鶯。如此看來，即便是想像力豐富的女作家，也不便貿然擅入這塊女性禁區。

．女法醫達陣得分

然而歷史告訴我們，這道防線最終還是被攻破了，而這位開創性人物就是美籍作家派翠西亞．康薇爾（Patricia Cornwell）。康薇爾不用女警角色來侵入警界，她另闢蹊徑，改以女法醫堂而皇之地進出警局，一舉讓原是在野黨的推理女英雄有了公職身分，而且也開創了「法醫推理」的子類型。康薇爾寫的一系列女法醫史卡佩塔探案銷路奇佳，從此奠定這條成功的創作公式，因而引來後繼的追隨者，其中最具代表性的後浪如凱絲．萊克斯（Kathy Reichs），以及本文的主角泰絲．格里森（Tess Gerritsen）。

寫小說需要想像力，不過一旦觸碰專業領域，就更需要研究考證的功力。「法醫推理」雖是票房保證，卻非容易下筆的類型。首先創作者須具備法醫鑑識的背景，再來當然要有說故事的本領。所幸泰絲．格里森兩者兼備，她是受過專業訓練的內科醫師，並且順利取得人類學的文憑。事實上，出生於一九五三年的泰絲七歲就立志當作家，但是她那位從中國移民美國、並在聖地牙哥當海鮮廚師的父親勸戒她寫小說賺不了錢，於是她乖乖聽從老爸的話「投筆從醫」。不過呢，創作的火苗只是被暫時壓抑罷了，沉潛多年後反而勁道更強，當一發不可收拾而越燒越旺時，泰絲已逐步邁向「醫學懸疑天后」（the medical suspense queen）的寶座。

泰絲在八〇年代重新執筆，起初寫的是浪漫懸疑小說，爲了符合羅曼史的調性，她將本名泰瑞（Terry）改爲女性化的筆名泰絲。到了九〇年代中葉，她轉向醫學驚悚小說的書寫，轉這個彎不但令她躋身暢銷作家之列，也讓她每部作品都成了話題之作，例如一九九六年出版的《貝納德的墮落》（Harvest）就引來「美國器官移植協調人協會」的強烈抗議。接下來從二〇〇一年開始發表瑞卓利／艾爾思（Rizzoli & Isles）探案，這系列女警＋女法醫的犯罪懸疑小說，更加促使她的名氣達到顛峰。在十二部瑞卓利／艾爾思系列小說的發想中，可看出泰絲既是受惠者，同時也是開拓者。她力保作品上市後能持有賣座的因子，是故設定故事中的莫拉．艾爾思（Maura Isles）是個女法醫；但她不甘於平凡，刻意給自己找了個難關突破，所以又設計一名推理史上較不討好的女警角色珍．瑞卓利（Jane Rizzoli），共組一對史上罕見的雙姝拍檔。

．泰絲．格里森的兩個虛擬分身

瑞卓利／艾爾思並非傳統常見一主一副、一精明一愚蠢的雙人組合，她們比較像是雙掛頭牌的兩個女主角，戲份相當，差別只在於個性迥然不同。瑞卓利是波士頓警局兇殺組唯一的女警官，三十歲出頭，義大利後裔，性情勇敢堅決卻火爆衝動，爲了追捕罪犯可以視死如歸，幸好有顆聰明的腦袋能屢建奇功。爲了不被隊上的同儕和家中的兄長排擠譏笑，永遠戰戰兢兢的她只有加倍努力來證明自身存在的意義，但也導致她的人格特質像刺蝟般惹人嫌。艾爾思則剛好相反。若說瑞卓利是熱，那麼女法醫艾爾思就是冷，四十歲的她個性冷靜淡漠，是個理性主義者，相信任何現象都有合理解釋，總是穿著無可挑剔的完美服飾，不自覺會對初次見面的對象暗地進行診斷；解剖屍體的技巧高超，私下認爲和死人在一起比跟活人相處要輕鬆自如。這兩個性格相異的女人，彼此卻是相互扶持的好友，難怪可以互補而聯手破解懸案。我們這麼打比方吧，瑞卓利／艾爾思有點像是「星艦迷航記」（Star Trek）影集中女版的寇克／史巴克（Kirk & Spock），瑞卓利好比動不動就衝出去拚命的寇克船長，而艾爾思則是凡事都會退一步理性思考的史巴克。

角色的既定性格，多少反映出創作者的內在本質。泰絲的朋友曾懷疑書中的莫拉．艾爾思是否罹患亞斯伯格症候群（Asperger's Syndrome），而泰絲在接受媒體專訪時，坦承以自己爲原型來雕塑與人疏離的艾爾思；其實這位作家和別人相處時，也經常感到不自在。泰絲和艾爾思相似之處還不僅於此，她們皆生長於美西，後來才搬到波士頓定居，兩人都是醫生，唯一不同的是艾爾思從小沒有懷抱作家夢。反觀瑞卓利，她也不免接收到泰絲的自我投射。在現實世界裡，這位女作家是聖地牙哥一所白人學校裡唯一的中國女孩，在男性主導的醫院中接受醫學訓練，她對於被邊緣化的滋味非常熟悉；她把這種感受注入瑞卓利體內，讓她在小說中處於全是男丁的家庭，以及充滿男性沙文主義的警局，使得這個角色徹頭徹尾像是個局外人。簡言之，兩個差異達到極大值的女人，其實都是作者在不同層面上的化身。

‧喚起人類集體潛意識的最大恐懼

名廚自有一套獨門配方，推理小說家亦然。泰絲創作的秘訣擷取於幼年觀看恐怖片的體驗，她從中發現娛樂的最高原則就是激發驚聲尖叫的快感。日後她從事小說創作時，便以此爲圭臬，極力喚起人類集體潛意識中最大的恐懼，讓腎上腺素的分泌有如氾濫成災。在新作《漂離的伊甸》（Vanish）中，泰絲植入兩個人們內心深處最原始的恐懼：其一是，有多少人會在還沒死亡時，就被放棄？有多少人會不小心就被活埋？故事中的無名女從屍袋裡突然死後復生，光想像這個畫面就足以叫人毛骨悚然，更甭提她還在冷凍庫裡躺了八小時，身心再健全的人碰上這種事都很難不得幽閉恐懼症。其二是，憑空消失變成隱形人，實際上被藏在妓院或鎖在公寓裡，但沒幾個人知道我們的存在。像這樣的奴役事件，此刻正發生在每一個大城小鎮裡，數以萬計的年輕女孩偷渡來追尋美國夢，卻不幸迷失在這個國家的黑暗角落，理想中的天堂結果變成漂離的伊甸園。這個慘絕人寰的駭人現象，正是小說《漂離的伊甸》所要彰顯的議題。

泰絲筆下的受害者幾乎全是女人，據稱這個設定有其心理學的基礎。泰絲發覺自己的書迷絕大部分是女性，這些書迷也都表示愛看女性受到迫害的犯罪小說。這話聽起來是不是很怪？不過泰絲卻從兒童讀物得到啓示，她察覺小朋友都愛讀孩童面臨生死存亡的故事。同理可證，女性讀驚悚小說時，不自覺會去認同書中的被害人，如果被害女子逃過一劫，讀者自己也會宛若浴火重生，這和恐怖片的操作手法其實很相似。泰絲的這套理論結果很受用，她的小說一再登上《紐約時報》暢銷榜，其中的瑞卓利／艾爾思系列小說也被TNT電視網相中，拍成一季十三集的警匪劇，在二〇一〇年七月首播後立即獲得高收視率的回響。不過在此之前，閱讀原著小說才是先睹爲快的最佳選擇。

作品暢銷，繼而搬上螢幕，這是推理天后必經的旅程，也是世人給予的禮讚。克莉絲蒂如此，P. D. 詹姆絲也是如此，如今泰絲．格里森步上這些前輩的後塵，對於「醫學懸疑天后」的稱號而言，我想她應該當之無愧。因爲有了她，我們在思索心儀的偵探時就多了兩個選項，而且還都是女中豪傑！

1

我叫做蜜拉，以下是我的旅程。

我的故事可以從很多地方開頭。可以從我成長的小鎮講起，那是在赦維河畔的米爾區克萊維西鎮。我也可以從八歲時母親過世的那天講起，或者是從我十二歲時，爸爸跌入鄰居卡車輪下的那天講起。但是，我想我應該從這兒開始。這兒是墨西哥的沙漠，離我白俄羅斯的家鄉好遠好遠。我在這裡失去了純眞，我在這裡埋葬了夢想。

那是個十一月天，我不曾見過這麼藍的天空，萬里無雲，只有幾隻大黑鳥在空中飛翔。我坐在一輛白色廂型車裡，負責駕駛的兩個男人並不知道我的眞實姓名，而且他們看來也不在乎。打從那兩個男人在墨西哥市看到我步出飛機的那一刻起，他們就大笑著，用「女王神劍」女主角的名字『紅桑雅』來稱呼我，安雅告訴我：他們這樣叫我，是因爲我頭髮的顏色。「女王神劍」是一部電影的名字，我沒看過，但安雅看過。她悄聲告訴我，電影描寫一個漂亮的女戰士，手持神劍，斬殺仇敵。而現在，我覺得那兩個男人是用這個名字來嘲笑我既不漂亮、也不是戰士。我只有十七歲，而且滿懷驚懼，因爲我不知道接下來會發生什麼事情。

我和安雅握著彼此的手，廂型車載著我們和另外五個女孩穿越一片荒地及矮樹叢。在祖國首都明斯克的那位女士向我們保證會有一趟「墨西哥套裝行程」，而我們都知道那代表的眞正意思是：一個脫離貧困的好機會。她告訴我們：搭飛機到墨西哥市之後，會有人到機場和妳們碰頭，帶妳們越過邊界，展開新生活。「妳們留在這裡，能過什麼好日子呢？」她說：「既沒有適合女生的好工作，也沒有好房子、好男人，妳們又沒有什麼家庭背景。而妳——蜜拉，妳的英語講得那麼好！」她對著我說：「到了美國，妳一定立刻就能適應了！」她明快地彈了下手指。「勇敢點！抓住機會。雇主會負擔所有的旅費，妳們倆還在等什麼呢？」

我心裡想：我們等的可不是眼前這種情況。我望著車窗外無盡向後飛去的沙漠景色，安雅蜷縮在我身旁，車上所有的女孩都鴉雀無聲。我們腦中不約而同地開始思考同一件事情：我的決定是對還是錯？

我們的車開了一整個上午，前座的兩個男人沒對我們說過半句話，但坐在副駕駛座的那個人一直轉過頭來給我們臉色看。他的眼光一直落在安雅身上，我討厭他盯著安雅看的樣子。安雅靠在我的肩膀上睡著了，所以沒有察覺到。在學校的時候，我們總是叫她「小老鼠」，因爲她實在太害羞了。只要有男生看她一眼，她就會臉紅。我們兩個同年，但我望著安雅熟睡的臉龐，總覺得她像個小孩子。接著我心裡想：我不該讓她跟著我出來的，我應該說服她留在克萊維西鎮。

廂型車終於下了高速公路，開上一條顛簸的泥土路。車上其他女生都被晃醒，一齊看著車窗外的黃土坡，路面散佈的石頭看起來像是風化已久的塊塊白骨。在我的家鄉，這個時節已經落下第一場雪。但是，在這片沒有冬季的土地上，只有黃沙襯著藍天，以及乾焦的矮樹叢。車子停了下來，那兩個男人回頭看著我們。

司機操著俄語說：「該下車走路了，這是越過邊界的唯一通道。」

那兩個男人拉開車門，讓我們七個女生一個接著一個下車。經過了漫長的車程，女生們下車後都瞇著眼睛，忙著伸展四肢。儘管陽光耀眼，空氣卻是冷颼颼的，遠比我想像中還冷得多。安雅把手插入我的雙手之間，渾身顫抖。

「走這邊。」司機命令道。他帶著我們離開泥土路，走上一條小徑，爬上山丘。我們爬過許多大石堆，以及會刮傷雙腳的帶刺樹叢。安雅穿的是一雙前端開口的鞋子，所以經常得停下來抖落鞋中的尖銳石頭。我們每個人都很渴，但那兩個男人只准許我們停下來喝一次水。接著我們又繼續前進，像群笨拙的山羊，蹣跚地爬上充滿石礫的道路。我們爬上丘頂，然後開始走下坡，朝著一叢樹林走去。走到底部的時候，我們才知道那裡是一條乾涸的河道。散落在河床上的，是那些比我們早來、也是想要跨越邊界的人們所遺留下來的東西：塑膠水瓶、髒尿布，還有一隻舊鞋，塑膠鞋面因烈日暴曬而龜裂。樹枝上，有一片殘破的藍色防水布在風中飄蕩。這條路有那麼多懷抱夢想的人走過，而我們是最新來的七個，跟著前人的步伐，向美國邁進。突然間，我的恐懼蒸發殆盡，因爲在這裡，這些遺跡證明了我們並不孤單。

那兩個男人招手要我們往前走，我們就開始爬上對岸的河堤。

安雅拉了一下我的手。「蜜拉，我再也走不動了。」她低聲地說。

「妳不能不走。」

「但是我的腳流血了。」

我低頭看她腫脹的腳趾頭，細嫩的肌膚滲出絲絲血滴。於是我對那兩個男人說：「我朋友的腳受傷了！」

那司機說：「不關我的事，繼續走。」

「我們走不動了，她需要綳帶包紮。」

「不繼續走的話，我們就不管妳們了。」

「至少給她一點時間換鞋子！」

那個司機轉過身來，在那一瞬間，他的態度大變。那表情嚇得安雅向後退縮，其他女孩全都站著不敢動，像一群受到驚嚇的綿羊緊緊靠在一起，睜著大大的眼睛，看著他大步朝我走過來。

那一拳出手速度太快，我根本沒看見它是怎麼來的。突然間，我就跪倒在地上，有幾秒鐘的時間，我眼前一片黑，安雅的尖叫聲聽起來像是從很遙遠的地方傳過來的。接著，我感覺到疼痛，下巴不住地抽搐。我嚐到血的味道，也看見鮮紅的血跡噴濺在河床石頭上。

「站起來！快點！起來！我們浪費夠多時間了！」

我搖搖晃晃地站起身子，安雅用飽受驚嚇的眼神望著我。「蜜拉，別跟他吵！」她低聲地說：「我們必須照著他們的話做！我的腳不痛了，眞的，我可以繼續走。」

「妳現在搞清楚狀況了嗎？」那個司機對著我說完，然後轉身瞪著其他女孩。「妳們都看到惹毛我的下場了嗎？看到跟我頂嘴的下場了嗎？現在全都給我繼續往前走！」

倏地，所有女孩連忙爬過河床。安雅抓住我的手，拉著我走。我暈眩得無力抵抗，只能踉蹌地跟著她，呑下口中的血，幾乎看不清眼前的道路。

再往前走了不遠，我們爬上對岸河堤，轉進一叢樹林，突然間，我們就走上了一條泥土路。有兩輛廂型車停在那邊，等著我們。

「排成一排。」我們的司機說。「動作快一點，他們要看一看妳們。」

我們雖然對這個命令略感疑惑，但還是排成一列：七個腿疼衣髒的疲倦女子。

從廂型車裡走下來四個男人，用英語和我們的司機打招呼。他們是美國人，其中一個壯碩的男人慢慢走過來，仔細看著我們。這個人戴著一頂棒球帽，看起來像個久經日曬的農夫在檢查飼養的牛隻。他停在我面前，皺起眉頭。「這一個怎麼啦？」

「哦，她頂嘴，」我們的司機說。「只是一點小傷。」

「反正她瘦得乾巴巴的，誰會要她？」

這個人知道我聽得懂英語嗎？他根本不在乎吧？我心裡頭想著：我是瘦得乾巴巴，可你的臉肥得跟豬頭一樣。

他的目光往下移到其他女孩身上。「好啦，」他說，突然獰笑起來。「看看她們的貨材實料吧。」

司機看著我們，用俄語下命令：「把衣服脫掉。」

我們震驚地瞪著他。直到這一刻之前，我都還抱著一絲絲希望，希望明斯克那女人對我們說的是實話。她說她幫我們在美國安排好了工作：安雅是三個小女孩的保母，而我會在婚紗店裡賣衣服。即使在司機拿走我們的護照之後、即使在我們蹣跚地爬過小徑的時候，我都還想著：一定沒問題的，結果一定會像那女人說的一樣。

我們之中沒有人有所動作，對於司機的要求，我們還是無法置信。

「聽見了沒有？」司機說道。「妳們都想和她一樣嗎？」他指著我還在抽痛、腫脹的臉。

「快脫。」

有一個女孩搖著頭開始哭了起來。這個舉動激怒了司機，他一巴掌打得她的頭轉了一圈，整個人摔到一旁。司機用力抓起她的手臂，扯住她的上衣，整件撕開。她尖叫著想把司機推開，他第二巴掌就甩得她趴倒在地。這樣還不夠，他又走上去狠狠地朝她的肋骨猛踢一腳。

司機轉身看著我們其他人說：「現在，誰還想上來嚐嚐厲害的？」

有個女孩趕緊抖著手解開衣服上的鈕釦，我們全都很服從地脫下襯衫、解開裙子或褲子的拉鍊。即便是安雅，害羞的小安雅，也乖乖地脫掉上衣。

「每一件都要。」司機說。「全部脫掉。妳們這些賤貨動作怎麼這麼慢？妳們以後會學習快速脫衣服的技巧，很快就會學到了。」他走到一個用手遮住胸部的女孩面前，她沒有脫掉內衣褲。他一把抓住她的內褲褲頭，整個撕開，那個女孩顫抖著縮著身體。

那四個美國人開始像餓狼似的繞著我們旋轉，眼光不斷來回巡視我們的身軀。安雅全身發抖，抖到我都可以聽見她牙齒的震顫聲。

「我來試騎這一個。」一個女孩被拖出行列時，發出啜泣聲。那個男人甚至不用找個隱密處，直接把女孩的臉壓在廂型車上，解開褲子就刺進她的身體。女孩淒厲尖叫。

其他男人上來帶走各自挑選的女孩。突然，安雅從我身邊被拉走。我試著抓住她的手，但司機把我的手扭開。

「沒有人要妳。」司機說。他把我推進廂型車，鎖在裡面。

從窗戶望出去，我看到也聽到所有的過程。男人們的淫笑聲，女孩們的掙扎、哭喊聲。我不忍心去看，卻也無法不去看。

「蜜拉！」安雅哭喊著：「蜜拉，救我！」

我用力撞門，絕望地想到她身邊去。那個男人把她壓在地上，強迫她張開大腿。她的手腕被扣在地面，眼睛痛苦得緊閉著。我也在尖叫，拳頭瘋狂地捶打車窗，但我打不破車窗玻璃。

那個男人完事後，身上沾著安雅的血。他拉上褲子拉鍊，大聲地宣布：「很好，非常好！」

我看著安雅，一開始，我認為她一定是死了，因為她一動也不動。那男人甚至連看都沒再看她一眼，自顧從背包裡掏出一瓶水，喝了好大一口。那個男人沒看到安雅又有了生命跡象。

突然，安雅站起身來，拔腿狂奔。

她逃向沙漠時，我的手緊壓在車窗上。安雅，快跑！跑！

「嘿！」有一個男人大叫。「那個跑掉了。」

安雅繼續逃。赤著腳、光著身體，尖銳的石子一定會割傷了她的腳。但是廣闊的沙漠就在眼前，她毫不猶豫地往前跑。

別回頭。繼續跑！繼續……

一聲槍響使我的血液凍結。

安雅向前仆倒在地，但是她還沒被打敗。她掙扎著站起來，像個醉酒的女人般搖晃著走了幾步，然後又跪了下去。她現在用爬的，每向前一吋都是與命運搏鬥，也都是勝利。她把手往前伸，彷彿想要抓住某個沒有人看得見的人所伸出的援手。

第二發槍聲響起。

這次安雅摔下去之後，再也沒有爬起來。

廂型車的司機把槍塞回腰帶，看向女孩們。女孩們全都在哭泣，緊挨著彼此，望著沙漠中安雅的屍體。

「眞是可惜了。」那個強暴安雅的男人說。

「追回來太費事了。」司機說。「你們還有六個可以挑。」

男人們開始進行交易，談完之後，把我們像牲畜一樣分群，每輛廂型車載三個女孩。我沒聽到他們付了多少錢買下我們，我只知道我變成了商品，屬於某項交易的一部分。

車子開走的時候，我回頭望向安雅的屍體。他們甚至沒有埋葬她，她就這樣暴露在烈日狂風裡，而飢餓的禿鷹已經盤旋在空中。幾個星期之後，安雅的屍體會一點也不剩。安雅會消失，就像我也即將消失一樣，消失在一個沒有人知道我姓名的地方，消失在美國裡。

我們開上高速公路，我看見一個路牌：美國94號公路。

2

莫拉・艾爾思醫師一整天沒呼吸到新鮮空氣了。打從一早七點開始，她就一直呼吸著死亡的氣味，這氣味對她而言再熟悉不過，熟悉到連下刀切開冰冷皮膚、體內器官發出的惡臭撲鼻而至的時候，她退都沒退一步。偶爾有些站在旁邊觀察驗屍工作的警員們就不見得忍受得住。有時候，莫拉會嗅到一抹維克斯軟膏的氣味，警察們會把軟膏塗在鼻孔上來阻絕惡臭。有的時候，連維克斯軟膏都抵擋不住的話，就會看到警員步伐不穩地轉身離開，到水槽邊乾嘔。警察並不像莫拉一樣習慣福馬林的刺鼻味，以及體內組織腐敗時發出的硫酸味。

今天，在那些氣味中還摻雜了一股不搭調的甜膩味：是從葛羅莉亞・萊德太太皮膚上傳來的椰香潤膚油的味道。而葛羅莉亞・萊德太太現正躺在解剖檯上，五十歲，離過婚，臀胸俱碩，腳趾甲塗成閃亮的粉紅色。肌膚上曬出明顯的泳衣痕跡，被人發現她倒在自家公寓泳池邊時就是穿著與曬痕相符的泳衣。那是一套比基尼——就一副中年下垂的軀體而言，比基尼不是最好的選擇。我上次穿泳裝是什麼時候？莫拉想道，心底對葛羅莉亞・萊德太太泛起一股荒謬的妒意：在生命終止前的最後一刻，她可是享受著夏日時光呢！都快八月了，莫拉還沒去過海邊，也沒去過游泳池，甚至還不曾在家裡的後院做過日光浴。

「萊姆酒加可樂。」站在桌邊的年輕員警說道。「我看這就是她杯子裡裝的飲料成分，杯子就放在涼椅旁邊。」

今天是莫拉第一次看到布查南警員進停屍間，他不安地戴著紙口罩、身體重心左右擺動的模樣，使得莫拉也緊張起來。這小男生看起來年輕得不像個警察。現在的警察，看起來都似乎太過年輕。

「你有保存杯中的內容物嗎？」莫拉問布查南警員。

「呃……沒有，長官。我仔細聞了一下，她喝的肯定是萊姆酒加可樂。」

「在早上九點就喝？」莫拉望向站在桌子對面的日裔助理吉間。和平常一樣，吉間沒說話，但挑了挑黑色的眉毛，這個表情說明了他對這件事的評論。

「她沒喝多少，」布查南警員說。「杯子還很滿。」

「好。」莫拉說。「我們來看看她的背部。」

她和吉間合力將屍體側翻。

「臀部有刺青，」莫拉指出。「是隻小小的藍色蝴蝶。」

「天哪！」布查南低呼。「這把年紀的女人欸？」

莫拉抬起眼睛。「你覺得五十歲已經是老人家了，對吧？」

「我是說……呃，那是我媽的歲數。」

講話小心點！小子。我只差十年就五十歲了。

莫拉拿起解剖刀開始切割，這是今天的第五樁驗屍，莫拉操刀的動作迅速而俐落。柯斯塔醫師休假，再加上前一晚的連環車禍，屍體冷藏室一早就擠滿了屍袋。甚至在莫拉努力地出清存貨時，又有兩具屍體送到冰櫃來。那兩具得等到明天了，停屍間的辦事員早已下班，吉間也不停看向時鐘，顯然是急著想回家。

莫拉下刀切開胸腔及腹腔，取出黏答答的器官放到切片板上。一點一點地，葛羅莉亞・萊德的秘密逐漸揭開：脂肪肝顯示其過量飲用萊姆酒加可樂，另外，還有子宮肌瘤。

最後，終於在頭蓋骨打開後確認其死因。一捧起大腦，莫拉就看到了。「蛛網膜下出血。」莫拉說完抬起頭看向布查南警員，他的臉色比剛進門時蒼白了許多。「這名婦女可能罹患葡萄球狀動脈瘤，造成大腦底部某條動脈特別脆弱，血壓升高就會承受不住。」

布查南警員嚥了一下口水，眼神僵滯，兩眼發直地盯著葛羅莉亞・萊德的頭皮，剝下來之後變成一片鬆鬆的死皮披蓋在臉上。一般人通常最怕看到這一幕——臉皮鬆垮得像破舊的塑膠面具——在這種時候，許多人就會退縮或轉身離開。

「所以……妳的結論是自然死亡？」布查南虛弱地發問。

「沒錯。接下來的程序，你不需要在場。」

這年輕人一邊退開解剖檯、一邊就急著脫下工作服。「我想我需要一些新鮮空氣……」

莫拉心想：我也需要，現在是夏天的晚上，我得要回家澆花，而且我已經一整天沒走到外面了。

然而，一小時以後，莫拉還是待在醫事檢驗處裡面，坐在辦公桌上檢查紀錄並做口述報告。雖然她已經換掉了刷手服，但停屍間的氣味似乎還黏在她身上。那股味道不論用多少肥皂和清水都洗刷不盡，因爲那是停留在記憶之中、徘徊不去的。莫拉拿起口述錄音機，開始記錄葛羅莉亞・萊德的報告。

「白人女性，五十歲，陳屍於自家泳池畔的涼椅上。體態豐滿，無明顯外傷。體表檢查顯示腹部有道舊疤，可能是闌尾切除手術的疤痕。有一枚蝴蝶刺青在她的……」莫拉暫停，回想那枚刺青究竟是在哪一邊的臀部上。天哪，我眞是太累了，記不清這麼瑣碎的細節，她想。雖然這一點對於報告結論不會有影響，但她討厭不準確的感覺。

莫拉站起身來，走過空無一人的走廊，來到樓梯間，腳步聲踏在水泥階梯上發出回音。推開解剖室的門，扭亮了燈，看見吉間一如往常地將解剖室整理得乾乾淨淨。工作檯面擦得發亮，地板也拖得很乾淨。莫拉走到屍體冷藏室，拉開沉重的門，一縷冰冷霧氣繚繞逸出。莫拉像是要縱身跳入污水裡去似的，反射性地深吸一口氣，然後走進冷藏室。

有八張輪床上躺著屍體，大多是等著殯儀館來領。莫拉循著標籤找到葛羅莉亞．萊德的屍袋，打開來將手探下屍體的臀部，側翻至剛好能夠看見刺青的角度。

在左邊臀部上。

莫拉闔好屍袋的拉鍊之後離開，正要闔上門的時候，突然定住不動，回頭仔細凝視停屍間。

我剛剛是不是聽到什麼聲音？

風扇開始運轉，從通風口吹出冰冷的風。是了，應該就是這麼回事，莫拉心想。是風扇的聲音，或者是冰櫃壓縮機，要不就是水管裡的水聲。該回家了，她實在太疲倦，累到產生幻覺了。

莫拉再次轉身準備離開。

又一次，她定住不動，回頭凝視那些屍袋。莫拉的心臟狂跳不已，現在她能聽到的只有自己的脈搏撞擊聲。

裡面有東西在動，我確定。

莫拉打開第一個屍袋，裡面是一具胸腔已縫合的男性屍體。她心想：已經解剖過了，肯定已死亡。

哪一具？是哪一具發出聲音？

她拉開下一個屍袋，看到一張殘破的臉，頭骨碎裂。死了。

莫拉雙手顫抖，拉開第三具屍袋的拉鍊，攤開的塑膠布上露出一張年輕女性的蒼白臉龐，髮色烏黑，嘴唇發紫。莫拉把屍袋完全打開，看見屍體濕透的上衣黏附在白色軀幹上，皮膚上閃爍著冰涼水滴。莫拉剝開屍體的上衣檢查，豐胸細腰，軀體完整，尚未落入病理學家的解剖刀下。四肢末端均已泛紫，蒼白手臂上佈滿青藍細紋。

莫拉伸手輕壓屍體頸側，只感覺到皮膚冰冷。她低下頭靠近屍體的口鼻部，仔細看看會不會有任何微弱的氣息逸出、噴在她的臉頰上。

屍體的眼睛突然張開。

莫拉倒抽一口氣，踉蹌後退撞到背後的輪床，差點跌倒。她急忙站起身來，只見那女子雙眼依舊圓睜，但眼神茫然，藍紫的嘴唇發出無聲的話語。

快把她搬出冰箱！讓她暖起來！

莫拉用力想把輪床朝門口推去，但輪床一動也不動，因爲在匆忙之中，她忘了解開輪子上的防滑裝置。莫拉用腳一踩控制桿，然後再推一次。這次成功了，吱吱嘎嘎地把輪床推出屍體冷藏室，停放在比較溫暖的屍體點收區。

那女人的雙眼逐漸闔上，莫拉彎下身去，感覺不到任何氣息吐出。天啊！我可不能讓妳死掉！

莫拉對這個陌生人完全不了解——不知道她的名字，也不知道她的病史。那女人身上說不定佈滿病菌，但莫拉還是把嘴對上她的嘴，肌膚的冰冷觸感差點令莫拉窒息。莫拉用力吹了三口氣之後，伸出手指去檢查她頸動脈的狀況。

是我的想像嗎？我手指所感覺到的會不會是我自己的脈搏？

莫拉抓起牆上的電話，撥打911報案。

「緊急勤務中心，您好。」

「我是醫事檢驗處的艾爾思醫師，我需要一輛救護車，這裡有位女性病患，呼吸道阻塞……」

「抱歉，您剛剛是說醫事檢驗處嗎？」

「是的！我在大樓後側，就在屍體點收區。醫事檢驗處在艾巴尼街，就在醫療中心正對面！」

「我會立刻派出一輛救護車過去。」

莫拉掛上電話，強忍作嘔的感覺，再次把嘴覆蓋在那女子的唇上。快速送入三口氣後，手指頭再去按壓她的頸動脈。

有搏動，脈搏確定在跳動！

莫拉突然聽到一陣喘氣、咳嗽聲，那女人開始呼吸，喉頭卡著黏液。

撐住！呼吸，女士，快呼吸！

救護車呼嘯而至，莫拉推開後門，救護車正要倒車靠近，她側身避開警示燈的閃爍光線。兩位急救人員跳下車，拉出急救裝備。

「她在裡面！」莫拉喊道。

「呼吸道仍阻塞嗎？」

「不，她已經可以呼吸了，我也感覺到脈搏跳動。」

急救人員跑進大樓，停住瞪著輪床上的女人。「天哪！」其中一人低聲說道，「那是屍袋嗎？」

「我在屍體冷藏室發現她的，」莫拉說。「她現在應該體溫過低。」

「要命！這應該是妳最糟糕的惡夢吧。」

急救人員拿出氧氣面罩和靜脈注射管，接上心電圖儀。螢幕上，心臟跳動的頻率遲緩得像是靈感阻塞的漫畫家在作畫。那女人有心跳和呼吸，但看起來還是像個死人。

一位急救人員一邊在她軟弱無力的手臂上纏繞止血帶，一邊問道：「她發生過什麼事情？爲什麼被送到這裡來？」

「我對她完全不了解，」莫拉說：「我到屍體冷藏室檢查另一具屍體，然後就聽到這一具屍體在動。」

「這種事……呃……經常發生嗎？」

「我是第一次碰到。」希望也是最後一次，莫拉在心底暗自拜託上帝。

「她在冰箱裡待多久了？」

莫拉掃視吊掛著的記錄板，日班運送員記錄這具無名女屍約在中午時送達停屍間。那是八個小時以前，她被裹在屍袋裡整整八小時。要是她上了解剖檯怎辦？如果我在她胸口劃下解剖刀會怎樣？莫拉翻找簽收的文件夾，找到一個信封，裡面裝著和這女人相關的文件。「韋茅斯市消防隊把她送來的，」莫拉說：「明顯溺斃……」

「小心！奈莉！」一位急救人員正將注射針頭刺進病患的靜脈，病患突然彈跳起來，全身弓起，僵硬在輪床上，針頭插入處的皮膚立刻因爲皮下出血而腫脹發青。

「該死，血管跑掉了。幫我壓住她！」

「哇咧，這女的要下床跑走了。」

「她現在是認真地在抵抗，我沒辦法上點滴。」

「我們直接把她放上擔架載走。」

「你們要把她送到哪裡？」莫拉問道。

「就在對街的急診室，如果妳有任何和她相關的資料，急診室都會想要一份。」

莫拉點點頭。「我們到那裡碰頭。」

急診室的窗口前排了一長排病患等著要掛號，櫃檯後的護士迴避著莫拉的目光。在這個忙碌的夜晚，除非你斷了一隻手臂，而且正在噴血，你才有插隊的權利。但是莫拉不理會旁人嫌惡的眼光，直接擠到窗口前去敲玻璃。

「妳必須排隊。」護士說。

「我是艾爾思醫師，送一名病患的轉院文件過來，急診室醫生會需要這些資料。」

「哪一個病人？」

「剛從對街送來的女性患者。」

「妳是指從停屍間來的那位女士？」

莫拉頓了一下，突然意識到旁邊的人可以聽得見整段對話。「是的。」她只回答這兩個字。

「那就過來吧。醫師們想跟妳談話，病人很難處理。」

電動門鎖發出「吱」的一聲，莫拉推門而入，進到治療區，立刻了解護士所謂的難處理。那名無名女子還沒被送進治療室，輪床就停在走廊上，她身上蓋滿了加熱毯，而剛剛那兩位急救人員和一名護士正使勁地要壓制她。

「拉緊那條帶子！」

「媽的——她的手又跑出來——」

「別管氧氣面罩了，她不需要！」

「小心靜脈注射管！血管要跑掉了！」

莫拉搶在那女人扯掉注射針頭之前，上去抓住她的手腕。女子掙扎著甩動手腕的時候，滿頭黑髮拍打在莫拉臉上。就在二十分鐘之前，她還只是躺在屍袋裡的一具嘴唇發紫的屍體，而現在卻猛然復生、四肢亂舞，所有人都快要壓不住她。

「壓住！壓住她的手臂！」

那女人開始發出低沉的喉音，像是受了傷的動物會發出的那種哀鳴聲。隨後，她的頭向後弓起，發出鬼魅似的尖叫聲。「非人類！」莫拉心中想道，頸後的寒毛都隨之豎立。我的天哪！我到底從死神手中帶回什麼怪物？

「聽我說，聽我說！」莫拉命令道。她用手把女人的頭穩住，雙眼緊盯著那張因爲恐慌而扭曲的臉龐。「我不會讓妳受到傷害，我保證，妳必須讓我們幫助妳。」

聽到莫拉的聲音，那女人安靜下來，藍色的眼眸回瞪著莫拉，雙瞳擴張，像兩汪黑色深潭。

一名護士默默地想要在病患手上綁上約束帶。

莫拉心想：別，別那麼做。

約束帶一碰到女子的手腕，她立刻像是被燙到似地猛力甩開。莫拉向後跌倒，臉頰因爲承受這一拳而熱辣刺痛。

「這裡需要協助！」護士大喊。「卡特勒醫師可以過來嗎？」

莫拉退開，臉頰隱隱抽痛，這時一位醫師和另一名護士從旁邊的治療室走出來。這場騷動已經引起候診室裡其他病患的注意，莫拉看到人們擠在隔間玻璃門外朝裡面看，這裡的狀況顯然比任何一集「急診室的春天」的劇情都來得精采。

「病人對任何藥物過敏嗎？」那名醫師問道。

「沒有病歷。」護士說。

「發生什麼事？她爲什麼不受控制？」

「我們都不知道。」

「好吧。靜脈注射5毫克Haldol鎮靜劑。」

「上不了針！」

「那就肌肉注射，再加給Valium安眠藥。快！要搶在她傷害自己之前給藥。」

針頭戳進那女人的肌肉時，她再次放聲尖叫。

「我們有這名病患的任何資料嗎？她是誰？」醫師突然發現莫拉站在不遠處。「妳是她的家屬嗎？」

「是我叫的救護車，我是艾爾思醫師。」

「妳是她的家庭醫師？」

莫拉開口回答之前，一位急救人員答道：「她是法醫，這名病患是在停屍間裡醒過來的。」

醫生瞪著莫拉。「妳在開玩笑吧。」

「我在屍體冷藏室裡發現她在動。」莫拉說。

醫生不可置信地冷笑一聲。「是誰判斷她死亡的？」

「韋茅斯市消防隊把她送過來的。」

醫生看著那名女子。「現在，她肯定是活著的。」

「卡特勒醫師，二號房空出來了，」一位護士說。「我們可以把她送進去。」

莫拉跟著他們把急救擔架推進治療室，那名女子反抗的力道逐漸減弱，鎮靜藥劑開始發揮作用。護士幫她抽血、重新接上心電儀傳導線，螢幕上顯示出心臟跳動的節律。

「好的，艾爾思醫師，」急診室醫師一邊用光筆照射病患的瞳孔，一邊說：「請多告訴我們一些病患的資料。」

莫拉打開手上的信封，裡面是隨屍體送來的相關文件影本。「我告訴你傳送文件上所塡寫的紀錄。」莫拉說：「上午八點，韋茅斯市消防隊接到日出帆船俱樂部的報案電話，發現這名女子漂浮在星瀚灣上。女子被拉上岸時已無呼吸心跳，也沒有身分證件。一名州警調查員到現場後，研判極有可能是意外落水。該名女子在中午時分被送到醫事檢驗處。」

「檢驗處沒人發現她還活著嗎？」

「她被送來的時候，我們正忙得不可開交。I-95公路發生車禍，從昨晚開始就有處理不完的驗屍工作。」

「現在已經快九點了，還沒有人檢查過這個女人？」

「死人不會有必須立即處置的緊急狀況。」

「所以你們就把他們放在冰櫃裡？」

「直到我們有空處理的時候。」

「照妳的說法，」急診醫師轉過來望著莫拉。「如果妳今晚沒聽到她在動，她就可能被冰到明天早上？」

莫拉感到臉頰一陣熱。「是的。」她承認道。

「卡特勒醫師，加護病房有一張空床。」一名護士說。「要把這名病患送過去嗎？」

卡特勒點點頭。「我們不曉得她是否服用過什麼藥物，所以要幫她接上監測器。」他垂眼望著現在雙眼緊閉的女子，她嘴唇囁嚅，彷彿無聲地禱告著。「這可憐的女人已經死過一次，我們別讓這種事情再度發生。」

莫拉翻找著鑰匙準備開門的時候，聽到屋內的電話鈴聲響起。好不容易開了門進到屋內，電話鈴聲已經停止。來電者沒有在答錄機上留言，而莫拉查看來電顯示的結果，出現一個不認識的人名：柔伊·佛西。打錯電話？懶得理它了，莫拉心想，一邊走往廚房。

現在，換她的手機鈴聲響起。莫拉從皮包裡挖出手機，看到螢幕上顯示來電者是辦公室同事，艾比·布里斯托醫師。

「哈囉，艾比？」

「莫拉，妳可以告訴我晚上在急診室發生了什麼事情嗎？」

「你知道這件事？」

「我已經接到三通電話了，《全球報》、《先鋒報》，還有一家地方電視台。」

「那些記者們怎麼說？」

「他們都在問那具醒過來的屍體，說她剛被送到醫療中心。我完全搞不清楚他們在說什麼。」

「天啊，媒體怎麼這麼快就聽到風聲？」

「所以那是眞的囉？」

「我正要打電話給你……」莫拉停住，因爲客廳裡的電話鈴聲再度響起。「我有電話進來，等一下再回電給你，好嗎？」

「只要妳保證會告訴我來龍去脈就好。」

莫拉跑進客廳接起話筒。「我是艾爾思醫師。」

「我是柔伊・佛西，第六頻道新聞台記者。您是否願意發表一下……」

「現在已經快要十點了，」莫拉插話道。「而這是我住家的電話，如果妳想訪問我，請在上班時間打到我的辦公室。」

「我們知道今天晚上有一個女人在停屍間裡醒過來。」

「不予置評。」

「我們的消息來源指出：韋茅斯市一名州警調查員以及消防隊都宣告她已死亡，貴處是否有人做出相同的判定？」

「醫事檢驗處與判定過程無關。」

「但那名女子歸你們管轄，不是嗎？」

「本處沒有任何人做出死亡宣告。」

「妳的意思是：這是韋茅斯市消防隊及那名州警調查員所犯的錯囉？怎麼會有人能犯下這種錯誤呢？人是死是活不是很容易看出來嗎？」

莫拉掛掉電話。

電話鈴聲幾乎是在掛掉的同時立刻又響起，來電顯示螢幕上出現的是不同的號碼。

莫拉拿起話筒。「我是艾爾思醫師。」

「我是大衛．羅森，美聯社記者。很抱歉打擾您，我們正在追一條新聞，關於一名年輕女性被送到醫事檢驗處，卻在屍袋中醒來。這是真的嗎？」

「你們這些人是怎麼知道這件事的？這已經是我接到的第三通電話了。」

「我猜妳還有接不完的電話。」

「那你們還聽到什麼消息？」

「我們聽說那名女子是在今天下午由韋茅斯市消防隊送到停屍間，而您是發現她生還並且呼叫救護車的人。我已經和院方聯絡過，醫院說她雖未脫離險境，但生命跡象已漸趨穩定。以上資訊都正確嗎？」

「沒錯，但是……」

「您發現的時候，她真的是被裝在屍袋裡面嗎？屍袋的拉鍊都拉上了嗎？」

「你把過程描述得太聳動煽情了。」

「醫事檢驗處會固定安排人員檢查每具送來的屍體嗎？以確認每一具屍體都確實已死亡？」

「明天早上我會對媒體發表聲明，晚安。」莫拉掛掉電話，在電話鈴聲再次響起之前，拔掉電話線。唯有如此，今晚她才能夠安靜入睡。瞪著啞然無聲的電話機，莫拉不禁好奇：消息到底爲什麼傳得這麼快？

接著她想起急診室裡所有的目擊者——辦事人員和護理人員，還有在候診室裡隔著玻璃隔板往內看的病患。隨便誰都有可能拿起電話打出去，只要一通電話，消息就傳開了，這種生死八卦傳得比什麼消息都快。莫拉心想：明天將有一場嚴酷考驗，我最好要做足準備。

莫拉用手機打給艾比。「我們遇到問題了。」她說道。

「我想也是。」

「別對媒體發言，我會整理出一套說法。今天晚上我拔掉了家裡的電話線，如果你要找我，用手機聯絡。」

「妳準備要處理這檔事？」

「不然還有誰願意處理？畢竟我是發現她的人。」

「莫拉，妳知道這會是全國性的新聞喔。」

「美聯社已經打過電話來了。」

「眞誇張！妳和公共安全辦公室談過了嗎？他們會負責調查。」

「我下一個要聯絡的單位就是他們。」

「妳要整理的聲明稿需要幫忙嗎？」

「我會需要時間作業，所以明天會晚點進辦公室，你只要幫忙拖延媒體直到我進去爲止。」

「這件事情可能會牽涉到法律訴訟。」

「我們沒有過失，艾比，我們沒有做錯任何事。」

「那不是重點，做好心理準備吧。」

3

「妳是否願意宣誓，在法庭上所做陳述全部屬實？」

「我願意。」珍．瑞卓利答道。

「謝謝，請就座。」

珍覺得法庭裡所有人都在盯著她，看她拖著笨重的身軀坐上證人席。打從她蹣跚走進法庭的時候，人們就一直盯著她看：她的腳踝水腫，寬鬆的孕婦裝裡，肚子高高隆起。現在，珍在座位上稍微移動身體，努力想坐得舒服些，也努力想表現出權威應有的架式。但法庭裡室溫不低，她已經感覺到額頭上冒出成串汗珠。一個滿頭大汗、坐立不安、大腹便便的警察——好一副權威的架式啊。

薩佛克郡的地方助理檢察官蓋瑞．史博拉站起身來，主持這場直接審訊。珍知道他是個冷靜而有條不紊的檢察官，因此面對這一輪訊問並不緊張。珍將視線鎖定檢察官，一點都不去看被告比利．韋恩．羅婁，此人正沒精打采地坐在女律師身邊，雙眼瞪著珍看。珍知道羅婁想要用邪惡的目光來威嚇她——想搞得警察心神不寧、語無倫次。羅婁耍的這個爛招了無新意，珍見多了這種混蛋，那種瞪視的眼神只是喪家之犬的最後掙扎。

「可否請妳向庭上報出姓名，並拼出姓氏？」史博拉說道。

「我是珍．瑞卓利警官，R-I-Z-Z-O-L-I。」

「請問妳的專職是？」

「我負責偵辦兇殺案件，服務於波士頓警察局。」

「可否請妳為我們描述一下自己的學歷及背景？」

珍再次挪動身體，坐在這張硬椅子上讓她的背開始痛了起來。「我在麻薩諸塞灣二年制社區大學取得刑事司法學位，經過波士頓警察學院受訓後，擔任後灣及多契斯特兩區的巡警。」肚子裡的寶寶用力踢了一腳，讓珍痛得縮起身體。乖乖待在裡面，媽媽正在證人席上呢！史博拉檢察官還在等她後續的答案，所以她繼續說：「有兩年的時間，我負責處理娼妓及毒品案件。兩年半前，我調到兇殺重案組，也就是我目前服務的單位。」

「謝謝妳，警官。現在想請教妳關於今年二月三日所發生的事件：當天執勤時，妳前往一處位於羅克斯伯里的民宅。是否正確？」

「是的。」

「地址是麥爾坎艾克斯大道4280號，對嗎？」

「沒錯。那是一幢公寓式建築。」

「請告訴我們當時的過程。」

「當時大約是下午兩點半，我和搭檔巴瑞・佛斯特警官抵達上述地址，目的是對2樓B室的住戶進行訪談。」

「訪談的原因是？」

「和一宗命案調查有關，2B的住戶與被害人熟識。」

「因此，該名男士——或女士——並非命案的嫌疑犯？」

「不是，我們並未將那名女士列為嫌疑犯。」

「後來發生什麼事呢？」

「我們敲了2B的門之後，就聽到一陣女性的尖叫聲，從走廊對面的2樓E室傳出來。」

「可否形容一下那陣尖叫聲？」

「我會形容那是極度痛苦的尖叫聲，極度恐懼。接著我們聽到一連串很大聲的碰撞聲，像是傢俱被推倒，或是有人被抓著頭猛撞地板的聲音。」

「抗議！」一頭金髮、身材高瘦的辯方律師站起身來。「純屬臆測，證人並非親眼看到她所描述的情況。」

「抗議成立。」法官說：「瑞卓利警官，請避免猜測妳沒有親眼目睹的事件。」

就算情況並非只是猜測也得避免嗎？因爲實情就是如此，比利・韋恩・羅婁當時正抓住女友的頭往地板猛撞。

珍嚥下心中的反感，修正說法。「我們聽到公寓裡有很大的碰撞聲。」

「接著，你們作何反應？」

「佛斯特警官和我立刻去敲2E的門。」

「你們有表明警察的身分嗎？」

「有。」

「然後發生……」

「那是他媽的謊話！」被告喊道。「他們才沒說他們是警察！」

每個人都看向比利・韋恩・羅婁，而他只是直勾勾地瞪著珍。

「請保持安靜，羅婁先生。」法官下令。

「可是她說謊。」

「辯方律師，妳如果不控制好妳的當事人，我就要把他趕出法庭。」

「安靜一點，比利。」被告律師低聲說道。「亂喊沒有幫助。」

「好。」法官說。「史博拉先生，請繼續。」

地方助理檢察官史博拉點點頭，轉向珍。「你們敲了2E的門之後，發生什麼事？」

「沒有人來應門，但我們持續聽見尖叫聲和撞擊聲。我們當下都認爲：有個市民的生命正遭受威脅，因此，不論是否得到屋主同意，我們都必須進入屋內。」

「你們進去了嗎？」

「是的。」

「他們踹破了我他媽的門！」羅婁插嘴。

「安靜！羅婁先生。」法官叱責道。被告坐回位子，斜靠在椅子上，瞪著珍的眼神裡怒火中燒。

你愛怎麼瞪就怎麼瞪吧，混蛋！你以爲你嚇得了我嗎？

「瑞卓利警官，妳進到屋內後看見什麼情況？」史博拉說。

珍將注意力轉回地方助理檢察官身上。「我們看見一對男女，女子仰躺在地上，被打得鼻青臉腫，嘴角流著血。那名男子坐在她身上，雙手掐住她的脖子。」

「那名男子現在是否坐在法庭裡？」

「是的。」

「請指出他來。」

珍伸手指向比利・韋恩・羅婁。

「後來發生什麼事？」

「佛斯特警官和我合力把羅婁先生從那名女子身上拉下來，女子當時還有意識。羅婁先生大力反抗，一陣扭打中，佛斯特警官的腹部遭受重擊。然後羅婁先生逃出房門，我追上去，在樓梯間逮捕到他。」

「憑妳一己之力逮捕到他？」

「沒錯。」珍停了一下，不帶諷刺意味地繼續說：「因為他跌下樓梯之後，明顯無力抵抗。」

「他媽的，是她推我的！」羅婁說。

法官生氣地敲下木槌。「夠了！法警，請把被告帶走。」

「庭上。」被告律師站起來。「我會控制他的情緒。」

「妳一直沒做好這件事，昆藍女士。」

「現在開始，他會安靜下來。」昆藍看向她的當事人。「對不對？」

羅婁忿恨不平地悶哼一聲。

史博拉說：「沒有進一步的問題了，庭上。」然後回到座位坐下。

法官望向被告律師，說：「昆藍女士，妳呢？」

維多利亞・昆藍站起身來進行反詰問。珍從未和這名律師交手過，不確定情況會如何發展。

昆藍接近證人席時，珍想道：妳是個年輕的金髮尤物，何苦幫那個卑鄙小人辯護？昆藍走路的樣子就像個名模在走台步，短裙和細跟高跟鞋襯托出一雙修長美腿。光是看著那雙高跟鞋，珍都覺得腳痛。像昆藍這樣的女人，應該總是吸引著衆人的目光，而現在，在漫步走向證人席的過程中，昆藍正充分地利用這種優勢，她心底顯然非常了解：陪審團中每個男人應該都緊盯著她的俏臀不放。

「早安，警官。」昆藍的語氣甜美。太過甜美了！接下來，這個金髮蛇蠍隨時都可能射出毒牙。

「早安，女士。」珍回答道，語氣中庸。

「妳剛才說妳目前服務於兇殺重案組。」

「是的。」

「那麼，目前妳正在調查什麼新案子呢？」

「目前，我手上沒有新案子，但我持續在追蹤……」

「但妳是波士頓警局的警官，難道目前沒有任何謀殺案件需要警察進行調查？」

「我正在休產假。」

「哦，妳正在休假。所以，妳目前並不在組裡。」

「我現在擔任行政工作。」

「讓我們搞清楚一點：就目前的狀況來說，妳不算是現役的警官。」昆藍臉上帶著微笑。

珍感到雙頰發燙。「誠如我剛才所說：我正在休產假。警察也是會生孩子的。」珍語帶嘲諷，但立刻感到後悔。別上她的當，保持冷靜。雖然這麼想，但在這烤箱似的法庭上，實在不容易冷靜。空調到底出了什麼問題？為什麼其他人看起來都不覺得熱？

「警官，妳的預產期在什麼時候？」

珍停了一下，猜測這個問題會怎麼發展。她終於開口說：「我的寶寶應該在上週出生，預產期已經過了。」

「因此，回到二月三日那天，妳第一次遇見我方當事人羅婁先生時，大約是……有三個月的身孕？」

「抗議！」史博拉說。「問題與本案無關。」

「辯方律師，此問題的用意何在？」法官問昆藍。

「這和她之前的證詞有關，法官大人。我方當事人身強力壯，瑞卓利警官勢必得有辦法，才能夠憑其一己之力在樓梯間將他制服、逮捕。」

「那麼，這跟她的懷孕狀態究竟有什麼關聯？」

「懷有三個月身孕的女性，總會不太方便……」

「她是位警官，昆藍女士，逮捕人犯是她的日常工作。」

說得好！法官，好好教育她一下。

這場言辭交鋒的失利，讓維多利亞・昆藍臉色漲紅。「好吧，法官大人。我收回剛才的問題。」她再次轉身，看著珍好一會兒，忖度著該如何出招。「妳說妳和搭檔佛斯特警官都在現場，而你們決定要進入2樓B室？」

「不是2樓B室，女士，是2樓E室。」

「哦對，當然。是我的錯。」

最好是啦！講得好像妳不是在挖陷阱讓我跳。

「妳說你們敲了門，表明警察的身分。」昆藍說。

「是的。」

「而這個舉動和你們原本去那幢公寓的目的無關。」

「沒錯，我們只是碰巧出現在2E門口，而發現有市民身處險境，出手相助是我們的職責所在。」

「而這就是爲什麼你們會去敲2B的門。」

「2E。」

「然後，沒有人應門，你們就破門而入。」

「根據我們聽到的尖叫聲，研判有位女性命在旦夕。」

「妳如何能確定那尖叫聲是出於恐懼？難道不可能是出於……比方說……激情的做愛？」

珍想要嘲笑這個問題，但是她忍住。「我們聽到的不是這樣。」

「妳能百分之百確定嗎？妳能夠分辨其間的差異嗎？」

「那位嘴唇流血的女士就是最佳的證據。」

「重點是，當時你們並不確定。你們沒有給我方當事人機會去應門，你們草率判斷之後就破門而入。」

「我們阻止了一樁暴力事件。」

「妳知道妳所謂的受害人拒絕對羅婁先生提出告訴嗎？妳知道他們現在仍是一對親密愛侶嗎？」

珍臉色一沉。「那是她的決定。」雖然很愚蠢，但就是她的決定。「我那天看到的情況就是：在2樓E室發生虐待事件，現場留有血跡。」

「難道我的血就不是血嗎？」羅婁喊道。「妳竟然把我推下樓！我下巴上都還有傷疤！」

「安靜，羅婁先生。」法官下令道。

「妳看！看我摔下樓梯之後撞到哪裡？我還得縫上幾針！」

「羅婁先生！」

「警官，妳有沒有把我方當事人推下樓？」昆藍問道。

「抗議。」史博拉說。

「沒有，我沒有推他。」珍說：「他當時酒醉的程度足以讓自己摔下樓。」

「她在說謊！」被告大喊。

法官敲下木槌。「羅婁先生，安靜！」

但是比利．韋恩．羅婁一股怒氣衝上頭頂。「她和她的搭檔把我拖到樓梯間，好讓別人看不到他們是怎麼對待我的。你們以爲光憑她一個人就能抓到我？光憑這個懷孕的小女生？她在胡說八道！」

「吉文斯警衛，把被告帶下去。」

「這是警察施暴案件！」羅婁大喊，法警把他拉起來。「喂！你們那些陪審團是白癡啊？看不出來她說的都是編出來的屁話嗎？那兩個警察把我踹下他媽的樓梯間！」

法官用力敲下木槌。「休庭。請護送陪審團離開。」

「是啦！休庭！」羅婁大笑，並且推開法警。「就在陪審團終於聽到事實的時候喊休庭啦！」

「把他帶下去，吉文斯警衛。」

吉文斯抓住羅婁的手臂，羅婁暴怒地扭過身體向前衝，一頭撞上吉文斯的腹部，兩人同時摔倒在地，展開扭打。維多利亞．昆藍雙眼圓睜、嘴巴大張，呆在原地看著她的當事人和法警在她的名牌高跟鞋旁邊打成一團。

天啊！得有人出來掌控局面。

珍費力地從椅子上站起來，推開傻站在那邊的昆藍，撿起法警的手銬——在混戰中，法警的手銬掉在地板上。

「支援！」法官大喊，猛敲木槌。「我們需要再來一名法警！」

吉文斯警衛現在躺在地板上，被羅婁壓住，羅婁舉起右拳正準備打下去。珍抓住他高高舉起的右手，銬上手銬。

「搞什麼鬼？」羅婁來不及反應。

珍一腳踩上他的背，把他的手臂扭到背後，將他壓在法警身上，再銬一次，把另一個手銬也銬上羅婁左手腕。

「給我下去，妳這該死的母牛！」羅婁尖叫。「妳把我的背踩斷了啦！」

被壓在最下面的吉文斯警衛，看起來已經承受不了重量而快要窒息了。

珍把腳從羅婁背上移開，突然一股溫熱的液體從雙腿間冒出來，噴得羅婁和吉文斯滿臉。珍蹣跚後退，震驚地看著自己濕透的孕婦裝，看著那股液體從大腿流到法庭地板上。

羅婁翻下身來向上瞪著她，然後大笑，無法克制地笑到仰躺在地上。「嘿！」他說。「看啊！那個賤人尿在衣服上了！」

4

莫拉在布魯克來村正停於紅綠燈時，接到艾比·布里斯托的電話。「早上看到電視了嗎？」他問道。

「別告訴我這件事已經上新聞了。」

「第六頻道，記者姓名是柔伊·佛西。妳和她談過話？」

「只有昨晚講了一些，她怎麼說？」

「簡單地說嗎？『屍袋中發現存活女性。醫事檢驗官指責韋茅斯市消防隊及州警調查員死亡判定出錯。』」

「天哪！我從來沒說那句話。」

「我知道妳沒說過，但我們現在得面對火大的韋茅斯市消防局長，還有，州警也不太高興。露意絲已經在處理他們打來的電話了。」

綠燈亮了，莫拉穿過十字路口的時候，突然很想掉頭回家，奢望自己可以不要去面對迎面而來的嚴峻考驗。

「你在辦公室嗎？」莫拉問道。

「我七點進來的，想說妳現在差不多該到了。」

「我在車裡，今天早上需要多一點時間準備聲明稿。」

「我得提醒妳：妳到這兒的時候，一定會被圍堵在停車場。」

「記者都在外頭嗎？」

「電視台外景車都停在艾巴尼街上，記者在我們辦公大樓和醫療中心之間跑來跑去。」

「對媒體來說還眞方便，一次滿足所有需求。」

「那名女病患有什麼最新消息嗎？」

「我今天早上打電話給卡特勒醫師，他說病患的毒物篩檢報告顯示有巴比妥酸鹽及酒精，劑量應該很重。」

「這大概就是她爲什麼會失足落水的原因，也難怪救難人員不容易察覺到她的生命跡象。」

「爲什麼媒體會瘋狂追逐這條新聞？」

「因爲這是《國家詢問報》那種八卦媒體最喜歡的話題，死屍復活。再加上，她是個年輕女性，對吧？」

「我看她大約二十多歲。」

「而且長得不賴？」

「這有什麼差別？」

「少來了。」艾比笑著。「妳知道這會有差別的。」

莫拉嘆口氣，說：「是的，她長得很好看。」

「這就對啦！年輕、性感，還差點被活體解剖。」

「她並沒有被解剖。」

「我只是在提醒妳，大衆就是會這樣解讀這件事。」

「我今天可不可以請病假？或者，我現在趕搭飛機去百慕達群島好了？」

「然後把這個爛攤子丟給我？妳好大的膽子！」

二十分鐘後，莫拉轉進艾巴尼街，看到醫事檢驗處門口附近停了兩台SNG車。就如同艾比所說，記者在一旁隨時準備衝出來。莫拉剛踏出舒適、有冷氣的轎車，迎面而來的是潮濕悶熱的早晨，以及半打朝她跑過來的記者。

「艾爾思醫師！」有一位男性喊道。「我是《波士頓論壇報》的記者，可以和您談一下無名女子的事情嗎？」

為了回答這個問題，莫拉從公事包裡拿出早上擬好的聲明稿，裡面是對當晚實際情形的摘要陳述，以及她所做的反應措施。莫拉快速地將聲明稿發送出去。「這是我的說明。」她說：「沒有其他需要補充的了。」

但這無法阻止如潮水般湧來的提問。

「怎麼會有人犯下這種錯誤？」

「查出女子的姓名了嗎？」

「聽說是韋茅斯市消防隊做出死亡判定的，請問您可以告訴我們是哪個人下判斷嗎？」

莫拉說：「你們得去訪問韋茅斯市消防隊的發言人，我不能代表他們說話。」

接著，一名女性說話了。「您必須承認，艾爾思醫師，在這起事件中，顯然有某個單位失職。」

莫拉認出這個聲音，轉身看見一位推開群眾向前走來的金髮女子。「妳是第六頻道的記者。」

「柔伊・佛西。」金髮女子綻開微笑，很高興自己被認出來，但看見莫拉給她的臉色之後，笑容立刻僵掉。

「妳曲解我所說的話。」莫拉說：「我從未說過這件事要歸咎於消防隊或州警。」

「一定是有人犯了錯，如果不是他們，那是誰？艾爾思醫師，是妳該對這件事負責嗎？」

「當然不是。」

「一個女人活生生被裝進屍袋中，關在停屍間的冰箱裡長達八個小時。這難道不是任何人的錯？」佛西停頓一下。「妳難道不認爲有人該爲這件事情引咎辭職？比方說那位州警調查員？」

「妳顯然是未審先判。」

「那種錯誤差點害死一個女人。」

「但並沒有。」

「那不是一個非常基本的錯誤嗎？」佛西笑道。「我是指，判斷一個人沒死能有多困難？」

「比妳想像中困難。」莫拉反擊。

「所以妳是在爲他們背書囉？」

「我已經把我的聲明稿給妳，我不會對其他人的行爲發表評論。」

「艾爾思醫師。」《波士頓論壇報》的那位男記者再次發問：「您剛剛說死亡判定並不是那麼容易，我也知道國內的其他停屍間發生過類似事件。是不是可以請您告訴我們：爲什麼死亡有時候會難以判定呢？」他的語氣中帶有平和的敬意，態度並不挑釁，提出的問題經過思考，值得好好回答。

莫拉注視這名記者好一會兒：他的眼神充滿智慧、頭髮被風吹亂、鬍髭修剪整齊。在莫拉看來，他就像個年輕的大學教授，肯定會引起無數大學女生暗自迷戀。「貴姓大名？」莫拉問道。

「彼得・盧卡斯，我每週爲《波士頓論壇報》寫一篇專欄。」

「盧卡斯先生，我接受你的訪問，只有你，請進。」

「等一下。」佛西抗議。「我們其他人在外面等了更久。」

莫拉給她一個嚴厲的表情。「佛西女士，就這件事情而言，並不是早起的鳥兒有蟲吃，而是有禮貌的人可以得到採訪機會。」她轉身走進大樓，那名《論壇報》記者緊跟在後。

莫拉的秘書露意絲正在講電話，一邊用手遮住話筒，一邊略帶絕望地低聲對莫拉說：「電話響個不停，我該怎麼回答？」

莫拉放一張聲明稿在露意絲桌上。「把這個傳眞給他們。」

「就這樣？」

「媒體的電話都不要接進來，我只同意和這位盧卡斯先生談話，其他的訪問都回絕。」

露意絲看著這位記者，臉上的表情非常容易解讀。我知道妳挑了個長得不錯的記者。

「我們不會談太久。」莫拉說完，指引盧卡斯進入她的辦公室，關上門，招呼他坐下。

「謝謝妳願意跟我談。」盧卡斯說。

「在外面那群人中，你是唯一沒有激怒我的。」

「那並不表示我接下來不會惹妳生氣。」

這句話讓莫拉嘴角漾出一抹微笑。「這純粹是一種自我防禦的策略。」她說：「也許我和你談過之後，你會變成其他人追逐的對象。他們就不會再來煩我，轉而去騷擾你。」

「恐怕事情並不會這樣發展，記者們還是會追逐妳。」

「盧卡斯先生，還有很多其他的大事可以讓你們報導，還有很多更重要的新聞，爲什麼你們單挑這一則？」

「因爲這件事情激起人們內心深處最大的恐懼：有多少人會在還沒死亡時，就被放棄？有多少人會不小心就被活埋了？這種事情，過去就曾經發生過。」

莫拉點點頭。「歷史上的確有記載幾起活埋案例，但都是在屍體防腐技術發明之前的事情了。」

「那麼，在停屍間醒來的案例呢？這不只出現在歷史上，我知道近年來也發生過幾次。」

莫拉遲疑一下。「是發生過。」

「發生的機率比大衆所知的還要高。」盧卡斯拿出一本筆記本，快速翻閱。「在一九八四年，紐約有一起案例：一名男子躺在解剖檯上，法醫拿起解剖刀正要劃下第一刀時，屍體醒過來掐住醫師的脖子，法醫當場昏倒，心臟病發而死。」盧卡斯抬起眼來。「妳聽過這個案例嗎？」

「你把焦點放在最誇張、煽情的案例上。」

「但那是眞實發生過的，不是嗎？」

莫拉嘆氣。「是的，我知道那起特殊案例。」

盧卡斯翻開筆記本的另一頁。「一九八九年在俄亥俄州春田市，療養院中一名女性被宣告死亡後，送至殯儀館。就在殯葬業者準備替檯子上的屍體塗抹防腐香料時，屍體開口說話了。」

「你對這類主題似乎相當熟悉。」

「因爲這類事件相當吸引人。」盧卡斯迅速翻閱手中的筆記本。「昨天晚上，我查閱了一個又一個案例。南達科他州有個小女孩，從供人瞻仰儀容的小棺材裡醒來；愛荷華州首府第蒙市，有個男人的胸膛眞的被切開來，直到那時候，法醫才突然發現他的心臟還在跳動。」盧卡斯看著莫拉。「這些都不是鄉野傳奇，是有文字紀錄的實例，而且爲數不少。」

「我並不是要爭辯這種事情不會發生，因爲顯然已經發生過。停屍間裡曾經有屍體醒過來，古老墳墓也曾在挖開後，發現棺材蓋內有抓痕。因爲民衆是如此地恐懼，所以有些棺材業者會賣一種配備有緊急求助電話的棺材，以便你被活埋時可以求救。」

「設想得眞周到。」

「所以，是的，這種事情是會發生的。我相信你也聽過和耶穌有關的理論，有人說耶穌復活其實並不是眞的復活，只是因爲太早埋葬了。」

「爲什麼判定人類是否死亡會如此困難？那不是應該很明顯嗎？」

「有時候並非如此，暴露在冷空氣中或淹溺在冷水中而受凍的人，看起來可能會很像死人。這次案件的無名女子是從水中撈起的，再加上幾種藥物的作用，使得生命跡象無法顯現，也很難測得其呼吸或脈搏。」

「就像《羅密歐與茱麗葉》，茱麗葉所喝的藥水讓她看起來像死去一般。」

「沒錯，我不知道她喝的是什麼藥，但這種情節並非不可能發生。」

「哪種藥可以產生這種效果？」

「比方說，巴比妥酸鹽，可以抑制呼吸，進而導致旁人看不出來服藥者究竟有沒有在呼吸。」

「無名女子的毒物篩檢報告裡就有這類藥物，對不對？苯巴比妥鎮靜催眠劑？」

莫拉皺眉。「你從哪兒聽來的？」

「我有我的消息來源。這是眞的，對不對？」

「不予置評。」

「她有精神病史嗎？為什麼她會服用過量的苯巴比妥？」

「我們連她的名字都不曉得，更別說她的精神病史了。」

盧卡斯觀察莫拉好一會兒，眼神穿透力十足。莫拉心想：這場訪談是個錯誤，前一刻，她對彼得．盧卡斯的印象是有禮而嚴謹的記者，會帶著敬意處理這則新聞；然而，他所提問題的走向令她不安。針對這次訪問，他是有備而來的，相當有技巧地問到莫拉最不想談的細節，也是最能吸引大眾目光的細節。

「就我所知，該名女子是昨天早上從星瀚灣打撈上岸的。」盧卡斯說：「韋茅斯市消防隊是第一個處理的單位。」

「正確。」

「為什麼醫事檢驗處人員沒有去現場？」

「我們沒有足夠的人力可以派去每一個命案現場，而且，這起案例是發生在韋茅斯市，現場也沒有明顯的謀殺犯罪跡象。」

「這是由那名州警判斷的？」

「當地的警察認為很可能只是意外事件。」

「或者可能是企圖自殺？從她的毒物篩檢報告看來？」

莫拉覺得沒有必要否認盧卡斯已經知道的事情。「是的，她有可能是自行服用過量藥物。」

「服用過量巴比妥酸鹽，以及受凍於冷水之中，這兩項因素導致死亡判定困難。當初難道不該考慮會有這種情況的可能性嗎？」

「這……是的，這是應該考慮進去的。」

「然而，不管是州警或韋茅斯市消防隊都沒有考慮到這種可能性，這聽起來的確像是有人爲過失。」

「什麼事情都有可能發生。我只能這樣說。」

「艾爾思醫師，妳曾經犯過這種錯誤嗎？對實際上還活著的人宣告死亡？」

莫拉遲疑了一下，回想起以前擔任實習醫生的日子。有一天晚上輪值內科大夜，一通電話把她從熟睡中叫醒。護士告訴她：336室A床的病患剛剛斷氣，實習醫生是否可以來幫忙宣告死亡？在走往病房的途中，莫拉一點都不緊張，自信滿滿。在醫學院裡，並沒有一堂課特別來教你如何判定死亡，大家都覺得看到時就自然會知道。那天晚上，莫拉走在醫院走廊上，腦中只想著該如何盡速完成任務，好回床上睡覺。這件死訊並不出人意外，病人早已是癌症末期，病歷表上清楚註明：放棄急救。

莫拉走進336室，意外看見病床邊圍滿哭泣的家屬，來向死者道別。現場有觀衆，這和莫拉原先設想的寧靜儀式不太一樣。她走近病床，一邊向家屬道聲打擾，一邊痛苦地感覺到所有人的目光都投到她身上。病患仰躺在床上，面容安詳。莫拉拿出聽診器，從病人袍底下滑過橫膈膜、輕壓在病人脆弱的胸膛上。莫拉彎下腰時，感覺到所有家屬都跟著她彎下腰，一股讓人透不過氣的沉重壓力迎面襲來。莫拉聽診的時間長度並沒有照足規定，因爲護士已經判定這名女病患死亡，叫醫生來宣告只不過是程序規定。護士需要的只是醫師在病歷上寫好、簽名，好讓他們把屍體送進停屍間。莫拉循例彎下腰去、聽到一片寂靜，心裡已經等不及要離開病房了。她直起身來，臉上表達適度同情，面對著一位應該是死者丈夫的男士，準備要低聲地說：*她已經走了*，請節哀。

一陣輕微的呼吸聲讓莫拉傻住。

她訝異地往下望去，看見病患的胸膛微微起伏。病人又再吸了一口氣，然後一切歸於平靜。那是人類臨終前特有的呼吸模式——並非奇蹟，只是大腦裡最後一次的神經脈衝，引發橫膈膜最後一次抽搐。房間裡，所有家屬全都倒抽一口氣。

「我的天哪！」病人丈夫說：「她還沒離開我們。」

「這……很快。」莫拉結結巴巴地說道。走出病房時，莫拉想到自己差點犯下錯誤就忍不住發抖。從此，關於死亡宣告這件事，莫拉再也不敢掉以輕心。

莫拉看著眼前這名記者。「每個人都會犯錯。」她說：「即使是宣告死亡這種基本程序，都不像你們想像的那麼簡單。」

「所以妳是在替消防隊和州警講話囉？」

「我說的是：人都會犯錯。就這樣。」而天曉得我自己都犯過不少錯。「我可以想見錯誤是如何發生的：那名女子是從水裡打撈起來，血液中含有巴比妥酸鹽，這些因素都會讓她看起來像已經死亡。在這些前提下，是蠻有可能犯錯的。處理這個事件的相關人士都是各盡其責，我希望你下筆報導的時候，可以對他們公平一些。」莫拉站起身來，暗示這次訪談已經告終。

「我寫新聞都很公平的。」盧卡斯說。

「不是每個記者都能說出這句話。」

盧卡斯也站起來，望著辦公桌後的莫拉。「妳讀過我的報導之後，如果覺得我沒做到，請告訴我。」

莫拉送盧卡斯到門口，看著他經過露意絲的辦公桌走出辦公室。

露意絲從鍵盤上抬起頭來。「如何？」

「我也不知道，搞不好我根本不該跟他談話。」

「我們很快就會知道結果的。」露意絲說著，眼睛又回到電腦螢幕上。「星期五的《論壇報》上就會刊出他的報導。」

5

珍無法分辨剛剛聽到的消息是好、還是壞。

史戴芬妮．譚醫師屈身向前，聽著都卜勒聽診器傳來的聲音，一頭烏溜秀髮遮住她的臉龐，讓珍無法讀出醫生臉上的表情。珍平躺在床上，看著聽診器在自己隆起的肚子上滑來滑去。譚醫師有雙優雅的手，屬於外科醫師的手，這雙手操作儀器時，優雅得像是在彈撥豎琴。突然，這雙手停止動作，而譚醫師的頭俯得更低，專注地聽著。珍望向坐在一旁的丈夫嘉柏瑞，在他眼中看到和自己一樣擔憂的神色。

我們的寶寶沒事吧？

終於，譚醫師直起身來看著珍，帶著平靜的微笑。「聽聽看。」她說，一邊調大都卜勒聽診器的音量。

喇叭傳來一陣有節奏的呼咻聲，穩定而有力。

「這是強壯的胎兒心音。」譚醫師說道。

「我的寶寶正常嗎？」

「寶寶目前還不錯。」

「目前？這是什麼意思？」

「寶寶不會在裡面待太久了。」譚醫師收起探頭裝進盒子裡。「羊水破了之後，就自然會進入生產過程。」

「但什麼都沒有發生啊，我沒感覺到任何陣痛。」

「這就是我的意思，妳的寶寶拒絕合作。珍，妳肚子裡有個頑固的孩子。」嘉柏瑞嘆口氣。「跟媽媽一個樣，到最後一分鐘還在打擊罪犯。麻煩請妳告訴我老婆：她已經正式休產假了。」

「妳現在務必暫停工作。」譚醫師說：「我現在要送妳到超音波室，看看寶寶的狀況，然後，我想該是引產的時候了。」

「不能自然生產嗎？」珍問道。

「妳的羊水已經破了，導致妳容易受到感染，而且已經過了兩個小時都沒有陣痛發生，該催催寶寶了。」譚醫師快步走到門口。「護士會幫妳上靜脈注射，我會去看看影像診斷科可不可以讓妳先插隊進去做個掃描。然後我們就要把寶寶帶出來，好讓妳升格爲眞正的媽咪。」

「這一切發生得好快！」

譚醫師笑了。「妳已經花了九個月的時間在想像這一刻的到來，應該不會太過意外才是。」她說著走出病房。

珍向上瞪著天花板。「我不確定自己是不是準備好了。」

嘉柏瑞捏捏她的手。「我早就準備好，期待很久了呢！」他掀起珍穿的病人袍，將耳朵貼在她的肚子上。「哈囉！裡面的孩子。」嘉柏瑞喊著：「爹地已經等得不耐煩了，所以別再閒晃了。」

「哇！你早上鬍子沒刮乾淨。」

「爲了妳，我會再刮一遍。」嘉柏瑞站起身來，迎視珍的目光。「我是說眞的，珍。」他說：「我期待這一天已經好久了，一個完整的小家庭。」

「但如果一切並非完全如你所預期呢？」

「妳覺得我在預期什麼？」

「你知道的，完美的小孩，完美的妻子。」

「能夠擁有妳，我怎麼還會想要完美的妻子？」嘉柏瑞邊說邊笑著閃開她揮過來的拳頭。

然而，我眞的得到了一個完美的老公。珍心裡這樣想著，望進嘉柏瑞微笑的眼眸。我還是無法理解爲什麼自己可以這麼幸運，無法理解爲什麼一個從小有著「青蛙臉」綽號的女孩子，竟然可以嫁給一個會吸引所有女性目光的帥哥。

嘉柏瑞俯身對她輕聲地說：「妳還是不相信我，對不對？我可以說上一千次，妳還是不會相信我。珍，妳就是我所想要的，妳和寶寶都是。」他吻了吻她的鼻子。「我該幫妳帶什麼東西過來呢，媽咪？」

「哎呀！別這樣叫我，聽起來眞是太不性感了。」

「我覺得非常性感啊，老實說——」

珍笑著拍他的手。「去吧，去吃點午餐，然後幫我帶個漢堡和薯條。」

「醫生不准妳吃東西的。」

「醫生不需要知道啊。」

「珍。」

「好啦，好啦，回家幫我拿準備好的住院用物品包。」

嘉柏瑞向她敬禮。「遵命。這就是我這個月請假該做的事情。」

「還有，可以再試著聯絡我爸媽嗎？他們還是沒有接電話。哦，還要帶我的筆記型電腦。」

嘉柏瑞嘆口氣，搖了搖頭。

「怎麼了？」珍說。

「妳就快生孩子了，還要我幫妳帶筆記型電腦？」

「我還有好多文書工作要處理。」

「妳眞是無可救藥，珍。」

她給了嘉柏瑞一個飛吻。「你娶我的時候就已經知道了。」

「妳知道嗎？」珍看著輪椅說：「妳只要告訴我影像診斷科在哪裡，我可以自己走過去。」

義工搖搖頭，鎖上輪椅的煞車。「這是醫院的規定，女士，沒有人可以例外。病患移動時必須坐輪椅，我們都不希望妳滑倒或發生意外，對吧？」

珍看看輪椅，再看看要幫她推輪椅的銀髮義工。她心想：「可憐的婆婆，應該是我來幫她推輪椅才對。」珍心不甘情不願地爬下床，坐上輪椅，義工幫她搬動點滴瓶。今天早上，珍還在和比利・韋恩・羅婁摔角；現在，她像個阿拉伯女王似地坐著讓人幫忙推。眞是尷尬！珍被推到走廊上的時候，聽得到義工婆婆氣喘吁吁，也聞得到老婆婆呼吸中噴出的菸味，像舊鞋子的味道。如果義工婆婆昏倒了怎麼辦？如果婆婆需要口對口人工呼吸怎麼辦？我可以站起來嗎？會不會違反了醫院的規定？珍努力地縮進輪椅裡，迴避走廊上衆人的目光。她心想：別瞪我，害一個可憐的老婆婆這麼費力工作，我已經有強烈的罪惡感了。

義工婆婆倒退著將珍的輪椅拉進電梯，停在另一名病患的旁邊。那是一名白髮老人，會自言自語。珍注意到他身上有波西約束帶，將他的身體綁在輪椅上。珍心想：天哪！這醫院還真的很重視輪椅規定，如果你想逃，就把你綁起來。

白髮老人瞄她一眼。「妳看什麼看？」

「沒有。」珍說。

「那就別再看。」

「好。」

站在老先生旁邊的黑人護理員咯咯地笑。「波丹先生對任何人都是這樣說話，女士，請別介意。」

珍聳聳肩。「我在工作上碰到的辱罵還更多呢。」有時候還有子彈飛來飛去呢！她直視前方，看樓層號碼跳動，小心地避免和波丹先生有任何目光接觸。

「世界上就是有太多人都不管好他媽的自己的事兒！」老人說：「就有那種愛管閒事的人一直盯著看。」

「好了，波丹先生。」護理員說。「沒有人在盯著你看。」

「她就是。」

難怪他們要把你綁起來，你這老番癲。珍暗自想道。

電梯到了一樓，門開啓後，義工婆婆把珍推出去。在抵達影像診斷科之前，珍感覺得到走廊上眾人注視的目光。那些身強體壯、用自己的雙腳走路的人，瞧著珍這個大腹便便的病人，她手上還戴著醫院發給的塑膠手環。珍心裡好奇：是不是每個不得不坐輪椅的人都有相同感覺？覺得自己總是旁人投注同情的對象？

從她身後，傳來一陣熟悉的暴躁聲音：「你他媽的看什麼看，小子？」

拜託！波丹先生要去的地方可別是影像診斷科。珍心裡這樣想著，但只聽見沿路上一直傳來低沉抱怨聲，跟著珍轉彎，進到影像診斷科的候診室。

義工婆婆把輪椅推到候診室之後就離開了，留下珍一個人坐在波丹先生旁邊。珍心想：不要看他，完全不要朝他那邊看。

「幹嘛？不屑跟我說話嗎？」波丹先生說道。

假裝現場沒他這個人。

「哈！妳現在假裝我不在現場。」

有扇門打開來，珍鬆了一口氣之後抬頭，看見一位穿著藍色刷手服的女性醫技人員進到候診室。「珍・瑞卓利？」

「我是。」

「譚醫師馬上下來，我先帶妳進去。」

「那我咧？」老先生嘀咕。

「還沒有輪到你，波丹先生。」醫技師一邊將珍的輪椅推進門，一邊說。「你就耐心等吧。」

「但是我要尿尿，該死的傢伙。」

「是，我知道，我知道。」

「妳什麼都不知道。」

「我知道不用浪費唇舌。」醫技師低聲說著，將珍的輪椅推上走廊。

「我要尿濕妳的地毯！」老人大叫。

「那是你們最受歡迎的病人？」珍問道。

「是啊。」醫技師嘆氣。「波丹先生是每個人最歡迎的病人。」

「妳覺得他是眞的想尿尿嗎？」

「他永遠都想尿，因爲他的前列腺腫得跟我的拳頭一樣大，又不肯讓外科醫師碰一下。」

醫技師將珍推進操作室，把輪椅固定好。「我扶妳躺上檯子。」

「我可以自己來。」

「親愛的，帶著這麼大的肚子，有人扶妳起來也不錯。」醫技師托著珍的手臂，幫助她從輪椅上站起來。珍爬上腳凳、到檯子上躺好。醫技師站在一旁說：「現在，只要放輕鬆，好嗎？」她掛好珍的點滴瓶。「等譚醫師一下來，我們就幫妳照超音波。」然後醫技師就走出門外，讓珍一個人待在裡面。操作室裡除了造影儀器之外，沒有東西可以看，沒有窗戶，牆上沒有海報，沒有雜誌，連無聊的《高爾夫文摘》都沒得看。

珍在檯子上躺好，直視著空白的天花板。手放在隆起的肚子上，期待著能像平常一樣摸到凸出來的小腳丫或手肘，但是，什麼都沒有。她心想：別這樣嘛，寶貝！跟我說說話，讓我知道你一切平安。

空調通風口吹來一陣涼風，珍只穿著一件輕薄的袍子，不禁顫抖。她看一下錶，然後盯著手腕上的塑膠手環。病患姓名：珍．瑞卓利。我不算眞正的病人吧，她心想。讓我們把事情順利完成吧！

珍肚子上的皮膚突然刺痛，接著感覺到子宮收縮，肌肉溫和地收緊，一陣子之後才又放鬆。

終於，有一次陣痛。

珍看看時間，上午十一點五十分。

6

正午時分，氣溫升高到攝氏三十幾度，把人行道烤得像煎鍋似的，一股地獄般的熱氣籠罩著整座城市。醫事檢驗處外面的停車場上，已經沒有記者守在那邊；莫拉可以毫無羈絆地穿越艾巴尼街，走去醫療中心。在電梯裡，她遇見六個剛進醫院輪值不到一個月的菜鳥實習生，讓莫拉想起在醫學院學到的教訓：別在七月生病。實習醫生都那麼地年輕，莫拉看著他們平滑的臉龐、尚未摻雜任何銀絲的秀髮。最近這些日子以來，莫拉不管是遇見警察或醫生，似乎經常注意到他們的年紀。他們看起來多麼年輕啊！而他們看到我的時候，又是怎麼想的呢？莫拉心裡好奇著。她沒穿制服，衣領上沒佩戴醫師的名牌，看起來就是一個中年婦女。也許他們以為我是病患的家屬，所以不屑一顧。曾經，她也和這些實習醫生一樣，年輕而驕傲地穿著白袍，直到她嚐過失敗的教訓。

電梯門開啓，莫拉隨著實習醫師們走到內科。實習醫師快步走過護理站，穿著白袍的他們高高在上。穿著平民服飾的莫拉一走近，行政人員立刻皺起眉頭阻止她，很快地問：「請問妳要找人嗎？」

「我來探視一位病患。」莫拉說：「她是昨晚送進來的，從急診室轉過來，就我所知，她今天轉出加護病房了。」

「病人姓名呢？」

莫拉遲疑一下。「我想她還是歸為無名人士，卡特勒醫師告訴我，她在431號病房。」

行政人員不信任地瞇起眼睛。「抱歉，一整天有很多記者打電話來，我們無法回答任何和那名病患有關的問題。」

「我不是記者，我是醫事檢驗處的艾爾思醫師，我告訴過卡特勒醫師我會過來看那位病人。」

「我可以看一下您的證件嗎？」

莫拉從皮包裡掏出身分證，放在櫃檯上。莫拉心想：我沒穿醫師袍就是會受到這種對待。她看到那些實習醫生在走廊上通行無阻，像一群趾高氣揚的白天鵝。

「你可以打電話給卡特勒醫師。」莫拉建議：「他知道我是誰。」

「好了，我想這樣就可以了。」行政人員說道，把身分證還給莫拉。「那個病人引來一堆麻煩，醫院還派了一名警衛在那邊。」莫拉轉身朝走廊過去時，行政人員喊道：「警衛可能也會檢查妳的證件！」

莫拉準備好再接受一輪詢問，所以把證件握在手裡，走到431室卻發現緊閉的門口外，並沒有警衛站崗。就在她要上前敲門的時候，聽見病房裡傳砰的一聲，還有金屬撞倒的匡啷聲。

莫拉立刻推門進去，卻看到令人困惑的場面。一個醫生站在床邊，向上伸長了手想拿點滴瓶。在醫生對面，是一個警衛壓在病人身上，想抓住病人的手腕。床邊的小架子翻倒在地，地面一片濕滑。

「需要幫忙嗎？」莫拉叫道。

那醫生轉頭過來看她一眼，莫拉看見他有雙藍色的眼珠，還有一頭短得像刷子的金髮。「不用，我們可以處理，已經抓住她了。」那醫生說道。

「我來綁約束帶。」莫拉想幫忙，走到警衛那邊。就在她伸手去拉綁手腕的帶子時，看到女病患的手啪地甩開，旁邊的警衛發出低沉的警告聲。

一聲爆炸聲嚇得莫拉後退，突然一股熱液噴濺到她臉上，而那個警衛猛然往旁邊倒下，靠在莫拉身上。警衛的體重讓莫拉重心不穩，仰天跌倒，被壓在警衛身體下面。地上濕冷的液體浸透她的上衣，從上方又有溫熱的血液流下來。莫拉努力想推開壓在上面的警衛，但他實在太重，壓得莫拉連肺部的空氣都要被擠空了。

警衛的身體開始顫抖，痛苦得抽搐著。溫熱的鮮血噴在莫拉的臉上和嘴裡，那個味道幾乎令她作嘔。*我要被血淹死了。*莫拉大叫一聲，用力推開警衛，他裹滿血液的身體終於滑下去。

莫拉掙扎著站起來，注視著女病人，發現她已經完全擺脫束縛了。接著，莫拉才看到她手上緊握著的東西。

一把槍，女病人握著警衛的佩槍。

金髮醫生已經消失無蹤，莫拉現在是單獨面對這個無名女子。她們瞪視彼此，無名女子臉上每一個線條都清晰得可怕。她的黑髮糾結，眼神狂野，手臂上的青筋隨著她的手緩緩緊握而越顯浮現。

上帝啊！她要扣下扳機了！

「拜託。」莫拉輕聲地說：「我只是想幫妳。」

狂奔而至的腳步聲轉移了無名女子的注意力，病房門猛然打開，一名護士張大嘴巴瞪著病房內的屠殺場面。

突然間，無名女子從床上跳起來，快得莫拉沒有時間反應。無名女子一把抓住莫拉的手臂，槍管抵住莫拉的脖子。莫拉的心臟猛撞著胸膛，她被推搡到門邊，冰冷的槍管壓在她的身上。護士往後退開，嚇得說不出話來。莫拉被推出病房，站到走廊上。其他的安全警衛呢？有沒有人打電話求救？她們兩人持續往護理站前進，無名女子汗濕的身體緊貼著莫拉，緊張的呼吸聲在莫拉耳邊呼呼作響。

「小心！大家讓開，她有槍！」莫拉聽到旁人這樣喊著，眼角餘光瞥見剛剛遇到的那群實習醫生，穿著白袍的他們已經沒有那麼神氣了，每個人都瞪大了眼睛往後退。有這麼多的目擊者，卻都完全沒用處。

誰來幫幫我呀，該死的傢伙！

無名女子押著手中的人質走到護理站前，櫃檯後方的女性全都嚇呆不敢動，像群蠟像般眼神發直地看著她們兩人的行動，電話鈴響也沒人去接。

電梯就在前方。

無名女子用力去按向下的按鈕，電梯門打開之後，一把將莫拉推進電梯，自己也跟著進入，站在莫拉後面，按下一樓的按鈕。

有四層樓的時間。電梯門再度開啓的時候，我還能活命嗎？

無名女子後退到牆邊，莫拉於是向後注視著她，眼神堅定。*強迫她看清楚我是誰，在她扣下扳機時，我要她看著我的眼睛。*電梯裡冷颼颼的，無名女子身上除了薄薄的病人袍之外，什麼都沒穿，但她臉上佈滿汗水，緊握的雙手微微顫抖。

「妳爲什麼要這麼做？」莫拉問她：「我從來沒有傷害過妳！昨晚，我試著幫助妳，我是救醒妳的人。」

無名女子什麼都沒說，沒有發出任何聲音。莫拉所能聽到的只有她的呼吸聲，因爲恐懼所以粗啞而急促的呼吸聲。

電梯抵達目的地，發出鈴聲，無名女子的目光立刻轉向電梯門。莫拉焦急地在腦中回想醫院大廳的擺設，她記得前門入口附近有個詢問處，裡面有位銀髮的義工。還有一間禮品店，和一排公用電話。

電梯門開啓之後，無名女子抓住莫拉的手臂，先將她推出電梯，手槍又再次抵住莫拉的咽喉。走進大廳時，莫拉的喉嚨已經乾得像沙漠。她看看左右，沒有半個人，沒有任何目擊者。然後，她瞥見勢單力孤的安全警衛躲在詢問處後面。一看到警衛的白髮，莫拉的心都沉了下去。這人不是救星，他只是穿著制服的老人家，備受驚嚇。如果要他開槍，很可能會擊中人質。

外面傳來警車的汽笛聲，像是一個預言死亡的女妖正在步步逼近。

無名女子扯住莫拉的頭髮讓她整個頭往後仰，兩人之間的距離近到莫拉可以感覺到無名女子吹在頸後的溫熱呼吸，也可以嗅到她深懷恐懼的氣息。她們往大廳出口移動，莫拉瞧見瑟縮在桌子後面的老警衛眼神驚慌，禮品店櫥窗內銀色氣球飄動，公用電話話筒垂在半空中。然後，莫拉就被押出大門，推進正午時分的熱空氣中。

一輛波士頓警局巡邏車在人行道旁緊急煞車，兩名員警跳下車，掏出警槍。警察靜止不動，緊盯著阻隔在警匪火線當中的莫拉。

另一波警車汽笛聲呼嘯而至。

轉瞬間窮途末路，無名女子的呼吸頻率因絕望而變得急促。前方無路，她把莫拉往回拉，再度進入醫院，退回大廳。

「拜託妳！」莫拉被拖回大廳時低聲對她說：「沒有路可以逃出去的！把槍放下，妳只要把槍放下，我會和妳一起去面對警察，好嗎？我們一起走過去，警察不會傷害妳……」

莫拉看見剛剛那兩名警察從旁邊一步步逼近，緊跟著無名女子的前進路線。莫拉仍舊阻擋在火線上，所以警察不能有更進一步的行動，只能眼睜睜看著無名女子挾持人質退回大廳。莫拉聽見有人倒抽一口氣的聲音，透過眼角餘光看到一旁的路人呆立在原地。

「所有人退後！」其中一名警員喊道：「所有人離開現場！」

莫拉心想：這就是我的下場，和一個寧死不降的瘋婆子一起被逼到絕境。莫拉可以感覺到無名女子的呼吸越來越急促、幾近狂亂，恐懼像高壓電的電流一樣流竄到她整隻手臂。莫拉感覺自己被冷酷地拖往充滿血腥的結局，從步步逼近的員警眼中，幾乎就可以想見那個可怕的畫面：無名女子的手槍發射之後，人質腦袋的血漿四濺，最後以無可避免的槍林彈雨畫下句點。目前，警察還沒有進一步的動靜；而陷於驚慌之中的無名女子也束手無策、無法改變情勢的發展。

我是唯一能改變局勢的人，現在就是行動的時機。

莫拉深吸一口氣，再吐出來。就在空氣吁出肺部的時候，她放鬆全身的肌肉，雙腿軟倒，整個人滑倒在地板上。

無名女子嚇得咕噥一聲，忙亂地想撐住莫拉。但是一具癱軟的軀體相當沉重，而且莫拉已經滑到地面，無名女子失去了手上的人肉盾牌。頃刻間，莫拉自由了，趕緊向一旁滾去，手臂環抱頭部，蜷曲成球狀，躲避著預期中的連串爆破聲。然而，她只聽到人群的跑步聲及喊叫聲。

「王八蛋！太多人擋在前面，我不能開槍！」

「所有人全都他媽的滾開！」

一隻手抓住莫拉，搖晃她。「女士？妳還好嗎？妳沒事吧？」

莫拉渾身顫抖著，終於抬眼看向員警的臉。她聽到警察身上的無線電聲響，以及警笛大作如同五子哭墓。

「來吧，妳必須離開這裡。」警察擎起莫拉的手臂，協助她站起來。莫拉抖得太厲害，站都站不住，所以警察環住她的腰部，帶她往出口處移動。「你們所有人！」警察對著旁邊的路人叫道：「現在全部出去。」

莫拉往後看，無名女子已不見蹤影。

「妳可以走路嗎？」警察問道。

莫拉發不出聲音，只能點點頭。

「那就走吧！我們要疏散所有人，妳不會想留在這裡面。」

在這種血腥場面快要引爆的時刻，我的確不想。

莫拉向前走了幾步，回頭看最後一眼，只見警察已經往走廊移動。一個指示牌上面的箭頭，指向無名女子最後移動的方位。

影像診斷科。

珍・瑞卓利突然驚醒，一時間搞不清楚置身何處，只能對著天花板眨眨眼。她原本並沒有打算要睡著的，但診療檯出乎意料之外地舒服，而且她也眞的累了，過去幾個晚上都沒睡好。珍看看牆上的鐘，發現自己已經被留在那裡超過半個小時。她還得要等多久呢？又等了五分鐘之後，她開始不耐煩了。

好，我等夠了，我要去看看什麼事情耽擱這麼久，而且，我不要再等到輪椅出現。

珍爬下診療檯，光腳丫啪地一聲踩上冰涼的地板。往前走了兩步，才發現自己手上還插著注射針管，連接在生理食鹽水點滴袋上。珍把食鹽水袋換到移動式點滴架上，推著點滴架走到門邊。走廊上看不到半個人，不論是護士、護理員還是X光技師都不見蹤影。

好啦，這還眞教人感到欣慰！整間醫院全忘了她的存在。

珍推著點滴架走向沒有窗戶的走廊，點滴架的輪子在光滑的地面上輕微晃動。她經過一扇又一扇的門，只看見空空如也的診療檯和病房。大家都跑哪兒去了？在她睡著的這一段短短的時間內，所有人都消失了。

眞的只過了半個小時嗎？

珍停在空盪的走廊上，腦中突然閃過電影《陰陽魔界》的劇情：在她睡著的時候，世界上所有人都憑空消失了。珍前前後後望著走廊，試著想記起走回候診區的路線。剛才醫技師把她推到診療室的時候，她並沒有多加留意。珍隨手打開一扇門，是一間辦公室，另一扇門裡面是檔案室。

沒有人。

珍開始小跑著查看走廊上每一個房間，身邊點滴架的輪子嘩啦嘩啦作響。這算是什麼醫院，竟然將懷孕婦女棄之不顧？她要投訴，沒錯，她一定要去投訴。她隨時可能會生產！她可能會死掉！而且，她現在極度不爽，你不會希望看到任何孕婦處在這種惡劣情緒中，尤其是這一位孕婦。

珍終於看到出口的指示牌，滿腹怨言呼之欲出。她使勁把門拉開，看到候診室的第一眼，珍還無法立刻搞清楚狀況。波丹先生依舊被綁在輪椅上，停靠在角落。超音波醫技師和接待人員坐在一張沙發上，緊挨在一起。另一張沙發上，譚醫師坐在那位黑人護理員的旁邊。這是什麼情況？在開茶會嗎？珍被遺忘在後面病房裡的時候，她的主治醫師爲什麼悠閒地坐在候診室沙發上？

接著，珍看見散落一地的病歷表、翻倒的馬克杯，以及灑在地毯上的咖啡。珍這才了解譚醫師並不是悠閒地坐著，而是脊背僵硬、臉部肌肉因爲恐懼而緊繃著。譚醫師的目光並沒有朝向珍，而是注視著其他事物。

珍直到這時候才了解：*有人站在我背後。*

7

莫拉坐在機動作戰指揮中心的拖車裡，周圍滿是電話、電視機和筆記型電腦。空調故障，車裡的溫度肯定有攝氏三十度以上。負責監控無線電的艾莫頓警官，一邊從水瓶裡灌下大口的水，一邊用手搧著風。然而，擔任波士頓警局特別作戰指揮官的黑德隊長看來卻十分冷靜，正在研究電腦螢幕上顯示的醫院空間配置圖。黑德旁邊坐著醫院的工程部主任，正在為他指出設計藍圖上相關的區域。

「她現在藏身的區域是影像診斷科。」工程部主任說：「原本是醫院的X光部門，後來X光部移到增建的區域裡。隊長，恐怕你們會在這裡遇到大麻煩。」

「什麼麻煩？」黑德問道。

「這裡的外牆全部灌鉛以阻隔輻射，而且，這一區都沒有對外的門窗。你們無法從外面炸出一條路進去，也不能投擲催淚瓦斯。」

「要進入影像診斷科，只能從內部的這扇門走？」

「沒錯。」工程部主任看著黑德說：「我猜她應該已經把門鎖起來了？」

黑德點點頭。「這也表示她把自己困在裡面。我們已經下令所有人退回大廳，以免她決定孤注一擲往外衝的時候，我們的人會站在火線上。」

「她跑進死巷子了，唯一的出路就是穿過你的人馬。就目前而言，你把她封鎖在裡面；但相對來說，你要攻進去也十分困難。」

「所以擺在眼前的是一個僵局。」

工程部主任按一下滑鼠，將藍圖的一部分區域放大。「現在，有一種可能性，取決於她究竟藏身在哪一個角落。這些診斷區域的外牆都有灌入鉛板，唯獨候診室沒有。」

「我們現在討論的是哪一種建築材料？」

「水泥石牆，你可以輕易從上一層樓鑽孔到候診室的天花板。」工程部主任轉身望向黑德。「但到時候，她就會退回鉛板隔離的區域，沒有人靠近得了。」

「打擾一下。」莫拉插話道。

黑德看向莫拉，銳利的藍色眼珠透著不耐。「什麼事？」他厲聲應道。

「黑德隊長，我現在可以離開了嗎？所有的經過我都已經告訴你了。」

「還不行。」

「還要多久？」

「妳必須在這裡等，直到我們的人質談判專家和妳談過爲止，他希望所有目擊證人都先留置現場。」

「我很樂意和他談話，但沒有理由非要我坐在這裡不可。我的辦公室就在對街，你們知道怎麼找到我。」

「妳辦公室還不夠近，艾爾思醫師。而且，我們必須隔離留置。」話說至此，黑德已經將注意力轉回空間配置圖，完全不顧莫拉的抗議。「局勢變動迅速，我們不能浪費時間去追到處亂跑的目擊者。」

「我不會到處亂跑，而且，我也不是唯一的目擊者，當時有許多護士在照顧她。」

「那些護士也都隔離留置了，我們會約談每一位目擊者。」

「病房裡還有一位醫師，事發當時，他就在現場。」

「黑德隊長？」艾莫頓從無線電監控器前轉過頭來報告。「一至四層樓已經疏散完畢，院方無法移動更高樓層的重症病患，但其他病況較輕者，均已離開醫院。」

「我方佈陣如何？」

「醫院內部已經部署完畢，在唯一的出口前也已設下障礙物。另外，我們還在等待增援人手，以加強醫院外部的部署。」

黑德頭部上方的電視頻道設定在一家波士頓地方電視台，音量調爲靜音。現在是新聞實況轉播，畫面異常熟悉。莫拉心想：畫面上是艾巴尼街，指揮中心拖車也出現在畫面上，此時此刻，我就是被限制在車裡的人犯。整個波士頓市在電視螢幕上觀看這齣戲碼的同時，莫拉正被困在危機的中心。

車身突如其來的晃動，引得莫拉轉頭看向車門處，一名男子走進來。又是一名警察，莫拉想道，同時注意到他腰上皮套裡的手槍。但此人比黑德矮，也比較沒有派頭，頭頂上的汗水使得他稀疏的褐髮粘黏在曬得發紅的頭皮上。

「要命，這裡面更熱！」來人說道。「你們的空調有開嗎？」

「開了。」艾莫頓回答：「但沒半點用處，我們一直沒時間送修，電子維修部門爛透了。」

「別提那些傢伙了。」那人說著將眼光放到莫拉身上，朝她伸出手來。「妳是艾爾思醫師，對嗎？在下是勒魯瓦·斯提爾曼副隊長，他們請我來安撫整個局勢，看看我們是否可以不用暴力就解決這個危機。」

「你就是人質談判專家。」

斯提爾曼謙虛地聳聳肩。「他們是這樣稱呼我的。」

兩人握了手。也許是因為斯提爾曼謙虛的外表——卑屈的表情、開始要禿的頭頂——讓莫拉放鬆戒心。不像黑德那樣簡直是全身灌滿雄性激素似的，斯提爾曼帶著平靜、有耐心的微笑看著莫拉，彷彿有全世界的時間可以和她談話。斯提爾曼對著黑德說：「這車裡沒法兒待人，她應該不用坐在這裡。」

「你要求我們要留住目擊者。」

「沒錯，但我沒要你們把目擊者烤熟。」斯提爾曼打開車門。「說不定隨便什麼地方都要比這裡面來得舒服。」

他倆步出車外，莫拉深呼吸一口氣，很高興能脫離悶熱的車廂。這裡，至少還有陣陣微風吹拂。在莫拉被隔離的這段時間內，艾巴尼街湧進了大片警車。通往對街醫事檢驗處的車道全都被包圍起來，莫拉不知該如何才能把自己的車開出停車場。莫拉看見遠處的警方封鎖線外，有許多碟型衛星信號接收器，像一朵朵長莖的花開在新聞採訪車上。不知道坐在採訪車上的電視台工作人員會不會也覺得熱？就像她剛剛在指揮中心車廂裡那樣又熱又可憐？莫拉希望答案是肯定的。

「謝謝妳願意等待。」斯提爾曼說。

「我沒得選擇。」

「我知道這造成妳的不便，但我們必須留置目擊者，直到取得證詞為止。目前情況已經控制住，而我需要掌握更多情報。我們不曉得無名女子的動機何在，不知道有多少人跟她在裡面。我需要知道我們在對付的是什麼樣的人，如此我才能在對方願意跟我們談的時候，採取正確的策略。」

「她還沒有和你們談過？」

「沒有。我們攔截了醫院那區的三條外線電話，藉以控制她的對外聯繫管道。我們也試著打過六通電話進去，但她一直掛斷。不過，最後她一定會想說話的，嫌犯幾乎都是如此。」

「你似乎認定她是一般的人質綁架犯。」

「做這種事情的人，行爲模式都蠻接近。」

「有多少人質綁架犯是女性？」

「我必須承認：並不常見。」

「你曾經對付過女性的人質綁架犯嗎？」

斯提爾曼遲疑一下，他說：「事實上，這是我的第一次，對所有人來說都是第一次，我們現在面對的是極少數的例外，女性一般都不會挾持人質。」

「但這個女人就會。」

斯提爾曼點點頭。「所以，除非我獲得更多資訊，要不然我會採取面對一般人質危機時所用的方法。在我和她談判之前，我需要盡可能地知道關於她的一切事情。她是誰？她爲什麼要這麼做？」

莫拉搖搖頭。「在這一點上，我不知道能夠幫你什麼忙。」

「妳是最後一位和這無名女子有所接觸的人，告訴我妳所記得的一切。她說的每一個字，她的一舉一動，都告訴我。」

「我和她獨處的時間很短，只有幾分鐘而已。」

「妳們有交談嗎？」

「我有嘗試。」

「妳對她說了什麼？」

莫拉回想起那趟電梯之旅，掌心又冒出冷汗，無名女子握著武器的手是如此地顫抖。「我試著要她冷靜下來，試著跟她講道理，我告訴她我只是想幫忙。」

「她怎麼回答？」

「她什麼話都沒有說，完全靜默，這是最恐怖的地方。」莫拉望向斯提爾曼。「她不發一語。」

斯提爾曼皺起眉頭。「她對妳所說的話有沒有任何反應？妳確定她有聽到妳說的話？」

「她不是聾子，對外界的聲音有反應，我知道她聽得見警笛聲。」

「但她一句話都沒說？」斯提爾曼搖搖頭。「這很不尋常，難道我們要對付的是有語言障礙的人嗎？這樣在談判時會有困難。」

「在我看來，她不是願意談判的類型。」

「艾爾思醫師，請從頭說起，包括她所做的每件事情，以及妳所做的每件事情。」

「我已經告訴黑德隊長所有的經過，一直重複問我相同的問題，並不會得到更多的答案。」

「我知道妳已經描述過整個經過，但也許妳記得的某個細節正是關鍵，正是我可用的重要訊息。」

「那時候她用槍指著我的頭，除了保住性命之外，我很難注意到其他事情。」

「妳當時在她旁邊，是最了解她精神狀態的人，妳覺得她爲什麼做出這些行爲？她有想要傷害人質的意圖嗎？」

「她已經殺了一個人，這件事對你而言沒有任何意義嗎？」

「但從那之後就沒再傳出任何槍響，已經過了最關鍵的三十分鐘。這半小時是最危險的，因爲一般槍擊犯在這個階段中，內心最爲恐懼，最可能殺害俘虜。現在已經過了快一個小時，她沒有進一步行動。就我們所掌握到的資料看來，她也沒有再傷害任何人。」

「那她在裡面做什麼？」

「不知道，我們還在努力蒐集她的背景資料。兇殺重案組在調查她爲什麼會流落到停屍間，我們也在醫院裡面採集她的指紋。只要沒有人再受到傷害，時間越久對我們就越有利，能夠蒐集的資料就越多，也就越有可能不流一滴血、不用英雄主義出頭，就讓事件和平落幕。」斯提爾曼朝醫院望過去。「看到那邊的警察了嗎？他們大概都摩拳擦掌地想衝進醫院。如果讓事情走到那個地步，我就算是失敗了。我處理人質事件的基本原則很簡單：事緩則圓。我們把她堵在沒有窗戶、沒有出口的角落，所以她根本逃不掉，沒有行動能力。因此，我們就讓她坐著好好想一想自己的處境，她就會了解：除了投降之外，別無選擇。」

「前提是她得夠理性，才能看清楚這一點。」

斯提爾曼瞧著莫拉好一會兒，臉上的表情像是在思索她剛才說的話。「妳認爲她夠理性嗎？」

「我認爲她嚇壞了。」莫拉說：「我們單獨在電梯裡面時，我看到她的眼神中滿是驚恐。」

「她是因爲恐懼才開槍的嗎？」

「她一定備感威脅，當時我們有三個人擠在她床邊想要綁住她。」

「你們有三個人？那名護士告訴我：她走進病房時，只看到妳和那名警衛。」

「還有一個醫生，是個年輕人，金髮。」

「護士沒看到他。」

「哦，他跑走了。槍聲響起之後，他像隻兔子一樣嚇得跑出去。」莫拉停了一下，想到當時被遺棄在那裡就覺得很難過。「而我卻被困在病房裡。」

「妳覺得：既然你們三個人都站在床邊，無名女子為什麼只射殺那名警衛？」

「警衛剛好對著她彎下腰，他是最靠近的人。」

「會不會是因為他身上的制服？」

莫拉皺起眉頭。「你的意思是？」

「想想看，制服是權威的象徵，她可能以為眼前的人是警察，這讓我懷疑她是不是有前科。」

「很多人都會怕警察，不見得有前科。」

「她為什麼沒有射殺醫生？」

「我說過，他跑走了，離開病房。」

「她也沒有朝妳開槍。」

「因為她需要人質，而我是最靠近她的活人。」

「妳覺得她會殺掉妳嗎？如果有機會的話？」

莫拉迎視斯提爾曼的目光。「我覺得那女人為了活命，什麼事情都做得出來。」

拖車的門突然打開，黑德隊長探出頭來對斯提爾曼說：「勒魯瓦，你最好進來聽聽這個。」

「什麼東西？」

「剛剛廣播的內容。」

莫拉跟著斯提爾曼回到車裡，因爲剛剛在外頭站了一會兒，現在感覺車裡變得更悶了。

「重播剛剛那段廣播內容。」黑德對艾莫頓說。

喇叭裡傳來一名男性相當興奮的聲音。「……您現在收聽的是KBUR電台，我是羅伯・洛依，在這個神秘的午後爲您主持。各位聽眾，這裡現在的氣氛相當詭譎，線上有一名女性聽眾call in進來，說她就是被本地特警隊圍困在醫療中心的當事人。我原本不相信她，但我們的製作人一直和她保持通話中，我們現在相信她說的應該是事實……」

「這在搞什麼鬼？」斯提爾曼說：「一定是惡作劇，我們已經封鎖了所有電話線路。」

「繼續聽。」黑德說。

「……喂？小姐？」DJ說：「請說話，告訴我們妳叫什麼名字。」

一個女性嘶啞的喉音回答：「我叫什麼名字不重要。」

「好吧，妳究竟爲什麼要這麼做？」

「骰子已出手。我想說的就是這句話。」

「這句話代表什麼意思呢？」

「告訴他們，快說。骰子已出手。」

「好好好，不管那是什麼意思，整個波士頓市的居民剛剛都聽到了。各位鄉親，如果您有在聽的話：骰子已出手。我是KBUR電台的羅伯・洛依，現在和我們連線的是引起這場大騷動的女士……」

「你告訴警察退後一點。」那女人說：「這裡有六個人質，我手上的子彈足夠賞他們一人一顆。」

「哇！這位女士，請冷靜，不需要傷害任何人。」

斯提爾曼氣得滿臉通紅，轉身對著黑德說：「怎麼會發生這種事？我們不是封鎖了所有的電話線路嗎？」

「是有封鎖，但她是用手機打出來的。」

「誰的手機？」

「號碼登記在史戴芬妮・譚的名下。」

「查出史戴芬妮・譚是什麼人了嗎？」

「……糟了！各位聽眾，我有麻煩了。」羅伯・洛依說：「我的製作人剛剛告訴我：波士頓最高長官下令要我終止和這位女士連線。警察要中斷我們的線路了，各位朋友，所以我要長話短說。女士？妳還在線上嗎？哈囉？」一陣靜默。「看來我們斷線了，好，我希望她能夠冷靜下來。女士，如果妳還聽得到我說話，請妳不要傷害任何人。我們會找人幫妳，好嗎？還有，各位聽眾，您現在收聽的是KBUR電台。『骰子已出手』……」

艾莫頓關掉這段錄音，說：「就是這樣，我們錄下來的內容就這樣。一聽到DJ訪談的對象是誰，我們就立刻中斷那通電話。但是，剛剛那段對話已經播放出去了。」

斯提爾曼看來是大為震驚，雙眼直瞪著剛才播放錄音的音響設備。

「勒魯瓦，她到底在搞什麼鬼？」黑德問道。「剛剛那只是想引起大眾的注意嗎？她是想要引發大眾的同情？」

「我不知道，這很反常。」

「她爲什麼不跟我們對話？爲什麼打電話到廣播電台？我們才是一直想和她聯絡的人，她卻一直掛我們的電話！」

「她講話有口音。」斯提爾曼看著黑德說。「她絕對不是美國人。」

「還有，她剛剛說的是什麼？骰子已出手。那是什麼意思？」

「那是引用自凱撒大帝的一句話。」莫拉說。

所有人全都望向莫拉。「什麼？」

「那是凱撒大帝站在盧比孔河岸時所說的話，如果當時他過河去，就表示他向羅馬宣戰。他知道自己一旦出動，就再也沒有回頭路。」

「凱撒大帝和現在的事情到底有什麼關係？」黑德問道。

「我只是告訴你們這句話的出處，凱撒大帝下令軍隊渡河的時候，他就知道再也不能回頭了。那是一場賭局，凱撒就是賭客，而他喜歡擲骰子。所以，在他做出決定的時候，他說：『骰子已出手。』」莫拉稍微停頓一下。「然後他就行軍進入歷史中。」

「所以，這也就是『渡過盧比孔河』所代表的意義。」斯提爾曼說道。

莫拉點點頭。「挾持人質的這個女人已經做出決定，她是要告訴我們沒有回頭路了。」

艾莫頓喊：「查到手機的資料了，史戴芬妮・譚是醫療中心的婦產科醫師，她沒有回覆呼叫器的傳呼，而最後一次有人看到她的時候，她正要去影像診斷科看病人。醫院現在正在清查人事名冊，確認目前還下落不明的員工身分。」

「看來我們已經掌握至少一名人質的姓名。」斯提爾曼說。

「那手機該怎麼辦？我們試著打過去，她還是一直掛我們電話。要讓手機繼續能用嗎？」

「如果我們把手機停話，可能會激怒她。目前就讓她繼續保持通訊能力，我們只要監測所有進出的電話就好。」斯提爾曼停下來，掏出手帕擦擦額頭上的汗珠。「至少她現在跟外界聯絡了——只不過對象不是我們。」

莫拉看著斯提爾曼漲紅的臉想到：這裡面已經很悶了，而且，天氣越來越熱。莫拉覺得自己開始搖晃，沒辦法再待在車廂裡。「我需要一些新鮮空氣。」她說：「我可以離開了嗎？」

斯提爾曼心不在焉地看了她一眼。「當然，當然，請。等等——我們有妳的聯絡資料嗎？」

「黑德隊長有我家裡電話和行動電話號碼，一天二十四小時都聯絡得到我。」

莫拉走出車外，在路邊站了一下，因為正午的陽光強烈而瞇起眼睛。眩光之中，莫拉看著艾巴尼街上的一片混亂。這裡是她每天上班的必經之路，兩旁是每天開車到醫事檢驗處都看熟了的景象。現在卻擠滿了大批車輛，還有一大群穿著黑色制服的特殊作戰分隊警察。每個人都在等待無名女子的下一步行動，她是整起危機的導火線，而到目前為止，還沒有人知道她的身分。

莫拉走向辦公大樓，穿梭繞過停滿了的警車之間，然後彎身穿越警察封鎖線。直到莫拉站直身體，才發現有個熟悉的身影正朝著自己走過來。認識嘉柏瑞・狄恩的這兩年來，莫拉從沒見過他激動的樣子，鮮少看到他露出強烈的情緒。然而，現在出現在莫拉眼前的這個男人，臉上的表情卻是純然的驚慌。

「妳有聽到任何姓名嗎？」嘉柏瑞問道。

莫拉不解地搖搖頭。「姓名？」

「那些人質，有誰在醫院裡面？」

「到目前為止，我只聽到警察們提到一個名字，是個醫生。」

「誰？」

莫拉停口，被嘉柏瑞尖銳的問話方式嚇到。「一位譚醫師，有人用她的手機打電話到廣播電台。」

嘉柏瑞直盯著醫院。「我的天哪！」

「怎麼了？」

「我找不到珍，她沒有跟著同一層樓的病患一起疏散。」

「她是什麼時候進醫院的？」

「今天早上，羊水破了之後。」嘉柏瑞看著莫拉說：「譚醫師是珍的主治大夫。」

莫拉突然想起剛剛在拖車裡聽到的消息：譚醫師當時正要去影像診斷科看病人。

是珍，譚醫師正要去看珍。

「你最好跟我一起來。」莫拉說。

8

我是來醫院生孩子的，結果我快被人轟掉腦袋了。

珍坐在沙發上，擠在右手邊的譚醫師和左手邊的黑人護理員中間。珍可以感覺到護理員在發抖，在這個有空調的房間裡面，他的皮膚卻因冒冷汗而變得濕黏。譚醫師完全冷靜地坐著，面無表情。另一張沙發上，接待員緊緊抱著胸口，旁邊的女性醫技師無聲地流著淚。沒人敢說話，唯一的聲音來自候診室裡原本就開著的電視機。珍望向周圍每個人身上佩戴的名牌：邁克、多蔓尼加、葛蘭娜、譚醫師。珍低頭看自己手腕上的塑膠手環：珍・瑞卓利。我們每個人都替停屍間省了不少麻煩，屍體身分都非常明確。珍想到明天波士頓市民們翻開《論壇報》，就會看見這幾個名字斗大地刊登在頭版上。醫院挾持事件罹難者。珍想像那些讀者們的目光隨意瞄過「珍・瑞卓利」這個名字，然後就把注意力轉到體育版去。

這就是我的下場了嗎？就因為我在錯誤的時間出現在錯誤的地點？哎，等一下，珍想要大喊——我懷孕了！在電影裡面，沒有人會槍殺懷孕的人質！

但這不是電影，珍也沒辦法預測那個拿著槍的瘋婆子會做出什麼事。珍給她起的稱號就是：瘋婆子。要不然你還能怎麼稱呼一個手裡揮舞著槍、不停來回踱步的女人？那女人偶爾會停下來看看電視，第六頻道現場轉播醫療中心人質挾持事件的最新情況。珍心想：媽媽妳看，我上電視了！我是被困在醫院裡的人質之一呢！超幸運！就像那個實境節目「我要活下去」一樣，只不過用的是眞槍實彈。

流的也是眞血。

珍注意到瘋婆子手腕上也有病人戴的塑膠手環，難道是從精神科脫逃出來的嗎？而這家醫院竟然只忙著讓珍乖乖坐在輪椅上？那女人光著腳，因爲醫院發給病人穿的袍子只是用一塊布在背後打個結，所以她緊俏的臀部微微露在病人袍外，雙腿纖長，肌肉緊實，還有一頭濃密的黑髮。如果她穿上性感的皮衣，看起來就像戰士公主西娜。

「我要尿尿。」波丹先生說。

瘋婆子連看都不看他一眼。

「喂！有沒有在聽我說話？我說我要尿尿！」

珍心想：要命！要尿就尿吧，老傢伙！就尿在你的輪椅上，別去惹手上有槍的人。

電視上出現一個金髮記者，柔伊・佛西在艾巴尼街的連線報導。「目前還沒有消息指出有多少人質被困在醫院裡面，警方已經封鎖現場。至今已知有一名警衛傷亡，是在壓制該名病患時遭射殺身亡……」

瘋婆子停下腳步，直勾勾地盯著電視螢幕。她的一隻光腳踩著地上的資料夾，珍這時才注意到那個表格上用簽字筆書寫的姓名。

珍・瑞卓利。

該則新聞報導結束之後，瘋婆子又開始走來走去，光腳跨過資料夾。那是珍的門診病歷表，可能是譚醫師帶著走進影像診斷科的。現在，病歷表就在瘋婆子腳邊，她只要彎下腰去、打開封面看第一頁，就會看到珍的基本資料。姓名、生日、婚姻狀態、社會安全碼。

以及職業：波士頓警局兇殺重案組警官。

珍心想：這女人現在被波士頓警局特勤組圍困在這裡，如果她發現我也是警察的話……

珍不願再想下去，她已經知道後續會怎麼發展。再次低頭看看自己的手腕，醫院發的身分塑膠環上印著姓名：珍・瑞卓利。如果她可以把塑膠環脫掉、塞到椅墊下，瘋婆子就不會對應到病歷表上的名字。現在就是要做這件事，脫掉這個危險的身分辨識環，如此一來，珍就只是醫院裡的一名懷孕婦人，不是警察，也不構成威脅。

珍用一隻指頭鑽進塑膠環內用力拉扯，但手環不為所動。再用力拉，還是拉不斷。這到底是用什麼材質製造的啊？鈦金屬嗎？然而，身分辨識環的確必須夠堅固。你不會想看到像波丹先生這種腦袋不靈光的老人家，扯掉身分辨識環之後在醫院大廳亂逛，沒有人會知道他是誰。珍把塑膠環拉得更緊，牙關緊咬、肌肉緊繃。珍心想：我得把它咬下來，只要瘋婆子沒看我，我就可以……

突然間，珍僵住不動，發現那女人就站在她面前，一隻光腳又踩在她的病歷表上。珍慢慢地抬眼看那女人的臉，原本她一直避免去看那女人，深怕引起注意。但現在可怕的是，那女人完全只注視著她，珍感覺自己像是被挑選出來的待宰羔羊。甚至，那女人看來就像一種四肢修長、舉止優雅的貓科動物，黑髮光亮猶如黑豹。她的藍色眼光強如探照燈，而珍就被圈在光線之中。

「醫院就是會這樣做。」那女人開口說道，看著珍手上的塑膠環。「他們會在妳身上貼標籤，就像集中營一樣。」她舉出自己的手環，上面印著：珍・多伊。美國人習慣把無名女子都暫時取名為「珍・多伊」。珍差點兒要笑出來：現在是珍與珍的對戰，眞的珍對上假的珍。醫院接收這個女病患時，竟然不知道她是誰？從她說出的這幾句話聽來，很顯然不是美國人。可能是東歐人，大概是俄國人。

那女人撕開自己手上的塑膠環，丟在一旁，然後抓住珍的手腕，也把珍的身分辨識環用力一拉扯開來。

「好了，不再有標籤了。」那女人說著，看看珍的手環。「瑞卓利，這是義大利的姓氏。」

「是的。」珍將視線保持在那女子的臉上，絲毫都不敢往下看，深怕把對方的注意力引到她腳邊的資料夾上。那女人把珍穩定的眼神接觸解釋成：她倆之間建立了一種連結關係。在這之前，瘋婆子沒對他們其中任何一個人說過話。現在她說話了，珍心想：有意願溝通是件好事，努力和她溝通，建立連結關係，當她的朋友，她不會殺害朋友的，對吧？

那女人看著珍懷孕的肚子。

「我要生第一胎了。」珍說。

那女人抬頭查看牆上的鐘。她在等待，計算著時間。

珍決定再進一步試著溝通。「妳——妳叫什麼名字。」她大著膽子問道。

「爲什麼要問？」

「我只是想知道。」這樣我才不用再叫妳瘋婆子。

「沒有任何差別，我已經死了。」那女人看著珍。「妳也是。」

珍望進她燃燒般的眼眸，一度恐懼地想道：她說的會不會是眞的？我們會不會早就已經死了，而這段對話是發生在地獄裡？

「拜託。」接待員小聲地說。「拜託放我們走，妳不需要我們，只要讓我們開門走出去就好。」

那女人又開始踱步，光腳不時踏過地上的病歷表。「妳以爲他們還會讓你們活命嗎？在你們跟我在一起之後？所有和我在一起的人都死了。」

「她在說什麼？」譚醫師低語。

珍想道：她是個偏執狂，有被害妄想症。

那女人突然停下腳步，低頭瞪著腳邊的資料夾。

別打開，拜託別打開來。

那女人撿起資料夾，看著封面上的姓名。

轉移她的注意力，快！

「對不起！」珍說：「我真的——我真的需要上洗手間，懷孕期間很不方便。」她指指候診室的廁所。「拜託妳，我可以去上嗎？」

那女人把病歷表丟在咖啡桌上，在珍剛好搆不到的地方。「妳不可以鎖門。」

「不會，我保證。」

「去吧。」

譚醫師摸摸珍的手。「妳需要幫忙嗎？需要我跟妳一起去嗎？」

「不用，我還可以。」珍說著邊搖搖擺擺地站起來，走過咖啡桌旁的時候，超級想把病歷表夾帶過來，可是那瘋婆子全程監視著她。珍走進廁所，點亮燈之後關上門。自己一人待在廁所裡突然讓珍鬆了一口氣，尤其是不用再盯著一把槍。

我可以就這樣鎖上門，一直待在裡面，等到一切結束。

但珍想到在沙發上緊挨著彼此的譚醫師、護理員，還有葛蘭娜和多蔓尼加。如果我惹火瘋婆子，他們會是代我受罪的人，而我就變成懦夫，只敢躲在上鎖的門後。

珍上完廁所，洗好手，用手舀水喝，因爲接下來不曉得什麼時候還有機會可以喝到水。珍一邊抹乾下巴，一邊環視這間小廁所，看看有沒有什麼東西可以拿來當武器使用。但觸目所及，只有擦手紙、給皀機，和一個不鏽鋼垃圾桶。

廁所門突然打開，珍轉身看到那女人瞪著自己。她不信任我，她當然不會信任我。

「我上好了。」珍說：「我就要出來了。」珍走出廁所，回到沙發，看見病歷表還躺在咖啡桌上。

「現在我們都坐著等。」那女人說道。她坐上一張椅子，槍就在大腿上。

「我們在等什麼？」珍問道。

那女人直視著她，冷靜地說：「結果。」

珍感到不寒而慄，同時，她也感覺到別的東西：腹部一陣緊縮，像是一隻拳頭慢慢握緊。這陣收縮變成疼痛時，她憋住氣，額頭上冒出汗珠。五秒鐘、十秒鐘之後，疼痛慢慢減退，珍向後靠在沙發上，深呼吸。

譚醫師關切地皺眉看著珍。「怎麼了？」

珍嚥一下口水。「我想我要生了。」

「裡面有個警察？」黑德隊長問。

「不要走漏風聲。」嘉柏瑞說。「我不想讓任何人知道珍的職業，如果挾持者知道自己抓了個警察……」嘉柏瑞深吸一口氣，然後平靜地說：「不能讓媒體知道，就這樣。」

勒魯瓦．斯提爾曼點點頭。「我們不會讓媒體知道，尤其是在看到那名警衛的下場之後……」他停了一下。「我們必須緊緊守住這個消息。」

黑德說：「有個警察在裡面，對我們是有利的。」

「對不起，你說什麼？」莫拉說道，不敢相信黑德竟然當著嘉柏瑞的面，說出這種話。

「瑞卓利警官的肩膀上有顆好腦袋，她也知道怎麼使用武器，可以主導這整件事情的發展。」

「她同時也有著九個月的身孕，而且任何時候都可能生產。你究竟期望她做些什麼？」

「我只是說她具備警察的直覺，這是好事。」

嘉柏瑞說：「在這個時刻，我希望我太太唯一保有的本能是自衛本能，我要她安全地活著。所以別期待她表現得像個英雄，你們該做的就是把她救出那個鬼地方！」

斯提爾曼說：「我們不會做任何傷害你太太的事情，狄恩探員，我向你保證。」

「這個挾持人質的人是誰？」

「我們還在確認她的身分。」

「她的目的是什麼？」

黑德插嘴說：「也許狄恩探員和艾爾思醫師應該離開這裡，好讓我們繼續工作。」

「不用，沒關係。」斯提爾曼說道。「狄恩探員需要了解情況，他當然會想知道細節。」斯提爾曼看著嘉柏瑞。「我們現在把步調放慢，讓那個女人有機會冷靜下來並開始和我們對話。只要沒有人再受傷，我們就有時間。」

嘉柏瑞點點頭。「事情就該這樣處理，不用子彈，不用攻擊，只要讓所有人都活著。」

艾莫頓叫道：「隊長，我們拿到名單了，目前仍下落不明的工作人員及病患名單。」

印表機一列印出名單，斯提爾曼立刻拿起來看。

「珍在上面嗎？」嘉柏瑞問。

一陣靜默之後，斯提爾曼點點頭。「恐怕是的。」他把名單交給黑德。「有六個姓名，和挾持人質者在廣播中說的一樣，她手上有六個人。」斯提爾曼沒說完那女人所講的話：**我手上的子彈足夠賞他們一人一顆。**

「有誰看過這張名單？」

「醫院主管，還有幫忙整理出名單的人員。」黑德說。

「進一步處理名單之前，先把我太太的名字拿掉。」

「這些只是名字，沒有人會知道……」

「任何記者都可以在十秒鐘之內查到珍的身分是警察。」

莫拉說：「他說得沒錯，波士頓所有跑犯罪案件的記者都聽過珍的名字。」

「刪掉她的名字，馬克。」斯提爾曼說：「以免其他人看到。」

「攻堅小組怎麼辦？如果他們出動，會需要知道裡面有些什麼人、需要救出多少人。」

嘉柏瑞說：「只要你每一個步驟都做對，就不需要任何攻堅小組，只需要說服那女人走出醫院。」

「只不過，我們在說服的那個部分進行得不太順利，不是嗎？」黑德看著斯提爾曼。「那女的甚至不肯打聲招呼。」

「才過了三個小時而已。」斯提爾曼說道。「我們需要給她多一點時間。」

「過六小時之後呢？再等十二個小時？」黑德看向嘉柏瑞。「你太太任何時候都可能會生產。」

「你以為我沒有考慮到這一點嗎？」嘉柏瑞反擊道。「不只我太太在裡面，還有我的孩子。就算譚醫師在她們身邊，但只要生產過程中有任何差錯，裡面沒有任何設備、沒有手術室可用。所以，是的，我希望這一切越快結束越好。但前提是：你不能讓情況演變成大屠殺。」

「那個女人才是引爆衝突的重點，她才是決定事情會如何發展的人。」

「那麼，請不要逼她出手。你有個談判專家在這兒，黑德隊長，請好好利用談判專家，然後叫你的特警隊離我太太越遠越好！」嘉柏瑞轉身走出指揮中心拖車。

莫拉跟著走出車外，在人行道上才追上嘉柏瑞。她叫了兩次他的名字，嘉柏瑞才停下腳步，轉身面對莫拉。

「如果他們搞砸了，如果他們太過躁進……」嘉柏瑞說道。

「你剛剛聽到斯提爾曼說的話了，他和你一樣，希望把處理的步調放慢。」

嘉柏瑞望向醫院大廳入口，有三個穿著特警隊制服的警察駐守在那邊。「妳看看他們，每一個都蓄勢待發，只想要進攻。我知道那種感覺，因為我也曾在那個位子上親身感受過。你會厭倦只能在一旁等待，也會厭倦無止無盡的談判。特警隊會想要衝鋒陷陣，因為他們所受的訓練就是如此，迫不及待想要扣下扳機。」

「斯提爾曼認為他可以說服那個女人。」

嘉柏瑞看著莫拉。「妳和那女人相處過，妳覺得她聽不聽得進去？」

「我不確定，事實上，我們對她一無所知。」

「我聽說她是從水裡被撈起來，然後被消防人員送到停屍間。」

莫拉點頭。「這明顯是溺水事件，她是在星瀚灣被人發現的。」

「誰發現她的？」

「韋茅斯市一家帆船俱樂部的遊客，波士頓警局已經派出兇殺重案組成員去處理這個案件。」

「但他們不知道珍的情況。」

「還不知道。」莫拉心想：這一點對於警察來說會有所不同。現在，有警察變成人質，只要有任何警察的生命受到威脅，其他警察同仁辦案的態度就會不同。

「哪一個帆船俱樂部？」嘉柏瑞問道。

9

蜜拉

窗戶上有裝鐵條。今天清晨，窗玻璃上的霜雪結成水晶般的蜘蛛網。外面是樹林，樹林濃密到我不知道樹後面還有些什麼。我只知道：打從廂型車把我們帶來這裡的那天晚上開始，這個房間和這幢屋子就是我們所有的世界。窗戶外面，陽光在冰霜上閃耀。樹林裡好美，我想像著自己漫步在樹林間，樹葉發出叮噹聲，冰條在樹枝上閃爍——冰冷而純淨的天堂。

在這房子裡，是地獄。

女孩們現在都睡在骯髒的帆布床上，從她們臉上，我看到地獄的影像；從她們不安的嗚咽、啜泣聲中，我聽見深刻的痛苦。我們六個人共用這個房間，歐蓮娜在這裡待得最久，她臉頰上有一道青紫的瘀傷，是一個「喜歡玩得粗野」的恩客送給她的紀念品。即使如此，有時候歐蓮娜還是會反擊。她是我們所有人之中唯一敢反擊的女孩，唯一一個他們還無法完全掌控的女孩——不論他們使用多少安眠藥、不論他們給她施打多少毒品。不論，他們怎麼毆打她。

我聽見一輛汽車開上車道的聲音，然後滿懷恐懼地等待電鈴聲響。彷彿有一個大力士猛搖我們的床似的，所有女孩聽到那個聲音之後，全都驚醒過來，緊緊地將毯子抓在胸前。我們都知道接下來會發生什麼事。我們聽見門鎖上的鑰匙聲，然後我們的房門被打開。

媽媽桑站在門口，活像個胖廚師一樣，毫不留情地挑選著即將宰殺的羔羊。她的眼神一如往常地冷血，掃視羊群時，痳子臉上沒露出任何表情。她的眼神掃過每個縮在帆布床上的女孩，然後看向我所站的窗邊。

「妳。」媽媽桑用俄語說。「他們想要新鮮貨。」

我看一下其他女孩，在她們眼中，我只看到警報解除的放鬆：這一次被選來獻祭的不是她們。

「妳還在等什麼？」媽媽桑說道。

我的雙手瞬間冰冷。「我——我覺得不太舒服。而且，我下面還很痛……」

「妳才第一個禮拜就已經很痛了？」媽媽桑嘲諷地說。「早點習慣吧。」

其他女孩都看著地板或看著自己的手，迴避我的目光。只有歐蓮娜看著我，眼中滿是同情。

我順從地跟著媽媽桑走出房門，我早已明白反抗只會帶來懲罰，身上還有上次抗拒而留下來的腫痛。媽媽桑舉起手，指向走廊盡頭的房間。

「床上有件洋裝，去穿上。」

我走進房間，媽媽桑就把門關上。窗外看出去就是車道，上面停著一輛藍色的汽車。這個房間的窗戶也加裝了鐵條。我看著那張巨大的黃銅床，對我而言，那並不是一件傢俱，而是虐待我的刑具。我拎起洋裝，那是一件白色的連身裙，像洋娃娃穿的衣服，有皺褶花邊。我立刻了解這背後所代表的意思，然後，噁心的感覺在肚子裡糾結成一團恐懼。歐蓮娜曾經警告過我，如果他們要求妳扮演成孩童，就表示他們想看到妳害怕的樣子。他們想要妳尖叫，如果妳流血的話，他們會更覺得盡興。

我不想穿上這件洋裝，但我更害怕不穿上的後果。在我聽到腳步聲接近房門的時候，我正在換穿洋裝，同時也在努力著讓自己變堅強，好來面對接下來要發生的事情。然後，房門被打開，兩個男人走進來。他們仔仔細細地看了我好一會兒，而我心裡暗自祈禱他們會覺得很失望、祈禱他們會認爲我長得太瘦或太平凡，然後就轉身離開。但是，他們接著就關上門，走向我，像兩匹瞪著獵物的狼。

妳必須學會漂離。這是歐蓮娜教我的，漂浮在疼痛之上。他們扯爛洋娃娃裝的時候，我試著漂離；他們粗魯地抓住我的雙手的時候，我試著漂離；他們強迫我就範的時候，我試著漂離。他們是付錢來買我的痛苦，而一直等到我開始尖叫、臉上滿是汗水與淚水的時候，他們才心滿意足。哦！安雅，妳死了眞是幸運！

當一切結束之後，我蹣跚地走回上鎖的房間，歐蓮娜在我旁邊坐下，摸摸我的頭髮。「妳現在需要吃點東西。」她說道。

我搖搖頭。「我只想死。」

「如果妳去死，他們就贏了。我們不能讓他們贏。」

「他們早就贏了。」我轉過身去，把膝蓋緊緊抱在胸前，縮成一個沒有任何東西可以刺得進來的球。「他們早就贏了……」

「蜜拉，看著我。妳以爲我已經放棄了嗎？妳認爲我已經死了嗎？」

我擦掉臉上的淚水。「我不像妳那麼堅強。」

「這並不是靠堅強，蜜拉，而是仇恨，讓妳活下去的東西是仇恨。」歐蓮娜彎下腰靠近我，她的長髮像黑絲瀑布般流洩而下。我在她眼中所看見的東西，讓我嚇了一跳：那是一把燃燒的火焰，而她的神志看來有些異常。這就是歐蓮娜賴以存活的方式——憑藉藥物以及瘋狂。

房門又被打開，媽媽桑掃視房間的時候，我們所有人都縮了起來。媽媽桑指向一個女孩。

「妳，凱雅，這次是妳的客人。」

凱雅只是回瞪著媽媽桑，一動也不動。

媽媽桑向前跨了兩步，走到凱雅面前，甩了她一個耳光。「走！」媽媽桑下令道。凱雅跌跌撞撞地走出房間，媽媽桑又鎖上了門。

「記住，蜜拉。」歐蓮娜低聲地說：「記住讓妳活下去的東西。」

我看進歐蓮娜的眼睛，看到了那個東西：仇恨。

10

「我們不能讓消息走漏，那會害死珍。」嘉柏瑞說道。

兇殺重案組警官巴瑞．佛斯特驚訝地望著嘉柏瑞。他們兩人站在日出帆船俱樂部的停車場，周圍沒有一絲微風，星瀚灣上的帆船也都靜止在水面上。在午後陽光的照射下，佛斯特有幾綹頭髮被汗水黏在蒼白的額頭上。在一整間的人群當中，巴瑞．佛斯特是你最有可能忽略掉的人，他總是站在角落，面帶微笑，不受注目。溫和的脾氣讓佛斯特和經常火山爆發的珍成爲最佳搭檔，長達兩年半的夥伴關係，雙方建立了深厚的信任感。現在，這兩個關心珍的男人，她的丈夫及她的搭檔，面對著彼此，心中同時感到相當憂慮。

「沒有人告訴我們珍也在裡面。」佛斯特咕噥道。「我們都不知道。」

「我們不能讓媒體發現。」

佛斯特激動地吐出一口氣。「讓媒體發現會變成一場災難。」

「告訴我那個無名女子是誰，告訴我你知道的所有事情。」

「相信我，我們會排除一切阻礙。你必須信任我們。」

「我不能置身事外，我需要知道所有事情。」

「你無法保持客觀，因爲她是你太太。」

「沒錯，她是我太太。」嘉柏瑞的聲音中透出一絲恐慌。他停住口，收拾一下激動的情緒，然後平靜地說：「如果是愛莉絲在裡面的話，你會怎麼做？」

佛斯特看著嘉柏瑞好一會兒，最後他終於點了點頭。「進來吧，我們正在約談帆船俱樂部的會長，是他把無名女子撈上岸的。」

佛斯特和嘉柏瑞從明亮的陽光底下走進陰暗的帆船俱樂部，裡面的氣味就和每個嘉柏瑞所去過的海邊酒吧一樣：有海洋的味道，混合著柑橘香及酒精飲料的味道。建築物本身有點搖搖晃晃，搭蓋在可以俯瞰星瀚灣的木造碼頭上。窗邊有兩台可動式空調機發出咯咯聲響，掩蓋住玻璃杯發出的叮噹聲，以及人們低聲交談的嗡嗡聲。他們兩人走向俱樂部酒吧時，木質地板吱嘎作響。

嘉柏瑞認出站在吧檯旁、正在和一名禿頭男士談話的兩名波士頓警局員警：達倫・克羅和湯瑪士・摩爾，都是珍在兇殺重案組的同事。他們看到嘉柏瑞時，臉上都露出驚訝的表情。

克羅說：「嘿！我不知道聯邦調查局也加入這個案子。」

「聯邦調查局？」那個禿頭男子說：「哇！這個案件一定很嚴重。」他向嘉柏瑞伸出手。

「我是史奇普・柏因頓，日出帆船俱樂部會長。」

「我是嘉柏瑞・狄恩探員。」嘉柏瑞和他握手，盡量表現得很官方而且很正式。但他可以感覺到湯瑪士・摩爾懷疑的目光，摩爾發覺有什麼事不太對勁。

「我正在對這些警官說明我們是怎樣發現那位女士的，我說啊，看到水裡有具屍體眞是嚇了一跳！」史奇普暫停了一下。「對了，探員，你要喝點什麼嗎？俱樂部招待。」

「不用，謝謝。」

「哦，對，執勤中，對吧？」史奇普同情地笑了。「你們眞的照章行事，對吧？沒人想喝點酒，管他的，我要來一杯。」他低頭進入吧檯，在玻璃杯裡加冰塊，對上伏特加。嘉柏瑞聽到其他玻璃杯裡的冰塊聲，抬頭環顧四周，酒吧裡坐著十來個俱樂部會員，幾乎全是男性。他們之中有人親手開過船嗎？嘉柏瑞很懷疑。或者，他們只是來這裡喝酒的？

史奇普從櫃檯後鑽出來，手上端著那杯伏特加。「這可不是每天都遇得到的事。」他說：「我到現在想起來都還有點反胃。」

「你剛剛說到當天是怎麼發現屍體的。」摩爾提醒他。

「哦，對。大約是八點鐘，我提早來換大三角帆。再過兩週有個帆船比賽，我要駕駛一艘新船，船身漆有一條綠色的龍，很拉風哦！好，總之呢，我帶著新的大三角帆走到船塢上，遠遠看見一個像塑膠人體模型的東西浮在水面，好像卡在礁石上的樣子。我趕緊划一艘小船，靠近一點看，該死的！這可不是個女人嗎？還是個非常漂亮的女人。所以我放聲大喊，叫其他的人過來幫忙，我們有三個人一起把她拉上岸。然後，我們就打電話報警了。」史奇普灌下一口伏特加，深吸一口氣。「我們沒想到她竟然還活著，我是說，見鬼了！就我們看來，那女人死透了！」

「就消防隊員看來，一定也認爲她死了。」克羅說道。

史奇普笑了。「而且他們還是專業人員，如果他們都分辨不出來，又有誰可以呢？」

嘉柏瑞說：「指給我們看你發現她的地方。」

所有人一起走出酒吧大門，來到碼頭上。水光反射增強了陽光的耀眼度，嘉柏瑞必須瞇起眼睛，才能看得見史奇普所指的那塊礁石。

「看到那一區暗礁嗎？我們用浮筒標示出來，因爲那會對航行造成危害。即使是漲潮的時候，水深也只有幾英寸，所以肉眼幾乎無法辨識，船很容易就觸礁了。」

「昨天是幾點漲潮？」嘉柏瑞問道。

「我不確定，我猜是上午十點吧。」

「當時那塊礁石有露出水面嗎？」

「有啊，如果那時候我沒看到她，再過幾個小時，她可能就會漂到海上去了。」

所有人安靜地站了一會兒，瞇著眼睛瞭望星瀚灣。一艘遊艇轟隆隆地駛過，翻騰起一陣水波，使碼頭停靠的船隻都不住搖晃，船上吊索撞在桅杆上發出一陣匡鐺聲。

「你以前有見過那個女人嗎？」摩爾問道。

「沒。」

「你確定？」

「那麼漂亮的女人？我肯定會記得。」

「俱樂部裡也沒有人認識她？」

史奇普笑了。「沒有人會承認的。」

嘉柏瑞看著他。「爲什麼沒有人會承認？」

「嗯，你知道的。」

「你何不說清楚？」

「俱樂部裡頭這些傢伙……」史奇普緊張地笑笑。「我是說，你們看見外頭停靠的這些船了嗎？你覺得是誰會駕駛這些船？不會是當老婆的人。只有男人才會渴望擁有一艘船，女人不會。也只有男人會在這裡流連忘返，船是你的另一個家。」史奇普停一下。「就各個層面而言都是如此。」

「你認爲她是某個人的女朋友嗎？」克羅問道。

「見鬼了，我不知道，我只是覺得有可能。你知道，晚上帶個馬子來這邊，在自己的船上玩樂，喝得有點醉、有點興奮的時候，很有可能就會不小心翻下船去。」

「或是被推下船。」

「先停一下，」史奇普警覺心起。「你們不要跳到那種結論，俱樂部裡的都是好人，都是好人。」

嘉柏瑞心想：這些好人可能會在船上毆打女朋友。

「眞希望我剛剛沒提起那種可能性。」史奇普說：「人們不是經常喝醉酒就翻下船嗎？可能是任何一艘船，不見得是我們這裡的船。」史奇普用手指向星瀚灣，一艘有艙房的汽艇正滑過陽光閃耀的水面。「看到海面上有多少船隻嗎？那女人可能失足從某艘汽艇上摔下，然後隨著潮水漂進來。」

「即使如此，我們還是需要你們所有會員的名單。」摩爾說道。

「眞有必要這樣嗎？」

「是的，柏因頓先生。」摩爾的口吻冷靜且帶有不容置疑的權威。「有必要。」

史奇普灌下杯裡所有的伏特加，熱氣漲紅他的頭皮，他伸手揩揩汗珠。「這是要仔細檢查所有會員囉？我們盡了市民的職責把那女人撈上岸，結果現在我們卻變成嫌疑犯？」

嘉柏瑞把視線轉到海岸線上的船隻下水滑道，有一輛卡車正在倒車，準備將拖拉的汽艇放下水，另外三輛拖著船隻的卡車在停車場上排隊等待。「這裡的夜間保全情形如何，柏因頓先生？」嘉柏瑞問道。

「保全？」史奇普聳聳肩。「我們半夜會鎖上俱樂部的門。」

「那碼頭呢？船隻呢？沒有安全警衛嗎？」

「這裡從來沒發生過非法入侵事件，船也都有上鎖。而且，這一帶很平靜。如果你越靠近市區，會發現越多人在海邊流連整晚。這裡是一個特別的小俱樂部，可以讓你遠離塵囂。」

嘉柏瑞心想：這裡可以讓你在三更半夜開車到船隻下水滑道，你可以直接倒車到海邊。沒有人會看見你打開行李廂，沒有人會看見你拉出一具屍體丟進星瀚灣。只要潮汐方向正確，屍體就會越過岸邊的礁石，直接漂進麻薩諸塞灣。

但如果潮水是往岸邊沖，情況就不同了。

嘉柏瑞的行動電話響起，他往碼頭的方向走開幾步之後，才接聽電話。是莫拉打來的。「我猜你會想回來看看。」她說：「我們要進行解剖了。」

「解剖誰？」

「醫院的安全警衛。」

「死因已確定，不是嗎？」

「有其他的問題。」

「什麼？」

「我們不確定他的身分。」

「醫院裡的人不能確認他的身分嗎？他是醫院的員工啊。」

「這就是問題所在。」莫拉說：「他不是醫院員工。」

屍體的衣物尚未脫掉。

嘉柏瑞對於解剖室的恐怖感並不陌生，而且眼前此人的死亡模樣，就嘉柏瑞的經驗而言，並不算特別驚悚的。他只看到一個貫穿左頰的傷口，臉上其他部分都算完整。此人年約三十，黑髮修剪齊整，下巴肌肉結實。棕色眼珠因眼瞼微開而接觸到空氣，現在已呈現混濁狀態；印有裴林字樣的名牌別在制服胸前的口袋上。嘉柏瑞注視著解剖檯，心中煩惱的並不是眼前所見的斑斑血塊或死人眼珠，而是想到：結束這人生命的那把手槍，現在正威脅著珍的生命安全。

「我們正在等你。」艾比．布里斯托醫師說：「莫拉認爲你會想從頭參與。」

嘉柏瑞看著穿上手術袍、戴上口罩的莫拉，她站在解剖檯末端，而不像平常一樣站在屍體的右邊。以前嘉柏瑞進入解剖室，莫拉總是那個指揮統籌、掌握解剖刀的人。看到一向統治解剖室的莫拉讓出主導權，讓嘉柏瑞很不習慣。「妳不負責驗屍嗎？」他問。

「我不行，因爲我是這個人死亡時的目擊證人。」莫拉說：「必須由艾比來進行解剖。」

「你們還沒查出這人的身分？」

莫拉搖搖頭。「醫院裡沒有任何名叫裴林的工作人員，安全主管來認屍的時候，並不認得這個人。」

「指紋呢？」

「他的指紋已經送到自動指紋辨識系統進行比對，目前還沒得到結果，開槍的那個女人的指紋也還沒比對出來。」

「所以我們手上有一對無名男女？」嘉柏瑞瞪著屍體。「這些人到底是誰？」

「我們來脫掉他的衣服吧。」艾比對助理吉間說。

兩人脫掉屍體的鞋襪、解下腰帶、拉掉長褲，然後把這些衣物都放在一條乾淨的布單上。艾比戴著手套去翻找長褲口袋，發現裡面什麼都沒有。沒有梳子，沒有皮夾，沒有鑰匙。「甚至連零錢都沒有。」艾比指出。

「至少總該有一兩個銅板。」吉間說。

「口袋空空。」艾比抬頭。「是全新的制服嗎？」

大家將注意力轉到襯衫上，襯衫布料因爲血跡乾涸而僵硬，只得從死者胸膛硬撕開來。襯衫打開後，露出死者強健的胸肌以及濃密的深色胸毛。還有如同雙股繩一樣粗的兩道傷疤，一道斜過右胸下方，另一道從腹部斜劃到左髖骨處。

「這些不是手術疤痕。」莫拉說道，皺著眉頭站在解剖檯末端。

「我看這個人打過一場極度慘烈的架。」艾比說：「這些看起來像是舊刀傷。」

「袖子要割下來嗎？」吉間問道。

「不用，可以脫得下來，把他翻過來吧。」

他們兩人將屍體向左側翻起，脫下袖子。面對屍體背部的吉間突然說：「哇！你們來看這個。」

有個刺青圖案佈滿整個左肩胛骨，莫拉彎下腰去看，然後像被嚇到似的往後退。刺青圖案栩栩如生，毒針彷彿隨時準備好要攻擊刺出。圖案中的甲殼動物呈現豔麗的藍色，一對螯鉗伸向死者的頸背，盤繞的尾巴包圍著一個數字：13。

「蠍子。」莫拉輕聲說道。

「很不賴的肉體名牌。」吉間說道。

莫拉對他皺眉。「什麼？」

「我們在部隊裡都是這樣說的，我以前在軍墓組工作的時候，看過不少上乘之作，像是眼鏡蛇、狼蛛，還有一個人把女朋友的名字刺在……」吉間停住。「刺在我絕對不會想讓針頭靠近的部位。」

他們把另一隻袖子脫下之後，將裸屍再次放平。死者年紀雖輕，肉體卻已歷盡風霜：刀疤、刺青，以及最後的致命一擊——左頰上的彈孔。

艾比用放大鏡檢查傷口。「我看到燒焦的部位。」他看向莫拉。「他們是近距離接觸？」

「死者往那女人的病床彎下腰，想要壓制她的時候，她開了槍。」

「我們可以看顱部X光片嗎？」

吉間從牛皮紙袋中拿出X光片，夾在燈箱上，X光片是從正面與側面兩個角度拍攝。艾比挪動大大的肚子，靠近一些，仔細檢視頭蓋骨與頰骨所形成的光影。艾比好一會兒不說話，然後看著莫拉。「妳說她開了幾槍？」他問道。

「一槍。」

「妳要不要過來看看？」

莫拉走過來到燈箱前。「我不懂。」她咕噥著說：「事發當時我就在現場啊。」

「這裡肯定有兩顆子彈。」

「我確定那把槍只發射過一次。」

艾比走回解剖檯，仔細檢查屍體頭部的彈孔，一個橢圓形的焦黑部位。「只有一個子彈進入口，如果手槍快速地連開兩發，有可能只造成一個傷口。」

「我聽到的不是那樣，艾比。」

「一團混亂之中，妳可能沒聽清楚有兩聲槍響。」

莫拉的目光還停在X光片上，嘉柏瑞從沒見過她像現在這麼沒有把握的樣子。此時此刻，莫拉顯然是在努力思索，爲何她所記得的案發經過會不同於燈箱上無可否認的證據。

「請妳描述一下病房裡發生的事情，莫拉。」嘉柏瑞說道。

「我們有三個人，想要壓制那個女人。」莫拉說：「我沒看到她伸手去抓警衛的槍，當時我整個注意力放在腕部約束帶上，只想要把約束帶綁好。我伸出手，才剛要碰到帶子的時候，槍聲就響起了。」

「另一名目擊者呢？」

「是一位男醫生。」

「他記得些什麼？槍響是一聲還是兩聲？」

莫拉轉過身來看著嘉柏瑞。「警方從沒和他談過話。」

「爲什麼沒有？」

「因爲沒有人知道那個醫生是誰。」嘉柏瑞第一次聽到莫拉的聲音裡透出憂慮。「我似乎是唯一記得有這個醫生存在的人。」

吉間轉向電話。「我來打電話問彈道組。」他說：「他們會知道現場留有多少彈殼。」

「那我們就開始吧。」艾比說著從器械盤裡挑出一把解剖刀。他們對死者所知甚少，不知道他的眞實姓名或病史，也不知道他是如何出現在致命的時空中。但等到驗屍結束，他們會比任何人都了解死者的私密情事。

隨著第一刀劃下，艾比開始了解死者。

艾比下刀劃穿皮膚和肌肉，刮過肋骨。劃出Y形切口時，刀片從雙肩斜向下，交會於劍骨突的凹槽，隨後往下直劃、繞過肚臍，切口開至下腹部。不同於莫拉的靈巧與優雅，艾比下手殘酷而有效率，巨大的手掌揮舞宛若屠夫，手指頭胖得優雅不起來。艾比把皮肉從骨頭上剝開，然後拿起重型骨剪，每擠一下就剪斷一根肋骨。人類要花上幾年的時間才能練出健壯的體格，像這名死者，舉啞鈴、做重量訓練一定都沒問題。然而，所有的身體，不論健壯與否，面對解剖刀和骨剪都只能投降。

艾比剪斷最後一根肋骨，將整個三角形部位連帶胸骨一起抬開。除去如鎧甲般的胸骨之後，便可下刀摘除心臟和肺臟。艾比切除死者心肺的時候，整條手臂埋入死者的胸腔。

「布里斯托醫師？」吉間掛上電話後說：「我剛剛打給彈道組，他們說犯罪現場偵查小組只繳回一個彈殼。」

艾比站直身體，手套上鮮血淋漓。「他們沒找到第二個彈殼？」

「實驗室只收到一個彈殼。」

「我聽到的也是一樣，艾比。」莫拉說：「只有一聲槍響。」

嘉柏瑞走到燈箱前面，看著X光片，感覺越發沮喪。發射一次，卻有兩顆子彈。他心想：這一點可能讓所有情勢改觀。他轉身看向艾比，說：「我想看看那些子彈。」

「你要找什麼特別的東西嗎？」

「我想我知道爲什麼會有兩顆子彈。」

艾比點點頭。「讓我先處理完這個部分。」他手中的解剖刀迅速切斷血管及韌帶，取出心臟與肺臟，等一下秤完重量要再檢查。艾比接著處理死者腹部，看來一切正常，器官都很健康，足以讓身體的主人再使用好幾十年。

最後，艾比移動到死者的頭部。

嘉柏瑞毫無畏懼地看著艾比劃開死者頭皮，將頭皮往前翻開，整張臉扭曲變形，露出頭蓋骨。

吉間打開電鋸。

即使在這種時候，嘉柏瑞還是很專注，隨著電鋸的嘎嘎聲以及鋸骨頭發出的聲響，嘉柏瑞站得更靠近，好將死者顱腔看清楚。吉間撬開頭蓋骨，血液慢慢流了出來。艾比把解剖刀伸進去，切斷大腦與頭骨之間的連結。艾比將大腦從顱腔中取出來的時候，嘉柏瑞就站在後面，拿一個臉盆去接滾落的第一顆子彈。

嘉柏瑞用放大鏡看了子彈一眼，說：「我需要看另一顆。」

「你在想什麼，狄恩探員？」

「快去找出另一顆子彈。」嘉柏瑞唐突的命令讓所有人都嚇一跳，他用眼角餘光瞥見艾比和莫拉驚訝地對望。嘉柏瑞已經失去耐性，他就是想要知道結果。

艾比將切除下來的大腦放在砧板上，然後研究X光片，確定第二顆子彈的位置，接著一刀劃下去就找到了，子彈包埋在出血組織裡。

「你在找什麼？」嘉柏瑞將兩顆子彈在放大鏡下翻來滾去的時候，艾比問道。

「口徑相同，重量都大約八十克……」

「兩顆子彈本來就應該相同，因爲是從同一把手槍發射出來的。」

「但是這兩顆並不完全相同。」

「什麼？」

「看看第二顆子彈平放的樣子，差別非常小，但看得出來。」

艾比彎身向前，皺著眉看放大鏡。「有一點偏。」

「沒錯，角度有點偏。」

「發射的撞擊力可能會讓子彈變形。」

「不，這子彈是故意設計成這樣子的。偏離九度，導致彈道與第一發子彈有些微差異。兩顆子彈，刻意設計成以特定角度偏離。」

「只有一個彈殼。」

「也只有一個子彈進入傷口。」

莫拉皺著眉頭看燈箱上的X光片，仔細檢查兩顆子彈襯著較暗的頭骨底色所發出的亮點。

「雙重擊發。」她說。

「這就是爲什麼妳只聽到一聲槍響。」嘉柏瑞說：「因爲只開了一槍。」

莫拉靜默了一陣子，眼光注視著那張頭部X光片。兩顆戲劇化的子彈，從X光片中看不出來它們對軟組織造成的傷害：破裂的血管，攪爛了的灰質，一輩子的記憶粉碎殆盡。

「雙重擊發是爲了造成最大程度的傷害。」莫拉說道。

「那就是這種子彈的賣點。」

「爲什麼一個警衛會帶這種子彈？」

「我想我們已經確定死者不是醫院的員工，他穿著假制服、別上假名牌走進醫院，攜帶的子彈不只意在傷人、而是要殺人。從這些資料看來，我只能想出一個好理由。」莫拉低聲說出：「那個女人原本是會被殺死的。」

好一陣子，沒有人說話。

打破沉默的是莫拉的秘書。「艾爾思醫師？」她的聲音從對講機裡傳來。

「什麼事，露意絲？」

「很抱歉打擾妳，但我想妳和狄恩探員應該知道……」

「怎麼了？」

「對街有狀況發生。」

11

他們跑到外面，迎面襲來的熱浪使嘉柏瑞感覺像是跳進熱水池裡。艾巴尼街一團混亂，現場管控警戒線的員警大聲喊道：「退後！退後！」所有記者往前擠壓，像變形蟲似的想要擠進封鎖線。戰略小組員警集結形成人牆，擋住群眾。其中一名警察轉頭看向群眾，嘉柏瑞看見他臉上困惑的表情。

那名警察也不知道發生了什麼事。

嘉柏瑞轉向一名站在幾呎外的婦人。「發生什麼事了？」

婦人搖頭。「我不知道，警察突然發瘋似的湧向那幢建築。」

「有人開槍嗎？妳有聽見槍聲嗎？」

「我什麼都沒聽到，我要走到門診的時候就聽到所有人開始大喊大叫。」

「這裡太混亂了。」艾比說：「沒人知道發生什麼事。」

嘉柏瑞衝向指揮中心拖車，但被一團記者擋住去路。幾經挫折，嘉柏瑞抓住一名電視台攝影記者的手臂，把他拉轉過身來。「發生什麼事？」

「嘿，老兄，放輕鬆點。」

「快告訴我發生什麼事了！」

「警方封鎖線有缺孔，有人穿越封鎖線了！」

「槍手逃出來了？」

「不，是有人進去了。」

嘉柏瑞瞪著他。「誰？」

「沒人知道他是誰。」

醫事檢驗處半數左右的員工都聚集在會議室裡看電視，頻道設定在地方新聞，螢幕上是一個名爲柔伊・佛西的金髮記者，站在警方封鎖線之前。背景畫面上有警察夾雜在車輛之間，現場一片嘈雜。嘉柏瑞看向窗外的艾巴尼街，看到和電視畫面上一模一樣的場景。

「……驚人發展，出乎衆人意料之外！該名男子就從記者身後這道防線走進去，漫步進入控制區，完全泰然自若、從容不迫。也許就是那種態度使得警方對他完全不設防。另外，該名男子全副武裝、身著黑色制服，與記者身後所站的員警相當類似。很容易讓人把他誤認爲戰略小組的一員……」

艾比・布里斯托發出一個「竟然有這種事？」的哼聲。「一個人走上去，警察竟然讓他通過！」

「……消息指出警方在內部也有一道防線，但設在醫院大廳，從記者所在位置無法看見。尚未有消息指出該名男子是否穿越第二道防線，但從他輕易跨過外層防線看來，可以想見醫院內的員警一定也無法意料到該名男子的出現。記者相信員警們都專注於挾持人質者，大概沒想到會有持槍歹徒闖入。」

「警察應該要知道的。」嘉柏瑞不可置信地瞪著電視說道。「他們早該預料到會有這種事情。」

「……事發至今已有二十分鐘，該名男子都還沒有露面。初期有人懷疑該名男子可能自詡為藍波，想要獨力進行救援行動。不用說，那可能導致嚴重的災難結果。然而到目前為止，還沒有傳出任何槍響，這起入侵事件尚未引發任何暴力反應。」

此時，主播的聲音插進來。「柔伊，我們要重播稍早的畫面，好讓剛參與的觀眾了解這個驚人的發展。這事發生在二十分鐘之前，我們的攝影機捕捉到現場實況畫面……」

柔伊．佛西的影像切換成錄影畫面，是用長鏡頭拍攝的艾巴尼街，幾乎和會議室窗戶看出去的景象一樣。剛開始，嘉柏瑞根本不知道要看什麼。然後，螢幕上出現一個箭頭，是電視台加註的輔助動畫，指出一個在畫面底部移動的黑色身影。那名男子毫不遲疑地走過警車旁邊，越過指揮中心拖車。附近的警察沒有人試著阻止那名入侵者，只有一個人看似不甚有把握地朝那人的方向望去。

「現在我們將影像放大，好看清楚該名男子的身影。」主播說道。鏡頭拉近後停住，入侵者的背部現在充滿整個螢幕。「他似乎揹著一把來福槍，還有某種背包。黑色服飾與周圍的警察相差無幾，這也就是為什麼我們的攝影師在第一時間沒有發現入侵者的原因。第一眼見到，你會認為這是戰略小組的制服。然而，仔細近看，會發現他的背上沒有所屬單位的佩章。」

錄影帶快轉幾秒，定格在入侵男子的臉上，當時他正好轉頭向後看。男子的髮色暗黑、髮線微退、臉頰瘦削幾近枯槁，不太像藍波。這個長距離鏡頭，是攝影機捕捉到的唯一一張臉部畫面，下一格畫面中，男子又再次背對鏡頭。錄影帶繼續播放，記錄該名男子的行進路線，直到他消失在醫院大廳門裡。

柔伊・佛西再次回到畫面中，手裡拿著麥克風。「針對剛剛發生的事件，記者試著取得官方說法，但是沒有人願意發表意見。大衛。」

「妳認爲警方是否覺得有點尷尬呢？」

「溫和一點說來，應該是的。讓警方更尷尬的是，我聽說聯邦調查局剛剛決定介入本案。」

「這是否頗爲直接地暗示說：情況其實可以控制得比現在更好？」

「嗯，現在這裡的情況的確非常混亂。」

「關於被挾持的人質數目是否有更進一步的消息？」

「根據人質挾持者打到廣播電台的內容，她宣稱手上握有六名人質。根據可靠消息來源，這個數字應該沒錯。三名醫院工作人員、一名醫師，以及兩名病患，我們正努力追查人質的姓名……」

嘉柏瑞在椅子上氣得全身僵硬，怒視著電視機，怒視著急於想揭露珍的身分的那個女人，她可能在不知情的狀況下就宣判了珍的死刑。

「……如同您所看到的，在記者背後有許多喊叫聲，氣溫很高，許多人的火氣也升高不少。稍早，友台攝影記者因爲太靠近封鎖線而被推倒在地。已經有人未經許可偷溜進去，警方不會再讓類似事件發生。然而，這就像是在馬兒已經跑出去之後才想要關上柵欄。或者，就這件事而言，是馬兒已經跑進去了。」

「知道這位藍波的身分嗎？」

「如同我剛才所說，沒有任何單位願意發言。但我們有收到消息指出：警方正在調查一輛違規停放在兩條街外的汽車。」

「警方認爲那是藍波的車？」

「顯然如此，有目擊者看到該名男子下車。我想，即便是藍波也需要交通工具。」

「但他的目的何在呢？」

「有兩種可能性：第一，此人想當英雄。也許他認識其中一位人質，而想展開個人的救援行動。」

「第二種可能是？」

「第二種可能性相當恐怖，此人爲後援部隊，過來加入人質挾持者的行列。」

嘉柏瑞吃驚地向後靠上椅背，一切突然都很明顯了。「這就是那句話的意思。」他輕聲說道。「骰子已出手。」

艾比從旋轉椅上轉過來面對嘉柏瑞。「這有什麼意思嗎？」

嘉柏瑞急站起身。「我要去見黑德隊長。」

「那句話是行動代碼。」嘉柏瑞說：「無名女子打電話到廣播電台，目的是要廣播那個句子，讓人聽見。」

「什麼的行動代碼？」黑德問道。

「呼叫武裝、後援。」

黑德哼道：「她幹嘛不直接說『大家快來幫我』？為什麼用代碼？」

「這樣你們才沒有防備，不是嗎？沒有人料到會有這種事。」嘉柏瑞看著斯提爾曼，後者因為拖車裡的溫度高得像烤箱而臉泛汗光。「那個人穿越警方封鎖線，背包裡帶著天曉得什麼樣的武器。你們沒有防備他，因為你們根本沒想到會有持槍歹徒走進醫院。」

「我們知道這種事情可能發生。」斯提爾曼說：「所以我們才會設封鎖線。」

「那這個人又是怎麼進去的？」

「因為他完全了解整個程序，他的服裝，他的裝備，一切考慮得很周詳。狄恩探員，這個人是有備而來。」

「而波士頓警局則是毫無防備，這就是他們為什麼使用代碼，為求出其不意。」

黑德隊長挫敗地看著指揮中心拖車敞開的車門，雖然已經拿來兩架電風扇，而且街上已有黃昏落日照射的斜影，但拖車裡還是熱得令人難以忍受。外頭的艾巴尼街上，警察們臉頰曬紅、汗流浹背地站著，記者們則退回有冷氣的新聞採訪車裡。每個人都在期待著發生些什麼事——暴風雨前的寧靜。

「一切都開始變得合情合理了。」聽完嘉柏瑞緊皺眉頭所陳述的觀點，談判專家斯提爾曼說道。「看看事情發展的順序：無名女子拒絕和我談判，甚至不願和我對話。那是因為她還沒準備好——她需要先尋求支援，強化她的有利位置。她打電話到電台，發出行動代碼。五個小時過後，揹著背包的男人抵達。這個男人的出現，是因為受到召喚。」

「而他毫無牽掛地走進一樁自殺任務中？」黑德說道。「有誰的朋友會那麼忠誠？」

「海軍陸戰隊隊員會為了同伴而放棄生命。」嘉柏瑞說。

「同袍弟兄？最好是啦。」

「從你這句話聽來，你應該不會服過役。」

黑德的臉漲得更紅了。「你的意思是：這是某種軍事行動？那麼，下一步會是什麼？如果一切都這麼有邏輯可循，告訴我們他們接下來會怎麼行動。」

「談判。」嘉柏瑞說：「人質挾持者現在已經鞏固了陣地，我想，你們很快就會接到他們的訊息。」

一個沒聽過的聲音傳來。「合理的預測，狄恩探員，你說的可能沒錯。」

所有人轉頭看見一個身材矮壯的男人走進拖車。約翰．巴桑提探員一如以往地穿著直排鈕釦襯衫搭配一條絲質領帶，而他身上的服裝也一如以往地搭配得不太好看。巴桑提看見嘉柏瑞驚訝的表情，只以冷靜的點頭招呼回應。「聽到珍的情況，我很難過。」他說：「他們告訴我你也牽涉在這樁案件之中。」

「沒有人告訴我你也參與這件事，約翰。」

「我們只是從旁監控事件發展，隨時準備在必要時出手援助。」

「爲什麼大老遠從華盛頓派人來？而不出動波士頓辦公室的人力？」

「因爲這案件相當可能會進入談判階段，派出有經驗的人來處理是合理的。」

兩人無聲地對望一陣。嘉柏瑞心想：「有經驗」不會是約翰．巴桑提出現於此的唯一理由。正常情況下，聯邦調查局不會直接派遣副局長辦公室的探員，來監督地方層級的人質談判事件。

「那現在這宗案件由誰主導？」嘉柏瑞問道。「聯邦調查局？還是波士頓警局？」

「黑德隊長！」艾莫頓喊道。「我們接到一通醫院裡面打來的電話！來自其中的一線！」

「他們準備要談判了。」嘉柏瑞說。一切正如他所預期。

斯提爾曼和巴桑提互相對望。「你來接，副隊長。」巴桑提說。斯提爾曼點點頭，走過去接電話。

「我幫你接到擴音機上。」艾莫頓說。

斯提爾曼深吸一口氣，按下通話鍵。「喂。」他的語氣平靜。「我是勒魯瓦．斯提爾曼。」

回話的是男人的聲音，語氣一樣平靜。音調稍尖，帶有一絲南方人的慢條斯理。「你是警察？」

「是的，我是波士頓警局的斯提爾曼副隊長。您是哪一位？」

「你已經知道我的姓名。」

「恐怕我還不清楚。」

「去問聯邦調查局的朋友吧。和你一起站在拖車裡的，有聯邦調查局的人，對吧？」

斯提爾曼帶著一副「他是怎麼知道的？」的表情看向巴桑提。「先生，很抱歉。」斯提爾曼說：「我眞的不知道你的姓名，而我想知道是誰在和我對話。」

「喬。」

「好的，喬。」斯提爾曼鬆了一口氣。到目前爲止，進行得還不錯，至少知道一個名字了。

「拖車裡有多少人在你旁邊，勒魯瓦？」

「我們來談談你吧，喬……」

「聯邦調查局的人在場，我沒說錯吧？」

斯提爾曼沒答腔。

喬笑了。「我知道他們一定會出現的，聯邦調查局、中央情報局、國防情報局、五角大廈。是的，他們都知道我是誰。」

嘉柏瑞可以讀出斯提爾曼臉上的表情。我們在對付的人肯定有被害妄想症。

「喬。」斯提爾曼說道。「這件事沒有理由再拖下去，我們來討論如何讓它和平落幕吧。」

「我們要一台電視攝影機，媒體實況轉播。我們要發表一份聲明，還要給你們看一捲錄影帶。」

「慢一點，讓我們先認識一下對方。」

「我不想認識你。把電視攝影機送進來。」

「現在問題在於：我必須請示過高層才行。」

「高層就站在旁邊，不是嗎？勒魯瓦，你爲什麼不轉身問問他們呢？問那位高層的意見，然後開始行動吧。」

斯提爾曼停止說話，看來這個喬非常清楚所有狀況。終於，斯提爾曼開口：「我們無法授權媒體現場直播。」

「不論我提出任何交換條件？」

「什麼交換條件？」

「兩名人質，我們送出兩名人質作爲善意的保證。你們派一名攝影師和一名記者來，我們一起實況轉播。只要我們的訊息傳送出去，就會再釋放兩名人質。勒魯瓦，我們總共給你四名人質。四條命換十分鐘的電視轉播，我保證給你一場嘆爲觀止的演出。」

「這是所爲何來呢？喬。」

「因爲沒有人願意聽我們說話，沒有人相信我們。我們已經逃得很累了，我們想要回歸原本的生活。這是僅剩的唯一方法，唯一能讓這個國家的民衆知道我們所說的都是事實的方法。」

黑德用手指劃過自己的喉嚨，暗示要打斷這段對話。

「等一下，喬。」斯提爾曼說道，用手遮住話筒，看著黑德。

「你覺得他能夠分辨得出是不是眞的實況轉播嗎？」黑德問：「如果我們讓他以爲其實有轉播……」

「這人並不笨。」嘉柏瑞插嘴道。「別想跟他要把戲，你欺騙他，就等於是激怒他。」

「狄恩探員，你可以離開這裡嗎？」

「他們想要媒體的注意，就是這樣！就讓他們發表他們的言論，就讓他們對大衆咆哮，只要可以讓這件事情結束就好！」

喬的聲音從擴音器裡傳來：「你想不想做這筆交易呢，勒魯瓦？我們也可以來硬的，不想要活人質的話，我們可以送出死人質。你有十秒鐘的時間做決定。」

斯提爾曼說：「我有在聽，喬。問題是：實況轉播不是我想要就能做得到的事情，必須取得電視台的合作。我們做錄影聲明好嗎？我們給你一台攝錄影機，你可以說任何想說的話，要講多長都沒問題……」

「然後你們就可以埋掉那捲帶子，對嗎？永遠不見天日。」

「我能提供的就是這樣，喬。」

「你我都知道你的能力不止於此，指揮中心拖車裡的其他人也都明白。」

「實況轉播是辦不到的。」

「那我們和你就沒什麼好說的了，再見。」

「等一下……」

「如何？」

「你是說眞的嗎？關於釋放人質的事？」

「只要你做到我們談的條件。我們要一個攝影師和一名記者，來做這裡的目擊者。一個眞正的記者，不是什麼警察假扮的。」

「照做。」嘉柏瑞說道。「也許這就是結束一切的方法。」

斯提爾曼遮住話筒。「電視實況轉播不列入考慮，狄恩探員，這種要求從來都不列爲談判條件。」

「他媽的！如果這是他們想要的，就給他們！」

「勒魯瓦？」喬又開口道。「你還在嗎？」

斯提爾曼吸口氣，說：「喬，你必須了解，這需要時間。我們得去找願意前往的記者，願意冒生命危險的記者……」

「我們只願意和一位特定的記者談話。」

「等等，你剛剛並沒指名要哪一位。」

「這名記者了解背景資料，他有做過功課。」

「我們不能保證那名記者會……」

「《波士頓論壇報》的彼得・盧卡斯，打電話給他。」

「喬……」

喀嚓一響，然後只剩嘟嘟聲。斯提爾曼看著黑德，說：「我們不能送進任何平民，那只會增加人質數量。」

「他說他會先釋放兩名人質。」嘉柏瑞說。

「你相信他？」

「其中之一可能是我太太。」

「我們怎麼知道這個記者會願意去？」

「這一條新聞可能是他們生涯中所能遇見的最重大新聞報導，任何記者都會想去。」

巴桑提說：「我想，這裡還有一個沒人回答過的問題：彼得・盧卡斯究竟是誰？《波士頓論壇報》的一名記者？爲什麼特別指名要他？」

「我們打電話給他吧。」斯提爾曼說道。「也許他知道答案。」

12

妳還活著，妳必須活著。如果妳走了，我會知道，我會有感應。

不會嗎？

嘉柏瑞跌坐在莫拉辦公室裡的沙發上，雙手埋住頭，努力在想自己還能做些什麼。然而，恐懼不斷干擾他的思緒。身為海軍陸戰隊隊員，嘉柏瑞面對任何困境從未失去自制力。但現在他甚至無法專心，無法將解剖室裡的影像驅逐出腦袋，不斷地想著解剖檯上躺著的可能是另一具屍體。

我有沒有告訴過妳我有多愛妳？

嘉柏瑞沒聽到房門打開的聲音，直到莫拉坐在對面椅子上、把兩個馬克杯放在咖啡桌上的時候，嘉柏瑞才抬起頭來。嘉柏瑞看著莫拉時心想：她總是這麼沉著冷靜，和他性急易怒的老婆大不相同。然而，這兩個性格相差甚巨的女人，卻發展出他不甚理解的深厚友誼。

莫拉指著咖啡，說：「你喜歡黑咖啡，對吧？」

「對，謝謝。」嘉柏瑞啜飲一口，又放回桌上，因為他並不是真的想喝。

「你午餐有吃任何東西嗎？」莫拉問。

嘉柏瑞搓搓臉。「我不餓。」

「你看來累壞了，我去拿一條毯子，你可以在這裡休息一下。」

「我沒辦法睡著，除非珍脫離險境。」

「你聯絡她父母親了嗎？」

「哦，天哪！」嘉柏瑞搖頭。「那是一項艱難考驗，而最困難的部分就是說服他們保守秘密。他們不能出現在這裡，不能打電話給朋友，所以我認爲應該先不要告訴他們。」

「珍的爸媽會想知道情況的。」

「但是他們不善於保密，如果消息走漏，可能會害死他們的女兒。」

兩人沉默地坐了一會兒，唯一的聲音來自通風口吹出的冷氣聲。辦公桌後面的牆上掛著裱框的植物照片，整間辦公室都反映出女主人的特質：整潔、精確、理智。

莫拉平靜地說：「珍很有能力，我們都知道，她一定會想盡辦法活下來。」

「我只求她能遠離火線。」

「她並不笨。」

「問題是：她是個警察。」

「那不是件好事嗎？」

「有多少警察是因爲逞英雄而殉職的？」

「她懷孕了，不會冒任何的險。」

「不會？」嘉柏瑞看著莫拉。「妳知道今天早上她爲什麼會進醫院嗎？她在法庭作證的時候，被告發狂失去控制。而我老婆——我優秀的老婆——跳下去制服犯人。就在那時候，她的羊水破了。」

莫拉看來有點震驚。「她眞的那樣做？」

「那就是珍會做的事。」

「我想你說得對。」莫拉說著搖了搖頭。「那就是我們認識且喜愛的珍。」

「就一次，就這麼一次，我希望她表現得懦弱些，我希望她忘記自己是個警察。」嘉柏瑞笑了笑。「講得好像她會聽我的話似的。」

莫拉忍不住也微笑起來。「她會聽你的話嗎？」

嘉柏瑞看著莫拉。「妳知道我們怎麼相遇的，不是嗎？」

「在石溪自然保護區，對不對？」

「在那個命案現場，不到三十秒鐘的時間，我們就吵了第一場架。不到五分鐘，她就命令我滾開她的地盤。」

「不是一個很有希望的開場。」

「幾天之後，她拿槍指著我。」莫拉露出驚訝的表情，嘉柏瑞又說：「哦，那是有原因的啦。」

「我很驚訝你竟然沒有被嚇跑。」

「她可以是個很恐怖的女人。」

「而你可能是唯一沒被她嚇到的男人。」

「但那就是我喜歡她的原因。」嘉柏瑞說道。「當妳看著珍，看到的就是眞誠，以及勇氣。我生長在一個沒有人願意說出心中眞實感受的家庭，我媽恨我爸，我爸也恨我媽。但表面看起來都很正常，就這樣一直到他們死去。我以爲大多數的人就是這樣子過一輩子，活在謊言之中。但珍不同。她不怕說出心中眞實的想法，不管說出來會帶給她多少麻煩。」他稍微停住，再平靜地說：「這就是我所擔心的事。」

「你怕她會說出不該說的話。」

「你撞她一下，她會立刻回撞。我真希望至少這一次，她可以乖乖保持安靜，躲在角落扮演一個受驚的懷孕婦女就好。這樣，說不定就能救她一命。」

嘉柏瑞的手機響起，他立刻伸手去接，而螢幕上顯示的電話號碼讓他心跳整個加快。「嘉柏瑞．狄恩。」他接起電話。

「你現在在哪裡？」湯瑪士．摩爾警官問道。

「我在艾爾思醫師的辦公室。」

「我到那裡跟你碰面。」

「等等，摩爾，什麼事情？」

「我們查出喬的身分了，他的全名是喬瑟夫．洛克，三十九歲，最後登記的地址在維吉尼亞州的帕賽維爾。」

「你們怎麼查到的？」

「他的座車棄置在離醫院兩條街外的地方，有目擊證人看到一個全副武裝的男人走下那輛車，後來確認他就是電視錄影帶上的那個人。整個方向盤上面都是喬的指紋。」

「等一下，喬瑟夫．洛克的指紋在檔案裡？」

「軍事紀錄。等一下，我立刻過去你那邊。」

「你還知道些什麼？」嘉柏瑞從摩爾的語氣中聽出一絲急切，知道他一定還有什麼話沒說出來。「就直說吧。」

「他目前正受到通緝。」

「什麼罪名？」

「是……殺人，槍擊案件。」

「受害者是誰？」

「我在二十分鐘內到你那裡，等我到了再談。」

「受害者是誰？」嘉柏瑞又重複一次問題。

摩爾嘆口氣。「是一名警察，兩個月前，喬瑟夫・洛克槍殺了一名警察。」

「剛開始的時候，就是很平常的臨檢。」摩爾說：「事件經過都被巡邏車上的攝影機自動拍攝下來，康乃迪克州紐哈芬警局並沒有附給我完整的影片檔，這張是他們用電子郵件寄給我的第一張定格照片。」摩爾按一下滑鼠，筆記型電腦螢幕上出現一張照片。畫面上是那位紐哈芬警察的背影，正朝著停在巡邏車前的那輛轎車走去，照片上可以看到那輛轎車的車牌。

「是維吉尼亞州的車牌。」摩爾說。「影像放大之後可以看得更清楚，就是今天下午我們找到的那輛車，違規停放在離醫療中心幾條街外的哈里遜街上。」摩爾看著嘉柏瑞。「車主登記為喬瑟夫・洛克。」

「你說他是從維吉尼亞州來的。」

「沒錯。」

「他兩個月前在康乃迪克州做什麼？」

「不知道，我們也不知道他現在在波士頓做什麼。我手頭上關於他的資料，只有紐哈芬警局拼湊出來的側寫檔案。」摩爾指指電腦。「還有這個，攝影機拍到的槍擊畫面，但這些照片裡要看的不只這件事。」

嘉柏瑞仔細看洛克的車子，後方窗戶上的影像。「車上有乘客。」嘉柏瑞說。「有人坐在洛克旁邊。」

摩爾點點頭。「影像放大之後，可以清楚看見這名乘客蓄著黑色長髮。」

「是她。」莫拉注視著螢幕說：「那個無名女子。」

「這表示他們兩個月前在紐哈芬時，就在一起了。」

「給我們看剩下的照片。」嘉柏瑞說。

「讓我播放最後一張……」

「我要看全部的照片。」

摩爾停下來，手放在滑鼠上，看著嘉柏瑞。「你不需要看這些照片。」摩爾平靜地說道。

「說不定我就需要。讓我看全部的經過。」

摩爾遲疑一番之後，按下滑鼠，進入下一張照片。那名警察現在站在洛克的車窗邊，瞧著這個在幾秒鐘之後就會結束他生命的人。警察的手擱在槍套上。這只是一個警告的姿態嗎？抑或警察早有預感自己正面對著殺手的臉？

再一次，摩爾又遲疑了一下才進入下一張照片。他已經看過這些照片，知道接下來會出現什麼恐怖畫面。他按下滑鼠。

影像是每秒擷取的，捕捉到每一個可怕細節。警察仍然站著，手槍已經從皮套中掏出。他的頭因為子彈的撞擊而向後倒，半邊臉碎裂，血肉在一片血霧中炸裂開來。

故事結束在第四張照片上，也是最後一張照片，警察的屍體倒臥在槍擊犯車旁的路面上。就像看到信件末端的附註一樣，這張照片引得嘉柏瑞突然傾身向前。他注視著車子的後窗，有一個黑色身影是前三張照片都沒出現過的。

莫拉也看到了。「有人坐在洛克的後座。」她說。

「這就是我要讓你們兩人看的東西。」摩爾說道。「洛克車裡有第三個人，在後座躲著或是睡著。看不出來是男性還是女性，只能看到這個留著短髮的頭在槍擊後突然冒出來。」摩爾看向嘉柏瑞。「我們目前還沒有見過或聽到過這第三個相關人等的消息，這個人自紐哈芬開始就跟他們一路，行動代碼說不定和這個人也有關係。」

嘉柏瑞的目光仍然鎖定在螢幕上那個神秘的剪影。「你說他有軍事紀錄。」

「我們在軍事紀錄上比對到他的指紋，他從一九九〇年到九二年間在陸軍服役。」

「哪個單位？」摩爾沒有立刻回答，嘉柏瑞轉頭看著他。「他受過什麼訓練？」

「防爆小組，爆炸性軍火處理。」

「炸彈？」莫拉說著，訝異地看著摩爾。「如果他知道如何拆解炸彈，那麼他可能也知道怎麼製造炸彈。」

「你說他只服役兩年。」嘉柏瑞說道。這說話的聲音由他自己聽起來都覺得異常冷靜，像個冷血的陌生人。

「他……在海外出過事，在科威特的時候。」摩爾說：「因為不名譽的理由而接到退伍令。」

「為什麼？」

「拒絕服從命令，攻擊長官，與同單位其他人不斷有爭執。有些人認為他情緒不穩定，可能有偏執狂的病症。」

摩爾的話語像是一擊一擊的重拳，把嘉柏瑞肺裡的空氣都給打光。「老天！」嘉柏瑞低聲咕噥。「情況又完全不同了。」

「你的意思是？」莫拉問道。

嘉柏瑞看著她。「我們不能再浪費時間，要立刻把她救出來。」

「不是說要談判？要放慢步調？」

「那些原則在這種情況下不適用。這個人不但不穩定，而且已經殺過一個警察了。」

「他不知道珍是警察。」摩爾說：「我們也不會讓他發現這件事，聽好，同樣的原則仍然適用：人質危機耗時越久，結局通常越好，談判是有用的。」

嘉柏瑞指著筆記型電腦。「你是要怎樣跟做出那種事的人談判？」

「可以的，可以的。」

「在裡面的不是你的太太！」嘉柏瑞看到莫拉受驚的眼神，於是轉過身去，努力讓自己平靜下來。

接著開口說話的是摩爾，語調平靜而溫和。「你現在的感受——你現在的煎熬——我都經歷過，你知道的，我完全了解你所承受的壓力。兩年前，我的妻子凱薩琳遭到綁架，那個犯人你應該還記得：沃倫．荷依。」

外科醫師殺人狂，嘉柏瑞當然記得他。這個人會在夜半時分溜進民宅，讓熟睡中的婦女驚醒後發現臥室中多了一個惡魔。就是因爲荷依的罪行，讓嘉柏瑞在一年前來到波士頓。他現在突然發現，就是外科醫師殺人狂把所有人串在一起，摩爾、嘉柏瑞、珍和莫拉，都在不同的情況下，和同一個惡魔交手過。

摩爾說：「我知道她落在荷依手中的時候，我完全無能爲力，想不到任何辦法可以救她。如果可以用我的命去換回她，我眼睛都不會眨一下就立刻去換。但我當時就只能眼睜睜看著時間一分一秒的過去，最糟糕的是：我知道荷依會怎麼對待凱薩琳。我看過其他受害者的驗屍過程，我看過他用手術刀劃出來的每一道傷口。所以，是的，我完全了解你的感受。而且，請相信我，我會盡一切所能，將珍活著救出來。不只因爲她是我的同事，或是因爲她是你的太太，而是因爲我的幸福是珍所賜予的——是珍找到凱薩琳的，是珍救回了她的命。」

終於，嘉柏瑞抬眼看向摩爾。「我們要怎麼和這些人談判？」

「我們要找出那些人眞正想要的東西。他們自知已經被包圍，除了和我們談之外，別無選擇，所以我們就繼續跟他們談。你處理過其他人質談判，所以你知道談判這齣戲碼該怎麼走。規則沒有改變，只是因爲你的立場不同了，現在，你必須忘記你的太太以及你的情緒。」

「你辦得到嗎？」

摩爾的沉默代替了回答，他當然辦不到。

我也辦不到。

13

蜜拉

今晚，我們得要參加派對。

媽媽桑告訴我們，現場會有大人物，所以我們必須打扮得漂漂亮亮，為此，她拿出新衣服給我們穿。我穿著一件黑絲絨洋裝，裙子緊到我快不能走路，我甚至還得把裙子拉高到臀部，才有辦法爬上休旅車。其他女孩上車之後在我旁邊坐下，衣服上的絲絨綢緞沙沙作響，香水氣味洶湧襲來。我們花了幾個小時塗抹化妝品、搽口紅、刷睫毛，現在，我們坐著像是一群戴了面具的洋娃娃，即將上場做歌舞伎表演。放眼望去，無一為眞，睫毛、紅唇、粉頰都是假的。車裡很冷，我們發著抖緊挨著彼此，等歐蓮娜上車。

美國司機對著車窗外喊著說：我們得出發了，要不然就會遲到。最後，媽媽桑終於走出房子，後頭拖著歐蓮娜。歐蓮娜生氣地甩開媽媽桑的手，自己走完剩下的一段路。她穿著一件綠色絲質長洋裝，有中國式的旗袍領以及開到大腿的高衩。一頭黑髮如瀑垂下，光滑地披在肩膀上。我從沒見過這麼美麗的人，所以我看著她一路走向休旅車。痲醉藥一如往常地使她平靜下來，讓她變得好控制，但也讓她行走不穩，穿著高跟鞋左搖右晃。

「上車，上車。」司機下令道。

媽媽桑得幫忙推歐蓮娜爬上車，歐蓮娜坐上我前面的位子後，立刻倒在窗戶上。媽媽桑關上車門，爬進司機旁邊的座位。

「時間差不多了。」司機說著，把我們載走。

我知道我們是為了什麼原因去參加派對，我知道接下來會發生什麼事情。但仍然有種解脫的感覺，因為這是幾個禮拜以來，我們第一次可以離開那幢房子。所以，當車子開上柏油路，我興奮地將臉頰貼上車窗，看到路牌上寫著：鹿野路。

車子開了很長一段時間，依舊持續往前開。

我專心看著路牌，讀出我們經過的城鎮名稱：瑞斯屯、阿靈頓、伍布里。我看著其他車裡的人，不知道他們能否讀出我臉上無聲的懇求，不知道會不會有任何人在乎。隔壁車道有一位女性駕駛人看了我一眼，我們的視線一度交會，然後她又把注意力轉回馬路上。她究竟看見什麼呢？只是一個紅髮女孩穿著黑色洋裝，準備出門狂歡吧。人們總是只看見他們想看的事物，從來沒有想過：恐怖的事情也可以看起來很美麗。

我開始看見水，遠處有很寬的一條水線。等到休旅車終於停下時，是停在一個碼頭上，岸邊泊著一艘很大的遊艇。我沒想到今晚的派對是在船上舉行，其他女孩也都伸長了脖子想看遊艇，很好奇這麼漂亮的遊艇裡面會是什麼樣子。同時，也有點害怕。

媽媽桑拉開車門。「裡面都是大人物，妳們都要微笑、開心點，知道嗎？」

「是的，媽媽桑。」我們囁嚅道。

「下車。」

正當我們手忙腳亂地下車的時候，我聽見歐蓮娜含糊不清地說：「去吃屎吧！媽媽桑。」但是沒有其他人聽到。

我們穿著高跟鞋的步履蹣跚、輕薄洋裝下的身體顫抖不已，排成一列走下坡道上船。甲板上站著一個男人在等我們，從媽媽桑急忙趕上前去迎接他的模樣，我知道這個人是大人物。那個人倉卒地看我們一眼，點頭表示同意，操著英語對媽媽桑說：「帶她們進去，給她們喝點酒，要在客人抵達之前，先把氣氛培養好。」

「是，戴斯蒙先生。」

戴斯蒙看到在欄杆旁搖來晃去的歐蓮娜。「那傢伙會不會又給我們惹麻煩？」

「她吃過藥了，會乖乖的。」

「她最好乖一點，今天晚上不要給我胡鬧。」

「走！」媽媽桑指揮我們。「進去。」

我們走進船艙大門，裡面的裝潢讓我目眩神迷。一盞水晶吊燈在我們頭頂上閃爍，周圍是深色木紋鑲板，還有奶油色絨皮沙發。酒保開了一瓶酒，穿著白西裝的服務生端給我們高腳杯裝的香檳。

「喝下去。」媽媽桑說：「找個地方坐下，開心點。」

我們每人拿一杯酒，散到船艙各個角落。歐蓮娜和我一起坐在沙發上啜著香檳，一雙長腿交叉側坐，大腿根部在高衩中若隱若現。

「我會盯著妳。」媽媽桑用俄語警告歐蓮娜。

歐蓮娜聳聳肩。「每個人都會盯著我。」

酒保宣布：「他們到了。」

媽媽桑威脅地瞪了歐蓮娜最後一眼，然後退出一扇門外。

「妳看看她是怎麼躲起來的？」歐蓮娜說道。「沒人想看她那張臉。」

「噓。」我悄悄說。「別讓我們惹上麻煩。」

「請容我為妳說明，親愛的小蜜拉：我們早就惹上麻煩了。」

我們聽見笑聲，以及生意上的熟人之間相互的招呼聲，都是美國人。艙門打開，走進來四個男人，所有女孩立刻坐直微笑。其中一人是主人戴斯蒙先生，他的三名賓客都是西裝革履的體面男士。其中兩人年輕健壯，舉手投足間流露出運動員的自信魅力。但第三個人比較老，年紀跟我的祖父差不多，但遠比我祖父胖得多。他戴著金絲邊眼鏡，灰白的頭髮已經快要禿光。賓客們環顧四周，帶著明顯的興味審視我們。

「看來你又有新貨色了。」那老人說道。

「你應該再到我們房子去玩玩的，卡爾。看看我們的貨色。」戴斯蒙先生示意大家往吧檯走。「喝點什麼嗎？各位先生。」

「給我蘇格蘭威士忌吧。」老人說。

「菲爾，理查，你們要什麼呢？」

「我一樣。」

「給我來杯香檳吧。」

船身傳來隆隆引擎聲，我看向窗外，船正開往河中心。一開始男人們沒有加入我們，而是留在吧檯邊，兩兩交談。歐蓮娜和我聽得懂英語，但其他女生只懂得一些些，所以她們臉上機械性的笑容很快就淡漠成無聊的表情。那些男人在談生意，我聽到他們在說合約、投標、道路狀況、意外事故等等，還有誰誰花了多少錢在哪一份合約上。這才是舉行派對的眞正目的，先談生意，再來玩樂。男人們的杯子空了，酒保又再添上一輪。要上床搞妓女之前，再插科打諢、惺惺作態一番。我看見三名賓客手上閃耀著婚戒的光芒，想像這些男人在鋪著乾淨床單的大床上和妻子做愛的模樣。他們的老婆完全不知道，丈夫在其他床上，對著像我這樣的女孩做些什麼事。就像現在，那些男人朝我們看過來，我的掌心開始冒汗，預想今晚的磨難。而那個老人則一直看著歐蓮娜。

歐蓮娜對他微笑，但壓低聲音用俄語告訴我：「一臉豬樣！我看，他要射的時候，說不定會發出豬叫聲。」

「他會聽見的。」我低聲說道。

「他一個字都聽不懂。」

「妳又不確定他聽不聽得懂。」

「妳看，他在笑。他以爲我在告訴妳他有多帥。」

老男人把空酒杯放在吧檯上，朝我們走過來。我猜他想要靠近歐蓮娜，所以站起來把沙發讓給他。但是他抓住我的手腕，不讓我離開。

「哈囉。」他說：「妳會說英語嗎？」

我點頭，喉嚨突然乾到說不出話來，只能驚慌地看著他。歐蓮娜從沙發上站起來，同情地看了我一眼之後走開。

「妳幾歲了？」老男人問道。

「我……我十七歲。」

「妳看起來年輕得多。」他聽起來很失望。

「嘿！卡爾。」戴斯蒙先生喊道：「你帶她去散散步吧。」

另外兩名賓客已經選好女伴，其中一人正領著凱雅到走廊上。

「任何一間包廂都可以。」主人說。

卡爾注視著我，然後緊握住我的手腕，帶我到走廊。他把我拉進一間漂亮的包廂，原木傢俱閃閃發亮。他鎖上門的時候，我忍不住往後退，心臟狂跳。等到他再轉頭回來的時候，我看見他的褲襠已經隆起。

「妳知道該怎麼做。」

但其實我並不知道，我完全不曉得他期待我做些什麼，所以，他忽然揮過來的一巴掌讓我整個嚇呆掉。他一巴掌打得我跪下去，呆滯地蜷縮在他腳邊。

「妳沒在聽嗎？愚蠢的婊子！」

我點點頭，垂著頭看著地面。突然間，我搞懂了他想玩的遊戲。「我很不乖。」我小聲地說。

「妳需要接受懲罰。」

天哪！讓這一切快點結束！

「快說！」他罵道。

「我需要接受懲罰。」

「脫掉妳的衣服。」

已經全身發抖、害怕再被打的我乖乖照做。我拉下洋裝的拉鍊，脫掉長襪和內衣。我的目光保持低垂，好女孩一定要表現恭敬。我躺在床上對著他打開身體的時候，完全靜默無聲，沒有反抗，只是卑屈。

他脫衣服的時候一直瞪著我，欣賞一副完全順服的胴體。我忍下噁心的感覺，讓他爬到我身上，口中噴出刺鼻酒味。我閉上眼睛，專注去聽遊艇的引擎聲，去聽河水拍打船身的聲音。當他進入我身體的時候、當他發出豬叫聲射在我身體裡的時候，我讓自己漂離，讓自己感覺不到任何東西。

老男人完事之後，甚至不等我穿上衣服，自顧自地起身穿好衣服，就走出艙房。我慢慢坐起來，遊艇的引擎只剩下低沉的噗嚕聲，我往窗外看，船已經開回岸邊。派對結束了。

等我終於從艙房裡走出來的時候，遊艇已經靠岸，賓客們已經離開。戴斯蒙先生在吧檯喝著剩下的香檳，媽媽桑召集所有女孩。

「他對妳說了什麼？」媽媽桑問我。

我聳聳肩。我感覺得到戴斯蒙先生的眼神在研究我的反應，我很怕說錯話。

「他有沒有說爲什麼選上妳？」

「他只想知道我幾歲。」

「就這樣？」

「他只在乎這件事。」

媽媽桑轉向一直興趣盎然地看著我們的戴斯蒙先生。「看吧，我告訴過你。」媽媽桑對他說：「他每次都找最年輕的女孩，他不在乎長相，但一定要是年輕的。」

戴斯蒙先生思考了一會兒，點點頭。「我想我們盡量讓他開心就是了。」

歐蓮娜醒來發現我站在窗邊，透過鐵條向外望。我把窗戶往上開，冷空氣直接灌進來，但我不在乎。我只想呼吸新鮮空氣，我只想洗淨今晚殘留在我肺裡以及靈魂裡的餘毒。

「太冷了。」歐蓮娜說：「關上窗戶。」

「我快窒息了。」

「房間裡冷斃了！」她走過來關上窗戶。「害我睡不著。」

「我也睡不著。」我低聲說道。

歐蓮娜靠著透進窗戶髒玻璃的月光仔細看著我，在我們背後，有個女孩在睡夢中抽泣著。我們聽著女孩們在黑暗中的呼吸聲，忽然間，房間裡的空氣不夠讓我呼吸。我掙扎求生，推著窗框想再打開來，但是歐蓮娜阻止我。

「住手，蜜拉。」

「我快死了！」

「妳太歇斯底里了！」

「拜託妳打開窗戶，打開！」我已經淚流滿面，扒抓著窗戶。

「妳想吵醒媽媽桑嗎？妳要害我們惹上麻煩嗎？」

我的雙手抽筋成爪子的形狀，甚至無法抓住窗框。歐蓮娜抓住我的手腕。

「聽好。」歐蓮娜說：「妳想要空氣？我會給妳空氣，但妳必須保持安靜，別讓其他人知道。」我已經慌亂得沒辦法去理會她在說些什麼，然而她用雙手捧住我的臉，強迫我看著她。

「妳要當作沒見過這個東西。」她悄聲說道，然後從口袋裡掏出一個東西，一個在黑暗中泛著淡淡亮光的東西。

一把鑰匙。

「妳怎麼……」

「噓。」歐蓮娜從帆布床上抓起毯子，拉著我經過其他女孩的床，來到門邊。她停住腳步，回頭確定其他人都在睡覺，才將鑰匙插入鎖孔。打開門後，她拉著我走進長廊。

我大吃一驚。突然間，我忘了窒息的事情，因爲我們逃出監牢，我們自由了！我轉身向樓梯要逃走，但是歐蓮娜使勁把我拉回去。

「不是走那邊。」她說：「我們不能出去，沒有前門的鑰匙，只有媽媽桑才打得開前門。」

「那我們要去哪裡？」

「我帶妳去。」

歐蓮娜拉著我到走廊上，我幾乎什麼都看不見，全心全意地相信她，任她帶著我走進一扇房門。月光從窗戶灑進來，歐蓮娜像個蒼白的鬼魂飄過房間，舉起一張椅子，悄無聲息地放在房間中央。

「妳在做什麼？」

她沒回話，只是爬上椅子，把手伸上天花板。她頭頂上一道活門吱嘎打開，一把摺疊梯伸下來。

「這門通到哪裡？」我問道。

「妳不是想要新鮮空氣嗎？我們就去找新鮮空氣。」歐蓮娜說著，爬上摺疊梯。

我跟著上了階梯，爬過活門，進到一個閣樓裡。月光透過一扇窗戶照射進來，我看見一些盒子和傢俱的影子。這上面飄著霉味，空氣一點都不新鮮。歐蓮娜打開窗戶爬出去，我突然發現：窗戶上沒有鐵條。等我探頭出去，我立刻了解原因。這裡離地太遠，沒有逃生之路，跳出去就等於是自殺。

「怎麼？妳不一起出來嗎？」歐蓮娜說道。

我轉頭看見她坐在屋頂上，點起一支菸。我又看了看地面，很高很遠，光是想到要爬出去站在邊緣，我的手心都冒汗了。

「別像隻嚇壞了的小兔子。」歐蓮娜說：「這沒什麼，最壞的情況不過就是掉下去摔斷妳的脖子。」

她手上的香菸閃著紅光，我聞到她隨意呼出的菸味。她一點都不緊張。當下，我想要和她一樣，無所畏懼。

我爬出窗戶，小心翼翼地沿著邊緣移動，然後大大地鬆了一口氣，在歐蓮娜身邊坐下。她甩開毛毯，披在我倆肩上。我們舒服地並肩坐在一起，蓋著溫暖的羊毛毯。

「這是我的秘密。」歐蓮娜說：「妳是我唯一信任可以保守秘密的人。」

「為什麼是我？」

「凱雅為了一盒巧克力就可能會出賣我，而娜迪亞太笨，管不住自己的嘴巴。但妳不一樣。」歐蓮娜看著我，眼神深刻，幾乎帶著溫柔。「妳也許是隻嚇壞了的小兔子，但妳不笨，也不會背叛。」

歐蓮娜的稱讚使得我的雙頰發熱，這陣突如其來的歡愉感覺是任何迷幻藥都比不上的，愛情也比不上。忽然間我不顧一切地想著：我願意爲妳做任何事，歐蓮娜。我靠她更近，尋求她溫暖的身體。從男人的身體上，我只得過懲罰。但是歐蓮娜的身體提供的是舒服感覺，還有她柔軟的曲線，以及那宛如綢緞般輕刷我臉龐的秀髮。我看著她手上香菸的閃光，以及她彈菸灰的優雅模樣。

「想抽一口嗎？」她問道，邊把菸遞過來。

「我不抽菸。」

「嗯，反正香菸對妳沒好處。」她說著又吸了一口。「對我也沒好處，但我不想浪費這些菸。」

「妳從哪裡拿來的？」

「船上，拿了一整包菸，也沒人發現。」

「妳偷來的？」

歐蓮娜笑了。「我偷過很多東西，妳以爲我是怎麼拿到鑰匙的？媽媽桑還以爲她搞丟了，愚蠢的母牛。」她又抽了一口，臉龐短暫地閃著橘光。「我在莫斯科就是做這行的，我的技巧很好。只要妳會講英語，人們就會准許妳進入任何旅館，在旅館裡就可以耍些把戲、扒些錢包。」她呼出肺部裡所有的煙。「這就是我不能回家的原因，那裡的人都認識我。」

「妳不想回家嗎？」

她聳聳肩，又彈了一下菸灰。「那裡沒有什麼值得我留戀的，這就是我離開家的原因。」

我向上凝視夜空，星星就像一盞盞光芒怒放的小燈。「這裡也沒有值得留戀的東西，我不知道事情會變成現在這樣。」

「蜜拉，妳想要逃跑，對不對？」

「妳不想嗎？」

「回家之後又怎麼辦呢？妳以爲等到家人發現妳在這裡做過的事，他們還會想要妳回去嗎？」

「我家只剩祖母還在了。」

「如果妳的夢想都能成眞的話，妳在克萊維西鎭做些什麼？當個有錢人？嫁個好男人？」

「我沒有夢想。」我低語道。

「沒有夢想比較好。」歐蓮娜苦笑一聲。「這樣妳就不會失望。」

「但是，任何事情、任何地方都比這裡好。」

「妳以爲眞是如此嗎？」歐蓮娜看著我。「我知道曾經有個女生逃跑，那時候我們在一場派對裡，就跟今晚一樣，是在戴斯蒙先生家中舉行。她爬出窗戶逃走，而這只是她必須面對的第一道難題。」

「爲什麼這樣說？」

「在外面妳要吃什麼？住哪裡？如果妳沒有證件，就沒辦法生存，只能偷拐搶騙。所以，最後她去找警察，妳知道後來發生什麼事嗎？警察將她驅逐出境，遣送回白俄羅斯。」歐蓮娜呼出一片煙霧，看著我。「千萬別相信警察，他們不是妳的朋友。」

「但是，她逃走了，回家了。」

「妳知道如果妳逃走、回到家之後會發生什麼事嗎？他們會把妳找出來，還有妳的家人。被他們找到之後，妳會寧願自己死掉。」歐蓮娜摁熄香菸。「這裡雖然像地獄，但至少他們不會活活剝下妳的皮，就像他們對待那個女生的方法一樣。」

我在發抖，但不是因爲寒冷。我又想起安雅，我總是會想起可憐的安雅，她就曾經試著逃走。不知道她的屍體是不是還躺在沙漠上？是否已經腐爛？

「那就沒得選了。」我低聲說道。「完全沒有選擇的餘地。」

「當然有。妳跟他們合作，每天幹幾個男人，給他們想要的東西。幾個月或一年之後，媽媽桑取得下一批女孩，而妳只是個用爛了的機器。到那時候，他們就會放妳走。那時候，妳就自由了。但是，如果妳想先逃跑，他們就必須殺雞儆猴。」歐蓮娜看著我，突然伸出手來摸我的臉，讓我嚇了一跳，她手指頭的溫熱劃過我的皮膚。「活著，蜜拉。」她說：「苦難不會永遠持續的。」

14

即使以碧肯丘的高級標準來看，這幢豪宅還是相當醒目，在波士頓名流世代居住的街道上，這是最大的一座宅邸。這是嘉柏瑞第一次造訪，如果在別的情況下，他應該會在鵝卵石步道上駐足停留，趁日光漸弱時分，欣賞門楾上的雕刻、鐵製裝飾，以及前門上奇特的黃銅門環。然而，今天嘉柏瑞的心思不在建築上，所以他沒有在步道上流連徘徊，反而急忙走上台階按電鈴。

應門的是一位年輕女子，戴著一付玳瑁眼鏡，表情冷淡而帶有審視意味。嘉柏瑞心想：這是最新型的守門員，他以前沒見過這名助理，但是她很符合康威會雇用的典型標準：頭腦好、有效率——大概是哈佛畢業生。「康威的腦袋」是碧肯丘上大家對他們的稱呼，這批年輕男女都很聰明，而且對康威參議員絕對忠誠。

「我是嘉柏瑞．狄恩，與康威參議員有約。」

「他們在參議員辦公室等你，狄恩探員。」

他們？

「跟我來。」女助理轉過身，明快地帶領嘉柏瑞走上長廊。她腳上實用、不花俏的低跟鞋在黑色橡木地板上叩叩回響。長廊牆上有一排畫像：一位嚴肅的家族長老坐在寫字桌前；一名男性戴著假髮、穿著法官長袍；第三幅的畫中人站在綠絲絨簾幔之前。在這條長廊上，展示著康威顯赫的家世，而這種家世背景卻是康威在喬治城住處小心避免流露出來的，因爲在喬治城中，貴族血統是政治上的不利條件。

女助理謹慎地敲門，然後探頭進入辦公室。「狄恩探員到了。」

「謝謝妳，吉蓮。」

嘉柏瑞走進辦公室內，身後的門安靜關上，而康威參議員立刻從一張巨大的櫻桃木辦公桌後走出來迎接他。雖然已經高齡六十多歲，銀髮的康威在行動中依舊帶有陸戰隊員的力道及敏捷，兩人握手的方式屬於了解戰鬥的男人之間有力的招呼，而且，彼此相互尊重。

「現在狀況如何？」康威平靜問道。

這是最溫和的詢問，但卻出乎意料地引起嘉柏瑞一陣哽咽。他清清喉嚨：「事實上，我只能盡力穩住狀況。」他承認道。

「我知道她今天早上進了醫院。」

「寶寶在上個星期就該出生，今天早上她的羊水破了，然後……」嘉柏瑞停住，有點尷尬。軍人之間的對話，很少談到與妻子之間的親密細節。

「所以我們要把她救出來，越快越好。」

「是的，參議員。」不只要快，還要讓她活著。「希望你能告訴我，這裡到底是怎麼回事，因爲波士頓警局完全沒有頭緒。」

「這些年來你幫了我很多忙，狄恩探員。這件事我會盡全力幫忙，我保證。」康威參議員轉過身，揮手指向大壁爐前的傢俱。「說不定斯維爾先生也可以幫得上忙。」

嘉柏瑞進門後第一次注意到這個人，斯維爾先生安靜地坐在皮製扶手椅上，使人很容易忽略他。斯維爾站起身來，嘉柏瑞發現他的身形高於常人，黑髮髮線正逐漸後退，專業的眼鏡後透出溫和的眼神。

「我想兩位沒見過面。」康威說道。「這位是大衛．斯維爾，國家情報局副局長，他剛從華盛頓飛過來。」

嘉柏瑞和大衛．斯維爾握手時，心裡想道：眞是令人意外！國家情報局局長屬於內閣閣員級的崇高職位，權限可掌控全國的情報單位，包括：聯邦調查局、國防情報局、中央情報局。而這位大衛．斯維爾正是國家情報局的第二把交椅。

「我們一接到整個情況的報告，偉恩局長立刻命令我飛過來。」斯維爾說道。「白宮方面認爲：這起事件並不是你們平常處理的人質危機。」

「不論近來所謂的『平常』爲何。」康威補充道。

「我們已經直接致電警察局局長。」斯維爾說：「我們一直密切注意波士頓警察局的調查進度，但是康威參議員告訴我，你握有其他資訊，可能會影響我們的處理方法。」

康威指著沙發。「我們都坐下來吧，要談的事情很多。」

「你剛剛說你不認爲這是標準的人質危機。」嘉柏瑞一坐上沙發就開口道。「我也認爲不是，而且，我並不只是因爲內人牽涉其中才這樣說。」

「有什麼特點使你覺得不同？」

「太多了！人質挾持者是女性，而且還有同伴經過武裝之後，直接走進去加入她的行列，還有，她用廣播送出一句像是行動代碼的話。」

「這些事情偉恩局長都很注意。」斯維爾說道。「另外，還有一個細節讓我們擔心。我必須承認，第一次聽到錄音的時候，我沒注意到這個重點。」

「什麼錄音？」

「她打到廣播電台的錄音。我們找一個國防語言學家去分析她所說的話，她的美語文法完美——有點太完美了。沒有縮寫語法，沒有俚語。那個女人顯然不是美國人，而是外國人。」

「波士頓警局的談判專家也做出相同結論。」

「這就是現在引起我們擔心的部分，如果你仔細聽她說的話——尤其是那句話，『骰子已出手』——你可以聽出明顯的口音。也許是俄語，或是烏克蘭語，或其他東歐語言。我們不可能精確分辨出她的母語，但那個口音屬於斯洛伐克語系。」

「這就是白宮方面擔心的部分。」康威說。

嘉柏瑞皺起眉頭。「白宮認爲是恐怖行動？」

「明確地說，是車臣恐怖組織。」斯維爾說道。「我們不知道這個女人是誰，也不知道她如何進入美國，但我們知道車臣恐怖份子經常利用女性執行自殺攻擊。莫斯科戲院包圍事件中，有多名女性身上都綁著炸藥。還有幾年前，兩架噴射客機自莫斯科起飛之後，墜毀在俄國南方，我們相信兩起事件均起因於攜帶炸彈的女性乘客。重點是這些恐怖份子習慣利用女性進行攻擊，這就是我們國家情報局局長最擔心的。我們面對的這兩個人並不是眞的想談判，說不定早就準備好要引人注目地從容赴義。」

「車臣恐怖組織的目標對象是莫斯科，不是美國。」

「對抗恐怖份子的戰爭是全球性的，這也就是爲什麼要成立國家情報局——確保九一一事件不會再次發生。我們的職責在於協調各情報單位共同合作，而不是像以往常有的相互誤解。不再相互競爭，不再諜對諜，我們要站在同一陣線。而且，我們都認爲波士頓港對恐怖份子而言，是相當具有吸引力的目標。他們可以攻擊燃料庫或儲油槽，只要一艘裝滿炸藥的汽艇，就可以造成重大災難。」斯維爾停了一下。「挾持人質的那名女子是在水裡被發現的，對不對？」

康威說：「你看起來有點疑惑，狄恩探員，在煩惱什麼？」

「我們現在討論的那個女人是意外被逼到這步田地的，你們知道她是被當成溺斃的屍體送到停屍間的嗎？醒過來之後才被送到醫院去的。」

「知道。」斯維爾說：「很誇張的故事。」

「她只是一個單身女子……」

「她不再是單身了，現在有同伴。」

「這聽起來不像是預先計畫好的恐怖行動。」

「我們並不是說這起人質挾持事件是預先計畫好的，只是時機逼他們不得不然。也許剛開始只是意外，說不定那女人在偷渡進美國的途中不慎落水，在醫院裡醒來發現自己會被有關當局審問，所以就慌了。她可能像是章魚的一隻觸角，屬於一項大規模行動的一部分，而這項大規模行動現在是提早暴光了。」

「喬瑟夫．洛克不是俄國人，而是美國人。」

「沒錯，我們從服役紀錄裡對洛克先生有些了解。」

「他並不是典型會同情車臣恐怖組織的人。」

「你知道洛克先生在軍隊裡受過爆破訓練嗎？」

「很多軍人都受過爆破訓練，但並沒有變成恐怖份子。」

「洛克先生還有反社會行爲的病史，以及不服從的問題。這些你都知道嗎？」

「我知道他是因不名譽的原因退役。」

「狄恩探員，他會退役是因爲攻擊長官，因爲經常違背命令，甚至還有一些嚴重的情緒失調問題。一名軍方心理醫師診斷：他有偏執型精神分裂症。」

「他有接受治療嗎？」

「洛克拒絕任何治療，離開軍隊以後，他就完全與世隔絕。我們現在所談論的對象是像炸彈客這樣的人，脫離社會，心中只有古怪的怨恨。在洛克的世界裡，充滿了政府陰謀及被害妄想症。他是一個相當痛苦的人，覺得政府在虐待他。他寫過不知道多少信件給聯邦調查局，他認爲聯邦調查局裡有一個專屬於他的特別檔案夾。」斯維爾從咖啡桌上拿一個資料夾交給嘉柏瑞。「這是他寫過的其中一封信，在二〇〇四年六月寄到聯邦調查局。」

嘉柏瑞打開資料夾讀信。

……關於由PRC-25無線電裝置混合點燃的菸草所導致的心臟疾病，我已經提供過許多有文件證明的案例給貴單位。上述兩種物質的組合會產生致命神經毒氣，這是本國國防部相當清楚的。許多退伍軍人被以此種方式秘密謀殺，以使退伍軍人管理局可以省下上百萬美元的健康照顧支出。難道，在聯邦調查局裡，都沒有人在乎這種不公平的事嗎？

「那只是洛克寫過的數十封瘋狂信件之一，他會寄給調查局、所屬選區的國會議員、報社及電視台。華盛頓郵報接過太多他偏執的胡言亂語，只要看見來信有他的名字就直接丟掉。就如同你剛剛看到的那封信，洛克這個人是很聰明，能言善道，而且十分確信政府是邪惡的。」

「爲什麼他沒有接受精神治療？」

「他不相信自己瘋了，即使所有人都看得出來他明顯有瘋狂傾向。」

「恐怖份子不會招募精神病患者。」

「只要有用就可能會。」

「你無法控制精神病患者，無法預測他們會做出什麼事。」

「但是你可以煽動精神病患者行使暴力，你可以讓他們更加相信政府都在跟他們作對。而且，你可以利用他們的技能。洛克或許有偏執狂，但他也懂爆破。這是一個受過軍事訓練的人，相當憤怒又遺世孤立，正是恐怖份子的最佳成員，狄恩探員。除非我們得到與推論相反的證據，否則我們都必須假定目前的情況屬於國家級的安全問題，我們不認爲波士頓警局有能力獨力處理這次事件。」

「所以，這就是約翰・巴桑提出現於此的原因。」

「誰？」斯維爾表情困惑。

「聯邦調查局副局長辦公室的巴桑提探員。正常情況下，如果有地方性辦公室可以負責的時候，調查局不會直接從華盛頓派員出勤。」

「我不知道聯邦調查局已經介入。」斯維爾說道。這讓嘉柏瑞大吃一驚，國家情報局局長辦公室的權力高於聯邦調查局，斯維爾應該會知道巴桑提涉入本案才是。

「救援行動不會由聯邦調查局執行。」斯維爾說：「我們已經從戰略支援部中，指派一支特別反恐小組來負責。」

嘉柏瑞瞪大雙眼。「你要從五角大廈派出部隊？在美國領土上進行軍事行動？」

康威參議員插進說道：「我知道這聽起來不合法，狄恩探員。但最近有一項參謀長聯席會議

0300-97號指令，授權五角大廈在情況必要時，可以調度反恐部隊在國土境內作戰。這項指令才剛剛通過，大衆幾乎都還沒聽說過。」

「而你認爲這是個好主意？」

「要我老實說嗎？」康威參議員嘆口氣。「我嚇壞了！但是，指令已經寫成白紙黑字：軍隊可以進入國內。」

「是基於良善理由才可以。」斯維爾說道。「如果兩位還沒注意到的話，容我提醒你們：我們國家正遭受攻擊。這是一次大好機會，在對方還沒發動攻擊之前就掃除恐怖份子的巢穴，避免更多國人受害。從大方向看來，這次事件可說是幸運的意外。」

「幸運？」

太遲了，斯維爾來不及收回那句不顧他人感受的言論，所以他很抱歉地舉手表示：「對不起，我剛才那樣說眞是太糟糕了。我太過專注於作戰任務，導致偶爾會發生視野過窄的情形。」

「這也可能造成你衡量情況的侷限。」

「你的意思是？」

「你看到這場包圍事件，就很直覺地聯想到恐怖主義。」

「我必須考慮這個可能性，請記住：是恐怖份子逼我們採取這種態度的。」

「難道這樣就要排除所有其他的可能性？」

「當然不是。我們所面對的歹徒的確很可能只是兩個瘋子，兩個在紐哈芬槍殺警察之後想要脫逃的人。我們的確也考慮過這種解讀方式。」

「但是你的焦點只集中在恐怖主義上。」

「偉恩先生的做法也會是這樣，身爲國家情報局局長，他很認眞看待自己的職責。」

康威一直看著嘉柏瑞，觀察他的反應。「我看得出來，你對於恐怖主義這個看法有意見。」

「我覺得這種推論太過草率。」嘉柏瑞說。

「那麼，你的看法如何？這些人要的是什麼？」斯維爾坐回椅子，長腿交叉，雙手輕鬆地放在扶手上，整個修長體態沒露出一絲緊張。嘉柏瑞暗忖：斯維爾並不是眞的有興趣聽我的意見，他心意已決。

「我還沒有答案。」嘉柏瑞說：「我手上只有一些無法解釋的謎團，也就是我拜訪康威參議員的原因。」

「什麼謎團？」

「我剛剛去看醫院警衛的解剖過程，他是被無名女子射殺身亡的。結果，這個人根本不是醫院員工，我們不知道他的身分。」

「比對過他的指紋了嗎？」

「自動指紋辨識系統中沒有他的資料。」

「所以這個人沒有前科紀錄。」

「沒錯，他的指紋在我們查過的各種資料庫裡面都沒有資料。」

「不是每個人都有指紋檔案的。」

「此人進入醫院時，攜帶佩有雙重擊發子彈的槍械。」

「這倒是個新聞。」康威說。

「什麼是雙重擊發？」斯維爾問道。「我只是個律師，所以你們得幫我解釋一下，我對於槍枝完全不了解。」

「那是一種軍火，可以在一個彈殼裡裝進兩顆子彈。」康威說明：「這種設計可造成極大致命程度。」

「我剛剛和波士頓警局彈道組聯絡過。」嘉柏瑞說。「他們在醫院病房中發現一顆M-198型的彈殼。」

康威注視著嘉柏瑞。「美國陸軍裝備，那不是一個安全警衛應該帶的配備。」

「他是個假的醫院警衛。」嘉柏瑞伸手到胸前口袋，拿出一張摺疊過的紙，在咖啡桌上攤平。「這是困擾著我的下一個謎團。」

「這是什麼？」斯提爾問。

「我在驗屍時畫下的素描，是死者背部的刺青。」

斯維爾把紙轉過來看。「一隻蠍子？」

「是的。」

「所以你要向我解釋這有什麼重要性嗎？因爲我敢打賭身上有蠍子刺青的人一定不少。」

康威伸手去拿素描。「你說這刺在他背上？而我們查不到死者的任何資料？」

「在指紋檔案裡，沒有得到任何消息回報。」

「我很驚訝他沒有指紋在案。」

「爲什麼？」斯維爾問道。

嘉柏瑞看著斯維爾說：「因爲這個人相當有可能是名軍人。」

「你光看他的刺青就能知道這件事？」

「這不是一般的刺青。」

「這個刺青有什麼特殊之處？」

「這個不是刺在手臂上，而是在背部。在海軍陸戰隊裡，我們稱之爲『軀體名牌』，因爲這個刺青有助於辨識你的屍體。爆炸事件發生時，你很可能會失去四肢，因此很多軍人選擇刺青在胸膛或背上。」

斯維爾表情扭曲。「這個理由聽來有點病態。」

「但是很實際。」

「蠍子的部分呢？有什麼特別的地方嗎？」

「吸引我注意的是數字十三。」嘉柏瑞說。「你看這邊，被螯刺圈起來的地方。我猜測這指的是『第十三戰鬥部隊』。」

「那是個軍事單位？」

「海軍陸戰隊駐外部隊，具有特殊作戰能力。」

「你是說：這名死者是前海軍陸戰隊隊員？」

「沒有所謂的前海軍陸戰隊隊員。」康威指出。

「哦，當然。」斯維爾糾正自己的說法。「他是個死掉的海軍陸戰隊隊員。」

「而這一點就引出我最疑惑的一點：他的指紋不在任何資料庫裡，此人沒有服役紀錄。」

「也許是你錯估了刺青的特殊性，以及那個雙重的彈藥。」

「或者，我並沒有錯估。而是有人特別把這個人的指紋從所有系統中移除，好讓他在法律上隱形。」

辦公室中好長一段時間靜默無聲。

斯維爾的雙眼突然大睜，因爲他聽懂了嘉柏瑞話中的暗示。「你是說我們情報單位當中，有人清除掉他的指紋檔案？」

「以便掩飾在我國境內執行的地下作戰任務。」

「你在指控哪個單位？中央情報局？軍事情報局？如果死者是我們的一員，顯然沒有人告知我這件事情。」

「不論此人身分爲何，不論他受命於哪個單位，目前很顯然的是：他及他的同夥出現在那家醫院病房中，只有一個原因。」嘉柏瑞看向康威。「你是參議院情報委員會的成員，應該有消息來源。」

「但是我完全沒有得到這次事件的消息。」康威搖著頭說。「如果我國所屬單位下令攻擊那名女士，將會是相當嚴重的醜聞——在美國國土上的暗殺行動？」

「然而，這次攻擊發生嚴重失誤。」嘉柏瑞說：「在他們得手之前，艾爾思醫師走進病房。攻擊目標不僅逃過一劫，還挾持了人質。現在，這起事件引起所有媒體關注。地下暗殺行動搞砸的消息，最後一定會上報紙頭版。無論如何，事實一定會被揭發出來，所以如果你知道實情，最好還是告訴我：這名女子是誰？以及，爲什麼我們國家要她死？」

「這純粹是你個人的猜測。」斯維爾說道。「你的線索相當薄弱，狄恩探員。僅僅從一個刺青和一發子彈就推測到政府資助的暗殺行動。」

「那些人挾持了我的妻子。」嘉柏瑞平靜地說：「我願意追蹤各種線索，不論多細微。我想要知道：如何能夠在不傷害任何人的情況下，結束這次事件。我想要的就只有這樣，不要有任何人受到傷害。」

斯維爾點點頭。「這也是我們所有人想要的結果。」

15

夜幕落下時，莫拉開車轉進她所居住的布魯克來街。車子開過熟悉的房屋，熟悉的花園，看見同一個紅髮男孩在自家車庫前投籃——照例，沒有投進。每件事情看來都和昨天一樣，只是另一個仲夏傍晚的郊區情景。然而，今晚是不同的，莫拉心想。今晚，她不會再用冰涼名酒或時尚雜誌來消磨時間。她無法享受平常的休閒娛樂，因爲珍此時此刻還在受苦。

如果珍還活著的話。

莫拉把車停進車庫，走進家門，愉快地吹著中央空調送出來的涼風。她不會待太久，回家只是要快速吃點東西、洗個澡、換個衣服。即便只是這般稍微喘息，莫拉還是有罪惡感。她心想：我要幫嘉柏瑞帶個三明治，他搞不好根本沒想過該吃點東西。

莫拉剛踏出浴室，就聽到門鈴聲響。她趕緊披上一件浴袍，跑去應門。

彼得・盧卡斯站在前廊上。就在當天早上，他們兩人談過話，但從盧卡斯發皺的襯衫以及眼睛周圍緊繃的線條看來，整天下來他也不好受。「很抱歉直接跑過來。」他說：「幾分鐘前我有打過電話。」

「我沒聽到電話鈴聲，我剛剛在洗澡。」

盧卡斯的目光落到莫拉的浴袍上，很快地將視線轉到她身後的某處，他似乎無法很自在地直視服裝太過家居的女性。「我們可以談一談嗎？我需要妳的建議。」

「建議？」

「關於警察要求我做的事情。」

「你和黑德隊長談過了？」

「還有那位聯邦調查局探員，巴桑提。」

「那麼你已經知道人質挾持者的要求。」

盧卡斯點頭。「那就是我來這裡的原因，我想知道妳對於這個瘋狂安排的看法。」

「你眞的有考慮要進去？」

「我想知道如果是妳的話，妳會怎麼做？艾爾思醫師，我相信妳的判斷。」盧卡斯終於迎視莫拉的目光，而她感到一股熱氣衝上臉頰，雙手不自覺地拉緊浴袍。

「進來。」莫拉終於說道。「讓我換件衣服，再來討論。」

盧卡斯在客廳等待的同時，莫拉從衣櫥裡找出一件乾淨的長褲及短上衣。站在鏡子前面，看到自己眼妝模糊、頭髮糾結時，莫拉懊惱不已。她告訴自己：盧卡斯只是個記者，這不是約會，妳看來如何並不重要。

等到她終於走回客廳時，發現盧卡斯站在窗邊，凝視外面昏暗的街道。「這件事已經上全國新聞了，妳知道的。」他說，轉過來看著莫拉。「此時此刻，洛杉磯也同步收看。」

「這是你考慮答應的原因嗎？成名的機會？讓你的名字出現在各大頭條？」

「哦，是啊，我現在就可以想見頭條標題：『記者頭部中彈』。我還眞的很想要那種頭條。」盧卡斯語帶諷刺。

「所以，你的確了解這不是個聰明的舉動。」

「我還沒決定。」

「如果你想要我的建議……」

「我要的不只是妳的建議，還需要消息。」

「我能告訴你什麼？」

「妳可以先告訴我：那名聯邦調查局探員在這裡做什麼？」

「你說你和巴桑提探員談過話，你沒問他嗎？」

「我聽說還有一位狄恩探員也有涉入，巴桑提不願意告訴我關於狄恩的事情。爲什麼調查局會大老遠從華盛頓派出兩名探員，來處理一件平常會交由波士頓警局負責的危機？」

盧卡斯的問題讓莫拉產生警覺，如果他知道嘉柏瑞的事情，不消多久就會發現珍也是人質。

「我不清楚。」莫拉說謊，並發現自己無法直視對方。盧卡斯熱切地望著她，莫拉只好轉身坐上沙發。

「如果有什麼我應該知道的事情，希望妳可以告訴我。」盧卡斯說：「我希望在我走進去之前就能知道。」

「目前你所了解的，可能和我所知的一樣多。」

盧卡斯面對莫拉坐在椅子上，凝視的眼神直射過來，讓莫拉覺得自己像隻被大頭針釘住的蝴蝶標本。「這些人想要的是什麼？」

「巴桑提怎麼告訴你的？」

「他告訴我綁匪的交換條件，他們承諾會釋放兩名人質。然後我和電視攝影師進去和那個人談話，他們會再釋放兩名人質。之後會發生什麼事情，就沒有人知道了。」

眼前這個人可以救珍的命，莫拉心想。如果盧卡斯進去，也許珍就是走出來的兩名人質之一。如果是我，我會進去，但是我不能要求這個人冒生命危險，即使是爲了珍。

「這種可以成爲英雄的機會，不是隨便什麼人都可以遇到的。」盧卡斯說道。「這的確算得上是一種機運，很多記者會迫不及待把握住。」

莫拉笑了。「的確非常誘人，可以出書立傳、拍攝本週最轟動電視電影。你願意冒著生命危險換取一點點名聲及金錢？」

「嘿！我開的是輛破爛豐田汽車，現在正停在妳家門口，另外還有二十九年的房貸等著我去繳，所以名聲和金錢聽起來並不壞啊。」

「前提是你得有命可以享受名聲和金錢。」

「這就是我來找妳談的原因，妳和綁匪接觸過，妳知道我們面對的是什麼樣的人。他們理性嗎？他們會遵守交換條件嗎？訪談結束之後，他們會讓我走出來嗎？」

「我無法預測。」

「這個答案沒有什麼幫助。」

「我拒絕爲可能發生在你身上的事情負責，我無法預測他們會怎麼做，我甚至不清楚他們要的是什麼。」

盧卡斯嘆口氣。「我就怕妳這麼說。」

「現在我有一個問題要問你，我想你應該知道答案。」

「妳的問題是？」

「他們可以指名的記者那麼多，爲什麼選擇你？」

「我不知道。」

「你以前一定和他們有所接觸。」

盧卡斯的遲疑引起莫拉的注意，她傾身向前。「你收到過他們的信件。」

「妳必須了解，記者會收到很多瘋狂人士的消息，我至少每個星期會接到一封怪異信件或是電話，告訴我政府的秘密陰謀。如果不是邪惡的石油公司，就是政府的秘密直升機，或是聯合國的秘密計畫。大多時候我不予理會，所以當初我並沒有想太多，只覺得又是一通惡搞電話。」

「什麼時候發生的？」

「幾天前，我同事剛剛提醒我的，因爲是他先接聽電話的。老實說，那通電話打進來的時候，我忙得沒空理他，時間很晚，我又要趕著截稿。當時我最不想做的事情，就是和瘋子講話。」

「是男人打來的？」

「對，電話是打到《論壇報》新聞室。來電那個人問我有沒有看到他寄給我的包裹，我根本不知道他在說什麼。他說幾週前曾經寄東西給我，但我沒有收到。接著，他就告訴我當晚會有個女人送東西到櫃檯，包裹送到之後，我應該立刻去大廳領取，因爲那個東西極度敏感。」

「你有收到第二件包裹嗎？」

「沒有，櫃檯的警衛說當晚沒有女人出現。我回家之後就忘了這件事，直到現在才想起來。」盧卡斯停一下。「我在想，打電話給我的會不會是喬。」

「爲什麼挑上你？」

「我完全沒概念。」

「這些人似乎認識你。」

「也許他們讀過我的專欄，也許他們是我的仰慕者。」莫拉沒接話，盧卡斯就自嘲地笑說：「很有可能，不是嗎？」

「你曾經上過電視嗎？」莫拉問道，同時心想：盧卡斯很上鏡頭，黝黑好看的五官適合上電視。

「從來沒有。」

「你只有在《波士頓論壇報》發表文章？」

「只有？我心靈受創了，艾爾思醫師。」

「我不是那個意思。」

「我從二十二歲開始當記者，剛開始是《波士頓鳳凰報》及《波士頓雜誌》的自由作家。一開始還蠻有趣的，但是自由寫作付不起帳單，所以我很高興能在《論壇報》落腳。剛開始寫城市觀察，花了幾年待在華盛頓特區做特派記者，後來回到波士頓寫每週專欄。所以，的確，我從事記者這一行已經有段時間了。雖然沒賺很多錢，但顯然獲得一些仰慕者。既然喬瑟夫・洛克似乎認識我，」盧卡斯稍停。「至少我希望他是個仰慕者，而不是討厭我的讀者。」

「就算他是你的仰慕者，眼前的情況還是相當危險。」

「我知道。」

「你了解整個計畫嗎？」

「我和攝影師進去，拍攝的內容會由一家地方電視台做實況轉播。我猜綁匪會用某種方式監控，確定我們眞的有轉播。我想他們應該不會抗議轉播和現場有五秒秒差的標準做法，以避免……」盧卡斯沒再說下去。

以避免播出慘不忍睹的畫面。

盧卡斯做個深呼吸。「妳會怎麼做，艾爾思醫師，如果妳在我的處境的話？」

「我不是記者。」

「所以妳會拒絕。」

「正常人不會自願走進人質挾持現場。」

「也就是說，記者不是正常人。」

「必須認眞考慮。」

「我告訴妳我的想法，只要我願意去做，就有四名人質可以活著走出來。就這一次，我所做的事情是值得寫成新聞報導的。」

「而你願意冒著生命危險去做？」

「我願意嚐試。」盧卡斯說道，然後又帶著平靜的誠實語氣說：「但我也眞的很害怕。」他的坦白消除了兩人之間的隔閡，很少有男人能勇敢承認自己很害怕。「黑德隊長要我在晚上九點前給他回覆。」

「你想怎麼做？」

「攝影師已經答應要進去，如果我不答應的話感覺很懦弱，尤其是在可以救出四名人質的情況下。我現在一直想到駐守巴格達的記者，以及他們每天要面對的狀況。相較之下，我要做的事情易如反掌。走進去，跟瘋子談話，讓他們告訴我他們的故事，然後就走出來。也許這就是他們想要的——一個抒發的管道，讓民衆聽見他們的想法。只要做這件事情，我或許就可以結束整場危機。」

「你想成為人質的救星。」

「不！不，我只是……」盧卡斯笑起來。「找個正當的理由來抓住這個機會。」

「是你說這是個機會的，我可沒說。」

「事實上，我不是英雄，如果沒有必要的話，我絕對不會冒生命危險。但是，我也和妳一樣困惑，我也想知道他們為什麼選上我。」盧卡斯看看錶。「快九點了，我該打電話給巴桑提。」

他站起身來，轉向大門。突然又停下腳步，回頭看。

莫拉的電話鈴聲響起。

她接起電話，聽到艾比・布里斯說：「妳在看電視嗎？」他問道。

「怎麼了？」

「快開電視，第六頻道，壞消息。」

盧卡斯看著莫拉走到電視機前，莫拉的心跳突然加速。發生什麼狀況？什麼事情出錯了？她按下遙控器，柔伊・佛西的臉立刻佔滿整個螢幕。

「……官方發言人拒絕評論，但是我們已經確認其中一名人質為波士頓警局員警。珍・瑞卓利警官上個月剛上過全國頭版，因為調查麻州內迪克區一起婦人綁架案。記者目前尚未掌握到受挾持人質目前的狀況，也還不清楚瑞卓利警官成為人質之一的始末……」

「我的天哪！」盧卡斯站在莫拉身旁低聲說道。莫拉沒發現到盧卡斯已經離自己這麼近。

「有個警察困在裡面？」

莫拉看著他。「現在她很可能變成殉職警察。」

16

完了，我會死。

珍僵坐在沙發上，喬看完電視轉過來看著她的時候，她等待著槍響。但走向珍的卻是那名女子，步伐緩慢而從容。歐蓮娜是喬對這名女子的稱呼。至少我知道殺我的人叫什麼名字，珍心想。她感覺到護理員稍微坐遠了些，彷彿不想被珍的血濺到。珍把眼神保持在歐蓮娜的臉上，不敢低頭去看她的手槍。珍不想看到槍管舉起對著自己的頭，也不想看到緊握槍枝的手。珍心想：我最好別看到子彈飛過來，我應該看著這個女人的眼睛，好讓她看清楚她即將殺掉的人。珍無法從歐蓮娜的眼裡讀出任何情緒，那雙娃娃般的眼睛，彷若藍色玻璃珠。歐蓮娜現在穿著從更衣室找出來的衣服：刷手服長褲以及醫師袍。一個殺手穿著醫者的服飾。

「這是眞的嗎？」歐蓮娜柔聲問道。

珍感覺到子宮收緊，咬住嘴唇抵抗越來越強烈的陣痛。她心想：我可憐的寶寶，你沒機會開口呼吸了。珍摸到譚醫師伸過來的手，給予沉默的支持。

「電視上說的是眞的嗎？妳是警察？」

珍嚥一口口水。「是的。」她低聲回答。

「他們說妳是警官。」喬插嘴道。「是嗎？」

陣痛襲來，珍整個身體往前傾，眼前一片黑暗。「是的。」她呻吟著說：「是的，該死！我在——在兇殺重案組……」

歐蓮娜低頭看之前從珍的手腕上解下來的院內身分辨識環，掉在沙發旁邊的地上，她撿起來交給喬。

「珍．瑞卓利。」喬讀出聲來。

陣痛最嚴重的時候過去了，珍重重地吐出一口氣，靠坐在沙發上，病人袍被汗水濕透。珍疲累得無法反擊，就算是要救自己的命也沒力氣。她怎麼會有辦法反擊呢？我連要從這張沙發站起來都需要有人幫忙。珍挫敗地看著喬拿起她的病歷表，翻開封面。

「珍．瑞卓利。」喬大聲唸出：「已婚，居住在克來蒙街，職業：波士頓警局兇殺重案組警官。」喬望著珍的眼神黑暗而深邃，讓她想縮頭迴避。與歐蓮娜不同的是，這個人異常冷靜自制。而這也是最令珍恐懼的一點——他似乎非常清楚自己在做什麼。「兇殺重案組警官，妳眞的是恰巧出現在這裡嗎？」

「今天一定是我的幸運日。」珍咕噥。

「什麼？」

「沒有。」

「回答我，妳怎麼會剛好在這裡？」

珍抬起下巴。「如果你沒注意到，容我告訴你：我快要生產了。」

譚醫師說：「我是她的婦產科醫師，今天早上幫她辦理住院的。」

「這麼湊巧的時機，我不喜歡。」喬說道。「一點都不對勁。」

喬抓起珍的病人袍，一把拉開，珍退縮了一下。珍隆起的肚子、腫脹的胸部現在裸露在所有人面前，喬看了一下，不發一語地把袍子拋在珍身上。

「你滿意了嗎？混蛋！」珍脫口而出，雙頰因爲受辱而燒燙。「你以爲會看到什麼？胖胖裝嗎？」話一出口，珍就知道不應該說。人質求生的第一法則：絕對不要激怒持槍者。但是，亂拉她的袍子、裸露她的身體，這種侵犯讓珍因爲憤怒而全身顫抖。「你以爲我想要和你們這兩個瘋子一起困在這裡嗎？」

珍感覺到手腕上譚醫師的力道加重，無聲地請求她別再說了。珍甩開她的手，繼續對綁匪發洩怒氣。

「是的，我是個警察。而你猜怎麼著？你們完全搞砸了！你們知道殺了我會有什麼後果，不是嗎？你們知道我的同事們會怎麼對付殺死警察的人？」

喬和歐蓮娜面面相覷。他們在做什麼決定嗎？要決定珍的生死嗎？

「一項錯誤，警官，妳完全就是一項錯誤。」喬說：「他媽的！妳在錯誤的時間出現在錯誤的地點。」

這還用你來說，王八蛋。

珍很驚訝看到喬突然笑起來。他搖著頭走到候診室的另一端，再走回珍的面前時，珍發現他手上的武器向下朝著地板，而不再指著她。

「所以，妳是個好警察嗎？」喬問道。

「什麼？」

「電視上說：妳辦過一個失蹤婦人的案件。」

「是一名遭到綁架的孕婦。」

「結局如何？」

「婦人生還，嫌犯死亡。」

「所以妳是好警察。」

「我盡我的職責。」

喬和歐蓮娜再次交換眼神。

喬走向珍，直接站在她面前。「如果我向妳舉發一宗罪行，妳會怎麼辦？如果我告訴妳正義已經消失，世上再也不會有正義，妳會怎麼辦？」

「為什麼正義不再？」

喬拉過一張椅子，坐在珍面前，現在兩人的視線平等，喬的深色眼睛迎視著珍，堅定不移。

「因為罪行是由我們自己的政府所犯下。」

糟糕！瘋狂的跡象。

「你有證據嗎？」珍問道，努力保持語調平庸。

「我們有目擊者。」喬指著歐蓮娜說：「她看到事發經過。」

「只有目擊者的說辭是不夠充分的。」*尤其在目擊者是神經病的情況下。*

「妳知道我們政府所犯下的那些可恥行為嗎？那些他們每天都要犯的罪？暗殺？綁架？為了利益，毒害自己的國民？操縱這個國家的是大型企業，而我們全都是犧牲品，就像汽水飲料的例子一樣。」

「你說什麼？」

「健怡汽水，美國政府成箱成箱地買給參加波灣戰爭的士兵們喝。我在現場，看見一罐罐的汽水在烈日下暴曬。妳認為健怡汽水所含的化學成分遇熱後會產生什麼變化？會產生毒素，飲料全都變成毒藥，這就是爲什麼成千上萬的波灣戰爭退伍軍人都拖著病體回家。是的，我們的政府知道這件事，但是我們人民永遠不會得知。汽水產業規模太大，而且他們知道該賄賂哪個政府單位。」

「所以……這一切都是因爲汽水？」

「不，這次事件更糟糕。」喬俯身向前。「然而，這一次我們終於逮到他們的把柄了，警官。我們有目擊證人及證據，而且，我們已經引起全國人民的注意。這就是爲什麼他們會害怕，爲什麼他們要置我們於死地。妳會怎麼做，警官？」

「什麼事情怎麼做？我還是不明白。」

「如果妳知道政府裡有人犯了罪，而且沒有受到制裁，妳會怎麼做？」

「很簡單，我會盡我的職責，一如以往。」

「妳會希望看到正義得以伸張？」

「沒錯。」

「不論受到任何人的阻礙？」

「誰會阻止我？」

「妳不了解這些人，不知道他們會做出什麼事情。」

子宮裡的收縮讓珍整個人緊繃起來，她感覺到譚醫師又握住自己的手，珍也用力回握。突然間，所有事物都變得模糊，劇痛來襲，珍痛得整個人往前倒，發出呻吟。天哪！拉梅茲課程是怎麼教的？她現在全部忘記了。

「廓清式呼吸。」譚醫師悄聲說道。「集中注意力。」

沒錯，現在她記起來了。深呼吸，集中注意力在一個點上。接下來的六十秒鐘裡，這些瘋狂的人還不會殺她，她現在要做的就是撐過這次陣痛。呼吸和專注，呼吸和專注……

歐蓮娜靠過來，她的臉突然出現在珍的面前。「看著我。」歐蓮娜指著自己的眼睛說。「看這裡，看著我，直到陣痛結束。」

難以置信，一個瘋婆子要協助我生產！

珍開始喘氣，隨著疼痛加劇，呼吸也越來越急促。歐蓮娜就在她面前，注視著她的眼睛。一汪藍色冷冽的冰水，歐蓮娜的那雙眼睛讓珍聯想到水，清澈而平靜，沒有漣漪的池塘。

「很好。」歐蓮娜輕聲地說：「妳做得很好。」

珍舒緩地呼出一口氣，癱回沙發上，汗水從臉頰上滴落。又有五分鐘的時間可以休息。珍想到數千年來每一個忍受生產過程的女人，想到自己的媽媽在三十四年前的一個夏夜裡，將珍帶到這個世界上。我以前從來不曾感謝妳所經歷過的產痛，現在我懂了，這是女人生下每一個孩子所要付出的代價。

「妳信任誰，瑞卓利警官？」

喬再次開口跟珍說話，她抬起頭，還是茫茫然，不清楚他想問什麼。

「一定有個人是妳信任的。」喬說：「某個和妳一起工作的人，另一個警官，或是妳的搭檔。」

珍疲倦地搖搖頭。「我不知道你指的是什麼。」

「如果我用這把槍指著妳的頭，如何？」

喬突然舉起手槍抵在珍的太陽穴上，珍整個人僵住。她聽到那個接待員嚇得倒抽一口氣，沙發上的其他人都不由自主地退縮，遠離槍下的犧牲者。

「現在，告訴我：有沒有人會願意爲妳擋下這顆子彈？」喬冷冷地說，語氣穩定。

「你爲什麼要這麼做？」珍低聲問道。

「我只是在問：誰會爲妳擋子彈？妳會將生命託付給誰？」

珍瞪著握著槍的那隻手，心裡想：這是個測試，但我不知道答案，我不知道他想聽到什麼回答。

「告訴我，警官。有沒有人是妳絕對信賴的？」

「嘉柏瑞……」珍呑嚥一口口水。「我丈夫，我信任我丈夫。」

「我指的不是家人，我說的是像妳一樣佩戴徽章的人，一個清廉的警察，會盡其職責的人。」

「你爲什麼要問我這個？」

「回答我的問題！」

「我說了，我給你答案了。」

「妳說的是妳丈夫。」

「沒錯！」

「他是警察嗎？」

「不，他是……」珍住口。

「他是什麼？」

珍直起身子，眼神從槍口往上移，注視著持槍者的眼睛。「他是聯邦調查局探員。」珍說。

喬注視她好一會兒，然後轉頭看向他的同夥。「這一點改變了所有情況。」他說。

17

蜜拉

房子裡來了個新的女孩。

今天早上，一輛廂型車開上車道，然後，車上的男人把她帶到我們房間裡。一整天的時間，女孩都睡在歐蓮娜的帆布床上，因為他們給她下了藥好讓她安靜待在車上。我們全都看著她，她的臉蒼白得不像真人，倒像半透明的大理石。胸部只有微微的隆起，每次呼吸都會吹起一綹金髮。她的手很小——像洋娃娃的手。她的拳頭也很小，拇指含在嘴巴裡。即使在媽媽桑打開門鎖走進來的時候，那個女孩都沒有醒來。

「叫醒她。」媽媽桑下令道。

「她幾歲？」歐蓮娜問。

「快把她叫起來。」

「她只是個小孩，才幾歲？十二？十三？」

「大得可以工作了。」媽媽桑走到床邊，用力搖晃那個女孩。「起來！」她邊罵邊扯掉毯子。「妳睡太久了。」

女孩逐漸醒轉，翻身成仰躺，我這才看到她手臂上的瘀青。她張開眼睛，看到我們所有人都望著她，小小的身體立刻緊張得僵硬起來。

「別讓他等。」媽媽桑說。

我們聽見車子駛近的聲音，黑夜已經降臨，我望向窗外，看見車頭燈在樹林間閃爍。車子開上車道時，輪胎壓過鵝卵石發出碎裂聲。我害怕地想著：這是今晚的第一個客人。然而，媽媽桑完全不看我們，她抓著新來女孩的手把她拉起來，小女孩睡眼惺忪、跌跌撞撞地被拉出房間。

「他們怎麼找得到那麼年輕的女孩？」凱雅小聲地說。

我們聽見門鈴聲，這是讓我們畏縮、躲避的聲音，代表施虐者到來的聲音。我們全都安靜下來，聽著樓下的動靜。媽媽桑用英語迎接這個客人，這個人話不多，我們只聽到他講幾句話。然後，階梯上傳來他沉重的腳步聲，我們立刻從門邊退開。那個人走過我們的房間，繼續走到長廊盡頭。

樓下，那女孩抗議地大叫。我們聽見巴掌聲和啜泣聲，接著，階梯上又傳來重重的腳步聲，媽媽桑把小女孩拖到客人房間。房門用力甩上之後，媽媽桑離開，把小女孩和那個男人一起留在房間。

「那個賤人！」歐蓮娜低聲罵道。「她會下地獄！」

但至少今晚，我不用受折磨。這個念頭閃過我腦中的時候，罪惡感立即產生。不過，這念頭依舊存在。寧願是她，不要是我。我走到窗邊向外望著夜色，處在黑暗之中，別人才看不見我臉上的羞愧神色。凱雅拉過毯子蓋住頭，我們所有人都試著不去聽，但即使房門關著，我們還是聽得見那女孩的尖叫聲。我們可以想見那人在對她做什麼事，因爲相同的事情我們也都經歷過。不同的只是男人的臉孔，而施加在我們身上的痛苦都一樣。

當一切結束，當尖叫聲終於止息，我們聽見那男人下樓，走出房子。我深深地吐出一口氣。

別再來了，拜託，今晚別再有客人來了。

媽媽桑走上樓來帶那個女孩，然後是一陣長長的、異常的靜默。突然間，媽媽桑跑過我們房前，又跑下樓去。我們聽見她用手機在跟人講話，聲音低沉而急促。我看向歐蓮娜，不曉得她知不知道發生了什麼事。但是歐蓮娜沒理我，只是弓起身體坐在帆布床上，膝上的雙手緊握成拳頭。窗外，有東西像白色蠹蛾般飄落，在風中翻飛。

開始下雪了。

那個女孩不成，她抓傷了客人的臉，惹得他很生氣。像那樣的女孩會妨礙生意，所以被送回烏克蘭了。昨晚那個女孩沒有回到房間，媽媽桑這樣告訴我們。

至少，這是種說法。

「也許是眞的。」說話的時候，我的呼吸在黑暗中形成一股白煙。歐蓮娜和我又坐在屋頂上，在今晚的月光下，屋頂閃爍得像糖霜蛋糕。昨晚下過雪，雖然積雪只有一公分，但已足夠令我想家，家鄉一定已經下了好幾個星期的雪。我很開心能夠再次看到星星，可以再次和歐蓮娜共享這片夜空。我們兩個人都帶了自己的毯子，緊挨著彼此坐在一起。

「如果妳眞的相信，妳就是個笨蛋。」歐蓮娜說。她點起香菸，這是從船上偷來的最後一支。她珍惜地品嚐，吸進煙時抬頭仰望天空，彷彿是在感謝上帝賜予她這支菸。

「妳爲什麼不相信？」

歐蓮娜笑了。「他們也許會把妳賣給另一間妓女戶，或是另一個皮條客，但他們絕對不會送妳回家。無論如何，我一點都不相信媽媽桑說的話，那個老娼妓！妳相信嗎？她自己就曾經下海過，大約在一百年前、在她還沒變那麼胖以前。」

我無法想像媽媽桑曾經有過年輕、苗條、吸引男人的樣子，我無法想像她曾經有過不討人厭的時期。

「她屬於那種逃離妓女戶的冷血娼妓。」歐蓮娜說：「這種人比皮條客還可惡，她知道我們受到什麼樣的折磨，她自己也經歷過。但她現在只在乎錢，很多很多的錢。」歐蓮娜彈彈菸灰。「世界是邪惡的，蜜拉，而且無法改變。妳唯一能做的，就是活著。」

「以及不要變得邪惡。」

「有時候，妳無從選擇，就是必須變邪惡。」

「妳不可能會變邪惡的。」

「妳怎麼知道？」她看著我。「妳怎麼知道我是誰？妳怎麼知道我做過什麼事情？相信我，如果有必要，我會殺人，甚至也會殺了妳。」

歐蓮娜瞪著我，月光下她的眼神兇猛。有一刻——只有一刻——我認爲她說得沒錯，她會殺了我，她已經準備好做出任何事情以求生存。

我們聽見車輪滾過鵝卵石的聲音，兩人立刻直起身子。

歐蓮娜立刻摁熄寶貴的香菸，只抽了一半。「這到底是誰？」

我趴下來，小心爬上屋頂斜坡，從屋脊上努力看向車道。「我沒看到車燈。」

歐蓮娜手腳並用地爬到我旁邊，也從屋脊看下去。「那邊。」她說時，一輛車子從樹林中冒出來，大燈沒開，我們只能看見停車指示燈泛出的黃光。車子停在車道的邊緣，兩個男人走下車。幾秒鐘後，我們聽見電鈴聲響。即使在這麼早的時間，男人還是有慾望需要滿足。

「可惡！」歐蓮娜不滿地罵道。「現在他們要吵醒媽媽桑了。我們得趕回房間，以免她發現我們不見了。」

我們滑回屋簷，連毯子都來不及拿，立刻爬下屋頂邊緣。歐蓮娜爬進窗戶，回到黑暗的閣樓。

門鈴又響了一遍，我們聽見媽媽桑的聲音，她打開前門，迎接最新的客人。

我跟著歐蓮娜爬進窗戶，走到活門邊，摺疊梯還是放下的，公然宣告我們的所在位置。歐蓮娜背轉身要爬下階梯的時候，突然整個僵住。

媽媽桑在尖叫。

歐蓮娜向上看著活門這邊的我，我則看到陰影中她的狂暴眼神。我們聽見一聲巨響，還有木頭碎裂的聲音，粗重的腳步聲從樓梯上傳來。

媽媽桑的尖叫聲變得淒厲。

突然，歐蓮娜爬回來，穿過活門時把我推到旁邊，一把將摺疊梯拉上來，關上活門。

「退後！」她低聲地說。「到屋頂上去。」

「發生什麼事了？」

「快走，蜜拉！」

我們跑回窗邊，我先爬出去，但動作太急，一腳滑出屋頂邊緣，摔出去時我低聲哀嚎，狂亂地想抓住窗框。

歐蓮娜伸手拉我的手腕，緊緊抓住懸在半空中、嚇得要死的我。

「抓住我另一隻手！」她低聲說道。

我伸長手抓住，歐蓮娜把我拉上來，直到我整個人掛在窗台上，我的心臟在胸腔裡狂跳不已。

「別這麼笨手笨腳的！」歐蓮娜生氣地罵我。

我重新站穩腳步，汗濕的雙手扶著窗台，小心地走在邊緣，往屋頂走去。歐蓮娜掙扎著爬出來，迴身關好窗戶，然後跟著我爬行，動作像貓咪一樣輕快。

屋子裡的燈光點亮，我們可以從底下窗戶看到透出來的光，而且可以聽到奔跑的腳步聲，以及門被踢飛的撞擊聲。然後是一聲尖叫——這次不是媽媽桑，單獨一聲刺耳的淒厲叫聲，突然中斷，進入可怕的沉默。

歐蓮娜抓起毯子。「往上爬。」她說：「快點！爬上屋頂，才不會被他們看見！」

在我爬上鋪滿瀝青的木瓦、朝著最高處前進的時候，歐蓮娜揮動手上的毯子，掃除我們留在屋頂邊緣積雪上的腳印，還有我們坐過的地方也一樣，清除我們留下的所有痕跡。然後，她爬到我旁邊，頂樓窗戶上面的最高處。我們蹲踞在上面，像發抖的石雕像。

我突然想起來。「那張椅子。」我悄聲說：「我們把椅子留在活門底下了！」

「太遲了。」

「如果他們看到椅子，就會知道我們在上面。」

歐蓮娜抓住我的手用力一捏，我覺得她快要捏斷我的骨頭。閣樓的燈在此時點亮。

我們縮在屋頂上不敢動，只要一點聲響、一片落雪，入侵者就會發現我們所在位置。我覺得我的心跳瘋狂敲擊在木瓦片上，入侵者一定可以從天花板聽到我的心跳聲。

窗戶打開，過了一段時間。那個人往外看到了什麼？邊緣上殘留的足跡？歐蓮娜用毯子瘋狂亂掃卻沒清除掉的痕跡？然後，窗戶又關上。我鬆了一口氣，但是歐蓮娜的指頭掐掐我的手心，警告我小心。

那個人可能還沒離開，他可能還在仔細聽。

我們聽見很大的撞擊聲，緊接而來的是連緊閉的窗戶都掩蓋不了的尖叫聲。遭受極度痛苦所發出的喊叫聲讓我冒出一身冷汗，不停顫抖。一個男人用英語大聲咆哮。她們在哪裡？應該有六個！六個妓女！

他們在找失蹤的女孩。

現在是媽媽桑的哭泣聲、哀求聲。她眞的不知道。

又是砰的一聲重擊。

媽媽桑的尖叫聲鑽進我的骨髓，我摀著耳朵把臉埋進冰冷的木瓦片。我不想聽見，但我別無選擇。重複不停的毆打聲、尖叫聲，持續再持續，時間長到讓我覺得：等到天亮，他們會發現我們在屋頂上結成冰柱，還維持著手摀著耳朵的姿勢。我閉上眼睛，忍著噁心。我看不見邪惡、聽不到邪惡。這是我催眠自己上千次的咒語，藉以逃避媽媽桑的折磨。我看不見邪惡、聽不到邪惡。

尖叫聲終於停止的時候，我已經冷得兩手發麻，牙齒不停格格顫抖。我抬起頭，感覺到臉上結冰的淚珠。

「他們要離開了。」歐蓮娜小聲地說。

我們聽到前門打開的聲音，腳步聲走到門廊上。從我們蹲踞在屋頂的角度，可以看見他們走過車道。這回看見的不再只是模糊的身影，因爲屋子裡的燈亮著，燈光從窗戶透出來，讓我們看見這兩個男人穿著黑色的衣服。其中一人停下腳步，門廊上的燈光剛好照在他削短的金髮上。他回頭看向屋子，視線上移到屋頂，我嚇得心臟狂跳，覺得他看得見我們。不過，燈光直射他的眼睛，而我們仍躲在陰影之中。

他們上車之後離開。

好長一段時間，我們一動也不動。月光灑落，映照冰霜，黑夜寂靜到我可以聽見自己的脈搏狂跳聲、牙齒格格顫抖聲。最後，歐蓮娜開始移動。

「不。」我低聲說道。「如果他們還在外面怎麼辦？他們會不會還在監視這裡？」

「我們不能整晚待在屋頂上，會凍死。」

「只要再等一下，歐蓮娜，拜託！」

但是她已經小心地爬下屋脊，回到閣樓窗邊。我怕被留在後面，別無選擇只能跟著她。等我爬回室內的時候，歐蓮娜已經穿過活門，爬下摺疊梯了。

我想大喊：拜託等我一下！但是我又害怕發出一丁點聲音。只能匆匆忙忙爬下梯子，跟著歐蓮娜走上長廊。

歐蓮娜走到樓梯口的時候，駐足凝視著下方。我走到她身邊，才明白她爲什麼害怕得僵立在那邊。

凱雅倒臥在樓梯上，血像黑色瀑布一樣流下階梯，她像個游泳者，要往底下閃著光芒的池塘游去。

「別看臥室。」歐蓮娜說：「她們都死了。」她的語調平淡、沒有人性，像機器一樣冷血，不帶感情。我不認識這個歐蓮娜，她嚇到我了。歐蓮娜走下樓梯，避開血跡，避開屍體。我跟著她下樓時，忍不住緊盯著凱雅的屍體，我看見子彈在她圓領汗衫上射穿的洞，這件汗衫是她每天晚上都穿著的，上頭印有黃色的小雛菊，還有「要幸福唷！」的字樣。我心想：哦！凱雅，妳再也沒有幸福的機會了。在樓梯底下，積著一灘血，我看見大大的鞋印踩過這灘血，往前門走去。

這時候，我才注意到大門是半開的。

我心想：快逃！逃出屋子、跑下門廊、躲進樹林。這是我們順利脫逃、獲得自由的機會。但是歐蓮娜沒有立刻逃離這幢屋子，反而右轉進入餐廳。

「妳要去哪裡？」我壓低聲音問。

她沒回答我，繼續走進廚房。

「歐蓮娜！」我哀求著，跟著她走。「我們現在就走吧，以免……」我在廚房門口停住，伸手摀住嘴巴，因爲我覺得我快要吐了。牆壁上、冰箱上都濺滿了血跡，是媽媽桑的血。媽媽桑坐在餐桌旁邊，伸直在桌上的雙手已經殘缺不全。媽媽桑的雙眼圓睜，我一度以爲她看得見我們，但當然不可能。

歐蓮娜走過她身邊，穿過廚房，走進後面的臥室。

我一心只想逃離這裡，一心想著也許我應該立刻離開，不要管歐蓮娜，隨便她爲了什麼瘋狂的理由而留在這屋子裡。但是，她行動的模樣彷彿目標相當明確，所以我又跟著她走進媽媽桑的臥室，這裡平常都是鎖起來的。

這是我第一次看見這間臥室，當場瞠目結舌地看著那座鋪著緞面床罩的大床、綴有蕾絲花邊的梳妝台，還有一整排的銀色髮梳。歐蓮娜直接走向梳妝台，拉開抽屜，翻找裡面的東西。

「妳在找什麼？」我問她。

「我們需要錢，沒有錢活不下去，她一定藏在什麼地方。」歐蓮娜從抽屜裡拉出一頂羊毛帽丟給我。「拿去，妳需要保暖的衣物。」

我根本不想碰那頂帽子，因爲那是媽媽桑的東西，而且我可以看見她醜陋的褐色髮絲還卡在羊毛上。

歐蓮娜快步走到床頭櫃，拉開抽屜，找到一支行動電話和一小捲鈔票。「不可能只有這些。」她說：「一定還有更多。」

我只想逃走，但也知道歐蓮娜說得沒錯：我們需要錢。我走到衣櫃前面，門是開著的，殺手搜過衣櫃，很多衣架掉在地上。但他們要找的是嚇得躲起來的女孩，而不是錢，所以衣櫃上層都沒有動到。我拉下一個鞋盒，掉出許多舊照片。照片上是許多微笑的臉龐，背景是莫斯科，有一名年輕女子的眼睛熟悉得令人反感，我心想：即使是媽媽桑也年輕過，這就是證據。

我再把一個大型購物袋拉下來，裡面裝著很沉的珠寶袋、一捲錄影帶，以及十幾本護照。還有錢，厚厚一疊美金，用橡皮筋綁著。

「歐蓮娜，我找到了！」

歐蓮娜走過來看一眼袋子。「全部帶走。」她說：「等一下再仔細看。」她把手機也丟進袋子，然後從衣櫃裡抓出一件毛衣丟給我。

我不想穿上媽媽桑的衣服，上面還聞得到她的味道，像酸掉的奶酪。但我還是忍住厭惡的感覺穿上，一件高領衫、一件毛衣，還有一條圍巾，全都套在我的衣服上。我們迅速而安靜地著裝，衣服的主人死在隔壁的桌上。

到大門前，我們暫停腳步，凝神地往樹林裡望去。那些男人會不會在等我們？他們會不會坐在黑漆漆的車裡，停在遠遠的路上，知道我們終究會現身？

「不是走那邊。」歐蓮娜讀出我的心思，說道。「不能走那條路。」

我們偷偷走出來，繞到屋子後面，跑進樹林之中。

18

嘉柏瑞衝進一大群記者當中，目光鎖定在二十碼前那個攝影燈光的焦點：一個髮型吹整、造型亮麗的金髮女子。嘉柏瑞推開衆人、靠近柔伊．佛西的時候，她正對著鏡頭講話。柔伊一看到他就呆住不動，閉上嘴巴，緊抓著麥克風。

「關掉。」嘉柏瑞說。

「安靜。」攝影師說：「我們正在連線……」

「關掉該死的麥克風！」

「喂！你以爲你是誰……」

嘉柏瑞推開攝影機，扯掉電線，關掉燈光。

「把這個人趕出去！」柔伊大喊。

「妳知道妳做了什麼事嗎？」嘉柏瑞說：「妳到底知不知道？」

「我在做我的工作。」柔伊回嘴道。

嘉柏瑞直朝著她走過去，他的眼神讓柔伊畏縮後退，直到背碰上新聞採訪車，再也無路可退爲止。

「妳可能已經害死了我太太。」

「我？」柔伊搖頭，帶著挑釁的語氣說：「我不是拿槍的那個人。」

「妳剛才告訴綁匪：她是個警察。」

「我只是照實報導。」

「不用管後果嗎？」

「這就是新聞，不是嗎？」

「妳知道妳是什麼嗎？」嘉柏瑞向前跨一步，發現自己差點忍不住想掐死她。「妳是個妓女。不，我收回。妳比妓女還不如！妳不只出賣妳自己，妳還出賣所有人！」

「鮑伯！」柔伊對著攝影師大喊。「把這個人帶走！」

「退開，先生！」攝影師的大手放在嘉柏瑞肩上。嘉柏瑞把他的手甩開，仍舊瞪著柔伊。

「如果珍發生了什麼事，我發誓……」

「我說退開！」攝影師再說一遍，抓著嘉柏瑞的肩膀。

突然間，嘉柏瑞心中所有的恐懼與絕望全都轉成熊熊的怒火。他掉轉身來，衝撞攝影師寬厚的胸膛。嘉柏瑞聽見攝影師肺裡空氣被擠壓出來的喘氣聲、看到攝影師備受驚嚇的表情，然後，攝影師就搖搖晃晃地往後跌，摔倒在一堆纏繞糾結的電線上面。下一個瞬間，嘉柏瑞跨坐在攝影師身上，拳頭高高舉起，手臂上每一條肌肉都準備用力一擊。然後，嘉柏瑞的眼光突然又可以聚焦，發現地上的攝影師已經縮成一團。四周擠滿了圍觀的群眾，大家都很愛看熱鬧。

嘉柏瑞的胸口不住起伏，站起身來。看見柔伊站在不遠處，臉上盡是興奮之情。

「你拍到了嗎？」她對著另一名攝影師大喊。「操！有沒有人拍到剛剛的畫面啊？」

嘉柏瑞滿心嫌惡地轉身走開，一直走到遠離群眾、遠離攝影燈光的地方。嘉柏瑞發現自己孤零零地站在距離醫院兩個街口外的轉角，即使在這個陰暗的街道，還是逃不過夏季的炎熱，被太陽曬了一整天的人行道仍輻射出高溫。嘉柏瑞突然感覺自己的雙腳在人行道上生了根，與哀傷恐懼糾結在一起。

我不知道該如何救妳，我的工作是確保人們遠離傷害，但我卻無法保護自己最心愛的人。

嘉柏瑞的手機鈴聲響起，他認出螢幕上顯示的號碼，但不想接聽。那是珍的父母親，柔伊的新聞一播出，他們就立刻打電話給當時正在開車的嘉柏瑞。嘉柏瑞平靜地忍受安琪拉．瑞卓利歇斯底里的啜泣，以及法蘭克要求他採取行動的命令。嘉柏瑞心想：我現在沒辦法應付他們，也許再給我五分鐘或十分鐘，之後我再接電話，但不要是現在。

嘉柏瑞孤單地站在夜裡，努力讓自己恢復平靜。他不是一個容易情緒失控的人，但就在剛才，他差點揍了一個人的臉。嘉柏瑞心想：珍會很驚訝，而且可能會覺得很好笑，看到自己的丈夫終於失去自制力。有一次，珍生氣地叫他「無感灰衣人」，因爲常常在珍已經怒火爆發的時候，他卻很鎮定。嘉柏瑞現在想道：珍，妳會以我爲榮的，我終於證明自己也是平凡人。

但是妳沒有親眼看到，妳不知道這一切都是爲了妳。

「嘉柏瑞？」

嘉柏瑞站直身體，轉過頭看見莫拉，她靠近時沒發出一點聲音，所以嘉柏瑞沒注意到莫拉站在自己身邊。

「我必須遠離那群馬戲團似的記者。」嘉柏瑞說：「否則我發誓我會扭斷那個女人的脖子！我把怒氣發洩在那個攝影師身上已經夠糟了。」

「我聽說了。」莫拉停了一下又說：「珍的父母親剛到，我在停車場看見他們。」

「他們一看到新聞就打電話給我了。」

「他們在找你，你最好過去。」

「我現在沒辦法面對他們。」

「恐怕你還有另一個麻煩。」

「什麼？」

「柯薩克警官來了，他非常不高興沒有人通知他這件事。」

「老天！他是我最不想見到的人。」

「柯薩克是珍的朋友，他們相識的時間和你們一樣久。你也許和他處不來，但他非常關心珍。」

「是啊，我知道。」嘉柏瑞嘆氣。「我知道。」

「這些都是愛著珍的人，你並不孤獨，嘉柏瑞。巴瑞·佛斯特整個晚上都待在附近，連克羅警官都開車過來問問狀況。我們都很擔心，我們也都很害怕。」莫拉停口，又加一句：「我知道我很害怕。」

嘉柏瑞轉身看向街道，看向醫院。「難道我應該去安慰他們嗎？我自己都快承受不住了。」

「就是這個原因，你總是把一切都攬在自己身上，全都扛在自己肩膀上。」莫拉撫摸他的手臂。「去吧，到珍的家人和朋友身邊去，現在你們需要彼此。」

嘉柏瑞點點頭，然後，做個深呼吸，走回醫院的方向。

第一個看見嘉柏瑞出現的是文斯·柯薩克，這位波士頓市牛頓區的退休警官朝著嘉柏瑞衝過來，將他攔在人行道上。站在街燈下的柯薩克看起來像是北歐傳說中虎視眈眈的巨人——虎背熊腰，勇猛好鬥。

「你爲什麼沒有打電話告訴我？」柯薩克質問道。

「我沒有機會，文斯，事情發生得太快……」

「他們說珍在裡面一整天了。」

「好，你說得對，我應該打給你的。」

「你可以、你應該、你會，但你就是沒有打。現在是怎樣，狄恩？你認爲我不值得你打這通電話嗎？你認爲我不會想知道究竟發生什麼事嗎？」

「文斯，冷靜一下。」嘉柏瑞伸出手去，柯薩克生氣地撥開。

「她是我的朋友啊，該死的！」

「我知道，但是我們努力不讓消息走漏，不希望讓媒體知道有個警察在裡面。」

「你認爲我會走漏消息？你認爲我會做那麼愚蠢的事嗎？」

「不，當然不會。」

「那麼你就應該打電話告訴我，你也許是和她結婚的人，狄恩，但我也很關心她！」柯薩克的聲音沙啞。「我也很關心她。」他低聲重複一遍，然後突然轉過身去。

我知道你關心珍，我也知道你愛著她，雖然你從來不承認。這就是爲什麼我們永遠當不成朋友，我們都想要她，但我才是和她結婚的那個人。

「裡面發生什麼事？」柯薩克問道，聲音聽不太清楚，還是不看嘉柏瑞。「有人知道嗎？」

「我們什麼都不清楚。」

「那個賤人是在半個小時前把消息暴光的，綁匪都沒有打電話來嗎？沒有槍聲……」柯薩克住口。「沒有任何後續反應？」

「也許他們沒在看電視，也許他們沒聽見自己抓了個警察。這是我所希望的——希望他們不知道。」

「綁匪最後一次來電是什麼時候？」

「大約在五點左右打電話來，談交換條件。」

「什麼交換條件？」

「他們想要電視現場訪談，交換條件是：釋放兩名人質。」

「那就快進行！還在拖什麼時間？」

「警方不願意把任何平民百姓送進去，那會危害一名記者和一名攝影師的性命。」

「嘿！只要有人教我怎麼操作攝影機，我就可以當攝影師，你來扮記者，叫他們送我們進去。」

「人質挾持者有指名一位記者，一個叫做彼得．盧卡斯的人。」

「你是說那個幫《論壇報》寫專欄的傢伙？爲什麼是他？」

「我們也想知道原因。」

「那我們就快點進行，快把她救出來，以免……」

手機鈴聲讓嘉柏瑞退縮了一下，他猜想一定是珍的父母親又試著和他通話，嘉柏瑞不能再拖延他們了。他拿起手機，看到螢幕時卻皺起眉頭，是不認得的電話號碼。

「我是嘉柏瑞．狄恩。」他接起電話。

「狄恩探員？聯邦調查局？」

「您哪位？」

「我是喬，我想你知道我是誰。」

嘉柏瑞僵住，柯薩克注視著他，立刻警覺。

「我們有事情要談談，狄恩探員。」

「你怎麼知道……」

「你太太告訴我們你是值得信賴的人，會信守承諾。我們希望她說的是眞話。」

「讓我跟她說話，讓我聽到她的聲音。」

「等一下，只要你做出承諾。」

「什麼？告訴我你要什麼！」

「正義。我們希望你承諾會克盡你的職責。」

「我不懂。」

「我們需要你來作證，來聽我們要說的話，因爲我們很可能活不過今晚了。」

一陣寒顫穿過嘉柏瑞全身。他們要自殺，他們會帶所有人一起死嗎？

「我們要你將實情告訴全世界。」喬說：「他們會願意聽你說。和那位記者一起進來，狄恩探員。和我們談話，結束之後，告訴所有人你聽見的事情。」

「你們不會死，沒有必要。」

「你以爲我們想死嗎？我們試著逃跑，但是做不到。這是我們僅有的機會。」

「爲什麼要這樣做？爲什麼要威脅無辜的人？」

「用其他的方法，沒有人會聽我們的話。」

「走出來吧！放了所有人質，投降吧。」

「那樣你就看不到我們活著的樣子了，他們會丟出一套合理的說法，總是這樣。等著瞧，你以後就會在新聞裡頭看到。他們會宣稱我們自殺了，我們會死在監獄裡，甚至撐不到審判來臨。然後，每個人都會認爲：『在監獄裡就是會有這種下場。』狄恩探員，這是我們能夠引起全世界的注意、能夠告訴世人的最後機會。」

「告訴他們什麼？」

「告訴世人發生在維吉尼亞州艾胥伯恩鎮的事件。」

「聽好，我不知道你在說什麼。但是你要求的任何事情我都會做到，只要你放我太太走。」

「她就在這裡，她很好。說實話，我讓你們……」

手機突然斷訊。

「喬？喬？」

「怎麼了？」柯薩克急問道。「他說什麼？」

嘉柏瑞不理他，一心一意要重新通話。他找出來電號碼，按下撥號鍵。

「……很抱歉，您所撥的號碼現在沒有回應。」

「到底發生什麼事？」柯薩克大喊。

「我打不通。」

「他掛你電話？」

「不，我們被切斷了，就在……」嘉柏瑞停住。轉身看向街上，目光集中在指揮中心拖車上。嘉柏瑞心想：他們監聽到這通電話，有人聽見喬所說的每一句話。

「嘿！」柯薩克叫道。「你要去哪裡？」

嘉柏瑞已經朝著拖車跑去，沒敲門，直接推開車門走進去。黑德和斯提爾曼從螢幕前轉過來，看著嘉柏瑞。

黑德說：「我們現在沒有時間和你說話，狄恩探員。」

「我要進去醫院，去接我太太。」

「哦，是嗎？」黑德笑著說。「我相信一定會有人張開雙臂歡迎你。」

「喬剛撥我手機，他們邀請我進去，想跟我談。」

斯提爾曼猛地站直，臉上的表情是純然驚訝。「他什麼時候打給你？沒有人告訴我們。」

「就在幾分鐘之前，喬知道我的身分，他知道珍是我太太，我可以勸說這些人。」

「這不列入考慮。」黑德說。

「但你願意送那名記者進去。」

「他們知道你是聯邦探員，在他們的心裡，可能把你歸類爲他們所害怕的瘋狂政府陰謀的一部分，你在裡面能活過五分鐘都算是幸運的。」

「我願意冒這個險。」

「你會被他們當成大獎。」斯提爾曼說：「衆所矚目的人質。」

「你是談判專家，你總是說要讓步調慢下來，好了，這些人願意談判了。」

「爲什麼要跟你談？」

「因爲他們知道我不會做出任何危害珍的事情，我不會耍手段，不會帶詭雷進去。我就只是我，會依照他們的規矩行動。」

「太晚了，狄恩。」斯提爾曼說：「我們不再採取這個策略了，攻堅小組已經部署完畢。」

「什麼小組？」

「聯邦政府從華盛頓派來的，屬於某個爆破反恐單位。」

事情的發展和康威參議員告訴嘉柏瑞的一模一樣，談判的時機已過。

「波士頓警局受命在一旁監控。」黑德說：「我們的任務就是：在他們攻堅的時候，警戒封鎖線。」

「預計什麼時候行動？」

「我們不曉得，由他們發號施令。」

「你和喬所談的交換條件怎麼辦呢？攝影師和記者？他仍然以爲會派人進去。」

「並不會。」

「是誰喊停的？」

「聯邦政府，我們只是還沒告訴喬。」

「他已經同意釋放兩名人質了。」

「我們還是希望他會釋放，那樣至少我們可以救出兩條人命。」

「如果你們不遵守交易內容——如果你們不把彼得·盧卡斯送進去——你們就救不了裡面另外四條人命。」

「到那時候，我希望攻堅小組來得及進去。」

嘉柏瑞瞪著斯提爾曼。「你想看到大屠殺的場面嗎？你很快就會看到！你的所作所爲正好讓兩個瘋子覺得他們的妄想是眞實的，你們的確試圖要殺害他們。見鬼！說不定他們的想法才是正確的！」

「你現在聽起來就是個偏執的人。」

「我認為我是唯一一個講道理的人。」嘉柏瑞轉身走出拖車。

嘉柏瑞聽見談判專家在後面叫他：「狄恩探員？」

嘉柏瑞繼續往前走，朝著警察封鎖線前進。

「狄恩！」斯提爾曼終於追上他。「我只希望你知道，我並不同意任何攻擊計畫。你說得沒錯，攻堅只會造成流血事件。」

「那你又為什麼准許這種事情發生？」

「你以為我可以阻止嗎？或是黑德可以？現在是華盛頓方面在掌控，我們只能退後，讓他們從這裡接手。」

就在此時，他們聽見聲音——人群中突然傳來騷動聲，那群記者聚集起來，蜂擁上前。發生什麼事？

他們聽見有人大喊一聲，看到醫院大廳的門打開，一名身穿護理員制服的非裔美籍男子走出來，由兩名戰略小組組員護送，他停了一下，眼睛因為十幾盞攝影燈光的照射而眨個不停，然後就快步走向一旁等待的車輛。幾秒鐘之後，一個坐著輪椅的男人出現，由一名波士頓警局員警推送。

「他們做到了。」斯提爾曼低聲說道。「他們釋放了兩名人質。」但都不是珍，珍還在裡面，而攻堅行動隨時會展開。

嘉柏瑞往前推開封鎖線。

「狄恩！」斯提爾曼叫住他，抓著他的手臂。

嘉柏瑞轉過來看著斯提爾曼。「一切可以在不發射任何子彈的情況下結束，讓我進去，讓我跟他們談。」

「聯邦政府不會准許的。」

「波士頓警局掌管封鎖線，叫你的人讓我進去。」

「那可能是個死亡陷阱。」

「我太太在裡面。」嘉柏瑞的眼神直視斯提爾曼。「你知道我必須這麼做，你知道這是我太太僅存的最佳機會，是裡面所有人僅存的最佳機會。」

斯提爾曼嘆了一口氣，疲憊地點點頭。「祝你好運。」

嘉柏瑞彎身穿過警察封鎖線，一名波士頓戰略小組成員過來攔阻他。

「讓他過去。」斯提爾曼說：「他要進去醫院。」

「長官？」

「狄恩探員現在是我們的談判專家。」

嘉柏瑞向斯提爾曼點點頭表示感謝，然後轉身，開始走向醫院大門。

19

蜜拉

歐蓮娜和我都不知道該往哪裡走。

我們從來沒有走進過這片樹林，也不知道會從哪裡走出去。我沒穿襪子，冰冷的空氣很快地滲進薄薄的鞋底，雖然有媽媽桑的高領衫和毛衣，我還是冷得發抖。我們背後那幢屋子的燈光越來越模糊，我回頭看，只能看見樹林裡的一片黑暗。我的雙腳發麻，艱難地跨過結冰的樹葉，專心地跟著歐蓮娜的身影，她走在前面，提著那只購物袋。我的呼吸像在冒煙，薄冰在我們腳下碎裂。我想起以前在學校看過的一部電影，又冷又餓的德國士兵蹣跚穿越冰雪，卻悲慘地走到敵對的俄國前線。「別停，別問，只要繼續前進。」是絕望的德國士兵心中唯一的信念。也是現在正在樹林間顛簸邁步的我，心中的唯一想法。

在我們前方，突然閃過一束光芒。

歐蓮娜停止前進，舉起手臂示意我停下來。我們像樹一樣站著靜止不動，看著光線閃過，然後我們聽到輪胎滑過潮濕路面的呼嘯聲。我們擠過最後一叢灌木，踏上柏油路。

我們走到馬路上了。

現在，我的腳已經凍到沒有感覺，只能步履蹣跚地掙扎著跟上歐蓮娜的步伐。她就像個機器人，平穩地向前跋涉。我們開始看見一些房子，但歐蓮娜都沒有停下來。她是將軍，而我只是個愚笨步兵，緊緊跟隨著一個沒比我懂多少的女人。

「我們不能一直走下去。」我告訴她。

「我們也不能留在這裡。」

「妳看，那幢屋子有燈，我們可以請人幫忙。」

「不是現在。」

「我們還要繼續走多久呢？一整晚？一整個星期？」

「如果有必要就一直走。」

「妳到底知不知道我們要走到哪裡去？」

歐蓮娜突然轉身，臉上明顯的怒氣嚇得我僵在原地。「妳知道嗎？我受夠妳了！妳簡直是個沒用的嬰兒，一隻愚蠢、害怕的小兔子！」

「我只是想知道我們要走到哪裡去。」

「妳就只會哭和抱怨！我受夠了！我和妳之間完了！」歐蓮娜伸手到購物袋裡拿出那疊美金，扯掉橡皮筋之後，把一半的鈔票塞給我。「拿去，然後離開我的視線。如果妳那麼聰明，去走自己的路。」

「妳爲什麼要這樣？」我的眼眶中充滿淚水，不是因爲害怕，是因爲她是我唯一的朋友，而我知道我正在失去她。

「妳是我的累贅，蜜拉，妳會拖慢我的速度。我不希望逃命時還得隨時照顧妳，我可不是妳的媽媽！」

「我從來沒要妳當我媽媽。」

「那妳爲什麼長不大呢？」

「那妳又爲什麼一直這麼難相處呢？」

那輛車嚇了我們一大跳。我們一直專注在彼此身上，所以沒注意到那輛車靠近。車子轉彎過來，我們像將死的獵物一般被籠罩在車燈光束中。車輪吱地一聲停住，那是一輛老舊的車子，空轉的時候，引擎會發出撞擊聲。

車上的駕駛從車窗探出頭來。「看來妳們兩位女士需要協助。」他說道，聽起來是個肯定句而非疑問句。當然，我們的狀況是顯而易見的：寒冷的夜裡，兩個女人孤零零地站在路邊，我們當然需要協助。

我張口結舌地看著那個人，一句話都說不出來。歐蓮娜一如往常地主控全局，一瞬之間，她變了個人。她的步伐，她的聲音，她的臀部透露出的挑逗性——這是歐蓮娜最迷人的樣子。她微笑著，用低啞的英語說：「我們的車壞了，可以載我們一程嗎？」

那個男人仔細看著歐蓮娜。他只是小心謹愼嗎？某種程度上，他覺得事有蹊蹺。我努力克制自己想要在他報警之前跑回樹林裡的衝動。

等到那個男人終於回話的時候，他的音調平淡，看不出歐蓮娜的魅力對他有沒有影響。「前面有個服務站，反正我剛好要去那裡加油，可以幫妳們問問看有沒有拖吊車。」

我們爬上車，歐蓮娜坐在前座，我縮在後座。我把她給我的錢塞進口袋裡，感覺像一團發燙的煤塊。我還在生氣，因爲她的殘酷而感到受傷。有了這些錢，我可以過著沒有歐蓮娜的生活，不靠任何人。我會的。

那個男人開車的時候沒有說話，一開始我以爲他純粹是忽略我們，因爲我們引不起他的興趣。後來，我看見他在瞄後照鏡，他在打量我，打量我們兩個。在安靜的外表下，他機警得像隻貓。

服務站的燈光在前方閃耀，我們開上車道，停在加油機旁邊。那個男人下車加油，告訴我們：「我去問問看有沒有拖吊車。」他走進服務站裡。

歐蓮娜和我留在車上，不確定下一步要做什麼。從車窗看出去，看到我們的司機在和收銀員講話，他指指我們兩個人，然後收銀員就拿起電話。

「他要叫警察了！」我小聲地對歐蓮娜說。「我們快走，趁現在趕快逃！」我伸手去拉門把，就在我正要推開門的時候，一輛黑色轎車開進服務站，就停在我們旁邊。兩個男人走下車，都穿著黑色衣服，其中一人是金髮，削得像刷子一樣短。兩個男人盯著我們看。

在這一瞬間，我血管裡的血液全部凍結。

我們是受困在陌生人車裡的獵物，而兩名獵人就環伺在側。金髮男子站在我的門邊，直勾勾地看著我，我也只能隔著車窗回望，看著媽媽桑死前所見的最後一張臉孔，說不定也是我此生所能見到的最後一張臉。

突然間，金髮男子迅速抬起下巴，將視線轉移到服務站。我轉頭看見我們的司機剛好踏出服務站，朝車子方向走來。他已經付過油錢，正在把錢包塞進口袋裡。他腳步放慢，疑惑地看著一左一右站在他車子旁邊的兩個男人。

「兩位有什麼事情嗎？」我們的司機問道。

金髮男子回答：「先生，我們可以請教你幾個問題嗎？」

「你是什麼人？」

「我是聯邦調查局特別探員史提夫．烏爾曼。」

我們的司機聽到之後，看起來並沒有什麼特別的反應，從服務站的水桶裡拿起橡膠軟刷，擰乾水後，開始擦拭骯髒的擋風玻璃。「你們兩位想跟我談什麼？」他問，一邊把玻璃上的水刮掉。

金髮男子俯身靠近我們的司機，壓低聲音對他說話，我聽見「女性逃犯」和「危險」等字眼。

「那你們爲什麼來問我呢？」司機說。

「這是你的車，對嗎？」

「對啊。」我們的司機突然笑了。「哦，現在我懂了。如果你懷疑的話，容我介紹一下：車裡的是我太太和她表妹。她們看起來很危險，是不是？」

金髮男子朝搭檔看一眼，滿臉訝異，他們不知道該說什麼。

我們的司機把橡膠軟刷丟回水桶，濺起一些水花。「祝你們好運。」他說著打開車門。爬進駕駛座的時候，他大聲對歐蓮娜說：「抱歉，親愛的。這裡沒有賣艾德維爾止痛藥，我們到下一個加油站找找看。」

我們的車子開走時，我回頭看見那兩個男人還在注視著我們，其中一人把車牌號碼抄下來。有好一陣子，車裡沒有人說話。我還處在驚嚇之中，說不出一句話，只能直視著司機的後腦勺。這個人剛剛救了我們一命。

他終於開口：「妳們要不要告訴我這一切是怎麼回事？」

「他們說謊。」歐蓮娜說：「我們根本就沒有危險性！」

「而且他們也不是聯邦探員。」

「你早就知道了？」

司機看著歐蓮娜。「聽好，我並不笨，分辨得出眞僞。而且，有人對我胡扯的話，我也聽得出來。所以，告訴我實情吧？」

歐蓮娜疲倦地嘆了一口氣，低聲說道：「他們想殺死我們。」

「這部分我猜得到。」他搖搖頭笑了，但不是因爲感到有趣而笑，而是「不敢相信自己竟然那麼倒楣」的笑。「要命，我只要遇到下雨，就是他媽的傾盆大雨。」他說：「所以，他們是什麼人，又爲什麼想要殺死妳們呢？」

「因爲今晚我們看到的事情。」

「妳們看到什麼？」

歐蓮娜看向窗外。「太多了。」她輕聲說道。「我們看到太多了。」

他暫時接受這個答案，因爲我們的車正駛離柏油路面，車胎壓在泥土路上，帶領我們深入樹林中。他把車停在一幢看起來像是隨時會倒塌的房子前面，四周圍滿樹木。這房子只比隨意搭建的小木屋好一點，看來只有窮人願意住在裡面。但是，屋頂上卻有一個超大的碟型衛星信號接收器。

「這是你家？」歐蓮娜問。

「這是我住的地方。」他回答的用語很奇怪。

他用三把不同的鑰匙來開前門。我站在門廊等著他打開各種鎖的時候，注意到他的窗戶上都裝有鐵條，這一度讓我不想踏進這個房子，因爲我想起剛剛逃離的那幢也有鐵條。但我發現，這些鐵條不一樣，功能並不在於把人困在裡面，而是要把人擋在外面。

進到屋內，我聞到木頭的煙燻味和潮濕的羊毛味。他沒有點亮任何一盞燈，卻行動自如地走到漆黑的屋子裡，彷彿他就算矇著眼也指得出屋裡每一個小角落的擺設。「我離開了幾天，屋子裡已經有點霉味了。」他說道。他擦亮一枝火柴，我才看見他蹲在壁爐旁邊。火種和木塊都已經準備好，火焰很快地舞動起來。火光照亮他的臉龐，在這個陰暗的房子裡，他看來更加憔悴、陰鬱。我心想：曾經，這應該是一張英俊的臉，只是現在，雙眼太過凹陷，瘦削的下巴上有幾天沒刮的鬍碴。火光越來越亮，我看見旁邊有一個小房間，裡面成堆的報紙和雜誌使房間看起來更小，牆壁上釘滿了許許多多的剪報。到處都是剪報，像是發黃的鱗片。我想像著他自己一個人關在這個人跡罕至的小屋裡，日復一日，月復一月，狂熱地剪下只有他自己知道重要性何在的文章。我環視四周封上鐵條的窗戶，又想到前門上的三道門鎖，心想：這房子裡住的人，心中懷有極度恐懼。

他走向一個櫥櫃，解開上面的鎖頭。我驚訝地發現裡面掛著十二把來福槍，他取下一把，再把櫥櫃鎖上。看到他手裡的槍，我後退一步。

「沒有關係，不用怕。」他看到我警戒的表情後說道。「今晚，我希望帶把槍在手邊。」

我們聽見一個鐘響似的鈴聲。

聲音一響，他猛然抬頭。拿著來福槍，他走到窗邊往樹林中凝望。「有東西踩到感應器。」他說：「可能只是動物，那就……」他在窗邊檢查了很長一段時間，來福槍不離手。我想起那兩個人在服務站那裡，看著我們的車子開走，抄下了車牌號碼。現在，他們一定已經查出車主是誰，知道車主的住址。

他走到柴堆旁，抽出一塊木頭丟進火堆裡，然後坐上一張搖椅看著我們，來福槍放在大腿上。壁爐裡，火舌舞動，發出嗶剝聲響。

「我叫做喬。」他說：「告訴我妳們是誰。」

我看看歐蓮娜，兩個人都沒說話。雖然今晚這個奇怪的人救了我們，我們還是會怕他。

「嘿！是妳們自己決定要上我的車。」搖椅在木頭地板上發出吱嘎聲。「現在才害羞已經太晚了，女士們。」他說：「骰子已經出手，不能回頭了。」

我醒來的時候，天還沒亮，但是火堆燒得只剩餘燼。睡著之前我所記得的最後一件事，是歐蓮娜和喬輕聲說話的聲音。現在，藉著壁爐的餘光，我看見歐蓮娜睡在我旁邊的小地毯上。我還在生她的氣，還沒原諒她所說過的話。幾個小時的睡眠讓我明白：不可避免地，我們不可能永遠在一起。

搖椅發出的聲音吸引我的目光，我看到喬的來福槍映照出淡淡的光芒，也感覺到他在看我。喬可能一直看著我們睡覺。

「把她搖醒。」喬對我說：「我們現在必須離開。」

「爲什麼？」

「他們在外面，他們在觀察這幢屋子。」

「什麼？」我掙扎著站起來，心臟狂跳，跑到窗戶邊。往外我只看到黑暗的樹林，接著，我發現星星正要黯淡，夜空很快就要變成灰白。

「他們還沒碰到下一組感應警報器，我想他們應該還停在馬路上。」喬說道。「但我們必須搶在天亮之前開始行動。」他站起來打開衣櫥，拿出一個背包，裡面的東西發出金屬碰撞聲。「歐蓮娜。」他用靴子輕輕推她，她醒過來看著他。「該走了。」他說：「如果妳想活命的話。」

喬沒帶我們從前門出去，而是拉起地板上的一扇活門，潮濕的泥土味從底下的黑暗中冒出來。喬背轉身走下階梯，同時對我們叫道：「走吧，女士們。」

我把媽媽桑的購物袋交給喬，然後跟著爬下去。喬打開手電筒，黑暗中我看見石牆邊上堆著許多板條箱。

「在越南，許多村民在自家底下建築地道，就像這樣。」喬帶著我們走下一條較低的通道時說：「大多數是用來囤積食物，但有時候，地道也能救命。」他停下腳步，解開一個掛鎖，然後關掉手電筒，把他頭頂上的一片木板門抬高。

我們爬出地道，進入黑暗樹林中。喬帶著我們藉由樹木的掩護遠離屋子，我們不發一語，不敢說話。我再次盲目地跟隨他人，我總是擔任步兵的角色，從來不是將軍，但這次我信任帶領我的人。喬無聲地走著，帶著自信前進，完全了解自己該往哪個方向前進。我走在他的正後方，黎明開始點亮天空的時候，我看到他的腳有點跛。他拖著左腳走路前進，有一次他回頭時，我看到他臉上痛苦的表情。但是，他仍然邁開大步，朝著清晨的魚肚白前進。

終於，穿過前方的樹木，我看見一幢破舊的農舍。等到我們走近，我看得出來沒有人住在這裡，窗戶都破了，屋頂的一端也已塌陷。但是喬沒有走進屋子，反而走向旁邊那個看起來也快倒塌的穀倉。他解開門上的掛鎖，拉開穀倉的門。

裡面是一輛汽車。

「我一直不知道是否眞的會需要用到這輛車。」喬坐進駕駛座時說道。

我爬進後座，座位上有一條毯子和枕頭，腳下有夠吃好幾天的食物罐頭。

喬發動車子，引擎咳了幾聲才活過來。「眞不想就這樣離開這個地方。」他說：「但也許是該離開一陣子的時候了。」

「你是爲了我們才這樣做嗎？」我問他。

喬轉頭看我。「我這麼做是爲了遠離麻煩，妳們兩位似乎帶來一大堆麻煩。」

他把車倒出穀倉，顚簸地開上泥土路，經過那幢快倒的農舍，還有一汪發臭的池塘。突然，我們聽見很大的一聲轟，喬立刻停車，搖下車窗，朝我們走出樹林的方向望去。

黑煙從樹林頂上升起，滾滾煙柱怒衝上逐漸發亮的天空。我聽見歐蓮娜嚇得叫了一聲，我想到剛剛離開的小屋現在已經著火，手心就不住發抖、冒冷汗。然後，我聯想到焦黑的屍體。喬什麼都沒說，只是靜默地看著黑煙。不知道他心裡是否暗暗詛咒自己的霉運，竟然遇見我們。

過了一會兒，喬深深吐出一口氣。「老天！」他咕噥道。「不管這些人是誰，他們就是不會善罷甘休。」他把注意力轉回馬路上。我知道他心裡感到害怕，因爲他的雙手緊抓著方向盤，用力到指節翻白。「女士們。」喬輕聲說道。「我想我們該消失了。」

20

得自己像個站在浪頭的衝浪手，現在正處在疼痛的最高點。拜託讓這一次快點結束，讓疼痛停下來，停止。她感覺到臉上冒出汗珠，陣痛加劇，緊緊揪著讓她無力呻吟，甚至沒辦法呼吸。在她緊閉的眼皮之外，光線彷彿逐漸黯淡，所有的聲音都被她自己的脈搏沖刷聲蓋過。她只隱隱約約感覺到候診室裡一陣騷動，還有喬緊繃的質問聲。

接著，忽然有一隻手握住珍的手，觸感溫暖而熟悉。不可能，珍心想。陣痛逐漸舒緩，視線逐漸清晰。珍凝神細看那張低頭望著自己的臉龐，意外得呆住。

「不。」她輕聲說道。「不，你不該在這裡。」

嘉柏瑞捧著珍的臉，吻上她的額頭和秀髮。「一切都會沒事的，心愛的，沒事。」

「這是你做過最蠢的事。」

嘉柏瑞微笑。「妳嫁給我的時候就已經知道我不太聰明。」

「你到底在想什麼？」

「我只想著妳。」

「狄恩探員。」喬說。

慢慢地，嘉柏瑞站起身來。以前有很多次，珍看著自己的丈夫都覺得自己很幸運，但從來沒有像此時這般強烈。嘉柏瑞沒有任何武裝，沒有任何優勢，但是面對喬的時候，散發出一股平靜而堅定的氣度。「我來了，現在你可以讓我太太離開了嗎？」

「等我們談過之後，等你聽完我們的話之後。」

「我在聽。」

「你必須保證：聽完我們的話之後，會繼續追蹤，保證不會讓事實隨我們而死去。」

「我說過我會聽，你所要求的只是這樣；而你說過你會讓這些人離開。你也許一心求死，但她們並沒有。」

歐蓮娜說：「我們不希望任何人死。」

「那就證明給我看，放了這些人。然後我會坐在這裡聽你們說話，時間要多久都可以，幾小時，幾天，我都任由你們處置。」嘉柏瑞堅定地直視人質挾持者。

現場一陣靜默。

突然，喬傾身向沙發，抓住譚醫師的手臂，把她拉起來。

「醫師，去站在門邊。」喬命令道。他轉身指著另一張沙發上的兩個女人。「妳們兩個，站起來，兩個都站起來。」

那兩個女人動都不敢動，只是張大嘴巴看著喬，好像認定他在耍人，以爲只要她們一動就會有嚴重的後果似的。

「快！站起來！」

影像診斷科接待員哭喊一聲，掙扎著站起來，然後另一個女人才跟著起身。她們慢慢地走到門邊，譚醫師靜靜地站在那裡。經過幾個小時的監禁，嚇得她們不敢相信苦難即將結束。譚醫師甚至在伸手去開門的時候，還瞪著喬，認爲他會下令禁止她們移動。

「妳們三個可以走了。」喬說。

一等三人走出候診室，歐蓮娜立刻關門並上鎖。

「我太太呢？」嘉柏瑞說：「也讓她離開。」

「沒辦法，還不行。」

「我們約好的條件……」

「我同意釋放人質，狄恩探員，我沒說要放哪一個。」

嘉柏瑞氣得漲紅臉。「你以爲我現在還會相信你嗎？你以爲我還會聽你說話嗎？」

珍伸手握住丈夫的手，感覺到他氣得肌腱緊繃。「就聽聽看他要說什麼，讓他發表他的意見。」

嘉柏瑞吐出一口氣。「好的，喬，你要告訴我什麼事？」

喬抓起兩把椅子，拖到房間正中央，面對面擺好。「我們坐下吧。」

「我太太快要生產了，她不能在這裡待太久。」

「歐蓮娜會照顧她。」他指指椅子。「我要告訴你一個故事。」

嘉柏瑞望著珍，珍在他眼中看到愛與擔憂。妳信任誰？喬稍早前這樣問珍。誰會爲妳擋子彈？珍凝視自己的丈夫，心想：我最信任的，莫過於你。

嘉柏瑞百般不願意地將注意力轉回喬的身上，兩個男人面對面坐下來。看起來像是一場相當文明的高峰會，只不過有個人腿上放了一把槍。歐蓮娜現在坐在珍身旁的沙發上，手裡也握著同樣致命的武器。像是兩對夫妻的聯歡聚會，哪一對可以活過今晚？

「他們跟你說了我什麼事情？」喬開口道。「聯邦調查局說了些什麼？」

「一些事情。」

「說我瘋了，對吧？離群索居的偏執狂。」

「對。」

「你相信他們？」

「我沒有理由不相信。」

珍看著丈夫的臉，雖然他的語氣平靜，她還是看得出來嘉柏瑞的眼神緊張，頸部肌肉僵硬。你知道這個人不正常，你還是堅持進來，都是爲了我……珍心想。又有一波陣痛開始醞釀，珍忍住呻吟。保持安靜，不要害嘉柏瑞分心，讓他做好該做的事情。珍仰靠在沙發上，咬緊牙關，無聲地忍著痛。珍把視線放在天花板上，鎖定擴音喇叭上的一個小黑點。集中注意力在一個點上，忘記疼痛。天花板逐漸模糊，那個小黑點彷彿在白色海水中上下起伏，光是看著那個點就讓珍想吐。於是她閉上雙眼，像個因爲風浪過大而暈船的水手。

等到陣痛舒緩、放鬆之後，珍才睜開眼睛。視線再度落在天花板上，有什麼東西變得不太一樣。小黑點旁邊現在多了個小洞，混在擴音喇叭的網格之中，幾乎看不出來。

珍看向嘉柏瑞，但他沒有回頭，完全專注在對面的那個男人身上。

喬問：「你認爲我精神錯亂嗎？」

嘉柏瑞看著他一陣子。「我不是精神科醫師，無法判斷。」

「你預期走進來會看到一個瘋子拿著手槍亂揮，對吧？」喬身體前傾。「他們就是這樣告訴你的。說實話。」

「你眞的希望我說實話？」

「當然。」

「他們告訴我，和我交手的是兩個恐怖份子，他們就是這樣告訴我的。」

喬坐回去，表情陰鬱。「所以他們打算那樣子結束。」他平靜地說：「當然，那就是他們想要結束這一切的方式。我們算是哪一種恐怖份子呢？」喬看一下歐蓮娜，然後笑了。「哦，大概是車臣恐怖組織。」

「沒錯。」

「是約翰．巴桑提在主導這場秀嗎？」

嘉柏瑞疑道：「你認識他？」

「他從維吉尼亞州就開始追蹤我們，我們所到之處，他似乎都會出現。我知道他也在這裡，大概是想等著幫我們收屍。」

「你們不需要死。把武器交給我，然後我們一起離開這裡。不用槍戰，不用流血，我向你保證。」

「是啦，你保證。」

「你讓我走進來，也就表示在某種程度上，你信任我。」

「我承擔不起信任別人的後果。」

「那我爲什麼在這裡？」

「因爲我想要帶著一點正義的希望走進墳墓。我們試過把這件事情告訴媒體，我們還把該死的證據親手交給他們，但是根本沒有人在乎。」喬看向歐蓮娜。「讓他們看妳的手臂，讓他們看看白冷翠公司對妳做了什麼。」

歐蓮娜把袖子拉到手肘上方，指著一個突起的疤。

「你看到了嗎？」喬說道。「你看到他們把什麼東西放進她的手臂裡面了嗎？」

「白冷翠公司？你說的是那家防禦工事承包商？」

「最新型微晶片技術，是白冷翠公司用來追蹤貨物的方法。她就是一個人體貨物，從莫斯科直送至美國。這是白冷翠公司暗地裡做的小生意。」

珍又抬頭看天花板，忽然發現擴音喇叭上又多了幾個洞。她看向那兩個男人，但他們還是專注在對方身上，沒有人往上看，沒有人看見天花板已經佈滿小孔了。

「所以，這一切都是爲了一個防禦工事承包商？」嘉柏瑞的聲音完全持平，沒有洩漏一絲他心中的懷疑。

「不是隨便哪一個承包商，我們談的是：可以直接和白宮及五角大廈接洽的白冷翠公司。我們談的是：每次美國投入戰爭，他們的執行長就可以賺進數十億美金的白冷翠公司。爲什麼幾乎所有的大合約都在白冷翠公司手上？因爲他們擁有白宮。」

「喬，我眞不想這樣說，但這根本不算新的陰謀論。最近大家都怕死了白冷翠公司，很多人都想扳倒他們。」

「而歐蓮娜眞的可以成功扳倒他們。」

嘉柏瑞看著歐蓮娜，眼神疑惑。「怎麼做？」

「她知道那些人在艾胥伯恩幹下的醜事，她見到那些人的眞面目。」

珍還在瞪著天花板，想要搞清楚現在看到的東西：細絲一般的氣體從上面無聲地冒出來。瓦斯，他們把瓦斯灌進候診室。

珍看看丈夫，他知道會有瓦斯嗎？他知道他們計畫要放瓦斯嗎？其他人似乎都沒察覺到這個無聲的侵入物，沒有人知道攻堅行動即將展開，這些微細的瓦斯就是預告。

我們都吸進瓦斯了。

珍感覺到另一波陣痛，全身緊綳。天哪！她心想，不要是現在，別在這個緊要關頭。珍緊抓住沙發靠墊，等待疼痛指數升高。陣痛的劇烈讓她只能夠緊緊抓著靠墊，撐住。這次很嚴重，珍心想，哦！這次眞的很嚴重！

但是，這次疼痛一直沒達到最高點。突然間，靠墊彷彿在珍的掌中融化，她覺得自己被往下拖，拖進最甜美的夢境。隨著麻木感越來越高，珍聽到砰砰聲響，還有人們喊叫的聲音。她也模模糊糊地聽見嘉柏瑞在喊她的名字，距離好遠好遠。

現在，疼痛幾乎完全消失。

有個東西碰到珍，柔軟地刷過她的臉龐，有隻手在碰她，很輕很輕地碰觸她的臉頰。有一個聲音小聲地說著珍聽不懂的話語，輕柔而急促的句子幾乎要淹沒在砰砰聲響之中，淹沒在陣陣撞門聲中。珍心想：是個秘密，她在告訴我一個秘密。

蜜拉。蜜拉知道。

一聲震耳欲聾的聲響，然後一股溫暖的液體噴在珍的臉上。

珍想著：嘉柏瑞，你在哪裡？

21

第一聲槍響傳出時，街上聚集的群眾全都倒抽一口氣，莫拉嚇得心都漏跳了一拍了。裡面響起第二聲槍聲時，戰略小組的員警立刻拉住封鎖線。幾分鐘過去，莫拉在警察的臉上看到困惑的表情，沒有人知道裡面發生什麼事情。沒有人有動作，沒有人搶進醫院去。

他們都在等什麼？

警用無線電突然發出細碎響聲：「醫院安全了！攻堅小組要出來了，醫院已經安全！緊急醫療小組準備，我們需要擔架……」

緊急醫療小組衝上前去，他們推開警方封鎖線的樣子就像短跑選手穿越終點線。黃色封鎖線的斷裂引發了混亂，突然間，記者和攝影機也全都衝進醫院，而波士頓警局的員警則奮力要他們退後。有一架直升機停留在半空中，螺旋葉片發出巨大聲響。

一團嘈雜聲中，莫拉聽見柯薩克大喊：「我是警察，該死的！我朋友在裡面！讓我過去！」柯薩克看到莫拉，就喊道：「醫生，妳要去看看珍有沒有事！」

莫拉向前擠到封鎖線旁邊，一名警察很快地看一眼她的證件，然後搖頭。

「現在優先處理活人，艾爾思醫師。」

「我是個醫生，我可以幫忙。」

莫拉的聲音幾乎淹沒在直升機的巨大噪音中，那架直升機剛剛降落在對街的停車場上。被搞煩了的警察轉過頭去對一名記者大喊：「嘿！你！立刻退回去！」

莫拉閃過警察，跑進醫療中心大樓，心裡一邊擔憂著在裡面會看到什麼狀況。就在她轉進通往影像診斷科的走廊時，兩名急救人員推著一床擔架衝出來，莫拉吃驚地伸手摀住嘴巴，快要不能呼吸。她看見懷孕隆起的肚子、黑色頭髮，莫拉心想道：不！天哪！不要！

珍．瑞卓利全身滿是鮮血。

在那一刻，莫拉所受過的醫療訓練完全棄她而去，驚恐使得她的注意力完全放在鮮血上，眼中只看到血，好多好多的血。接著，擔架經過莫拉身邊，她看見珍的胸口起伏，也看見珍的手指蠕動。

「珍？」莫拉叫她。

急救人員已經把擔架推過大廳，莫拉得跑步才跟得上。

「等等！她的狀況怎麼樣？」

其中一名急救人員轉過頭來。「她即將生產，我們要把她送到布里瀚醫院。」

「但是那些血……」

「不是她的血。」

「那是誰的？」

「後面的那個女人。」急救人員揮動大拇指指向走廊。「她不用送其他醫院。」

莫拉目送擔架出了大門，然後轉身跑回走廊，閃過急救人員和波士頓警察，直朝危機中心點而去。

「莫拉？」有個聲音在叫她，聽來異常遙遠而模糊。

莫拉看見嘉柏瑞在一床擔架上掙扎著要坐起來，他臉上罩著氧氣面罩，手臂上有靜脈注射管連接著生理食鹽水袋。

「你還好嗎？」

嘉柏瑞呻吟著低下頭。「只是……有點暈。」

急救人員說：「這是吸入瓦斯所造成的，我剛剛給他靜脈注射鹽酸那囉克松，他需要休息一陣子，就像麻醉後的恢復過程。」

嘉柏瑞拉開面罩。「珍……」

「我剛剛有看到她。」莫拉說：「她很好，急救人員會送她到布里瀚醫院。」

「我不能再坐在這裡。」

「裡面發生什麼事？我們聽到槍聲。」

嘉柏瑞搖搖頭。「我不記得了。」

「請戴上面罩。」急救人員說道。「你現在需要氧氣。」

「調查局不需要這樣做。」嘉柏瑞說：「我可以說服他們走出來，我可以說服他們投降的。」

「先生，你必須把口罩戴回去。」

「不。」嘉柏瑞怒道。「我必須跟我的太太在一起，那才是我必須做的事。」

「你還不能走。」

「嘉柏瑞，他說得沒錯。」莫拉說：「看看你，幾乎坐不起來。你再躺一下，我會親自載你去布里瀚醫院，但前提是你必須先讓自己復原一下。」

「只要一下子。」嘉柏瑞虛弱地躺回擔架上。「只要一下子我就好了……」

「我會立刻回來。」

莫拉看見影像診斷科的入口，走進去後，第一個抓住她目光的是鮮血。吸引你注意力的總是鮮血，那些四下噴濺、令人震撼的紅色液體，彷彿在對你大聲喊著：這裡發生了很可怕、非常可怕的事。雖然候診室裡站了六個人，雖然地面上散置著急救小組遺留下來的各類物品，然而，莫拉的目光還是鎖定牆面上噴濺的血跡，象徵死亡的鮮紅證據。然後，莫拉看向那名女子的屍體，癱倒在沙發上，鮮血沿著黑髮滴落地面。莫拉從來不曾因為看到血塊而暈眩，但她突然發現自己開始搖晃，必須抓住門框才能穩住身體。她心想：應該是室內殘留的瓦斯所造成的影響，現在瓦斯還沒完全抽乾淨。

莫拉聽見塑膠袋張開的呼咻聲，透過微量的迷霧中，她看見地上鋪了一塊白布。看見巴桑提探員和黑德隊長站在一旁，還有兩名戴著乳膠手套的人將喬瑟夫．洛克沾滿血跡的屍體滾到塑膠布上。

「你們在做什麼？」莫拉問。

沒有人理會她。

「你們為什麼移動屍體？」

蹲在屍體旁邊的兩個人停下動作，抬頭往上朝巴桑提探員的方向看去。

「屍體要運送到華盛頓。」巴桑提說道。

「在醫事檢驗處勘驗過現場之前，你們不可以移動任何東西。」莫拉看著準備要拉上屍袋拉鍊的那兩個人。「你們是什麼人？你們不是醫事檢驗處的員工。」

「他們是聯邦探員。」巴桑提說。

莫拉的腦筋完全清醒過來，所有的暈眩被怒氣一掃而空。「你爲什麼要帶走屍體？」

「我們的法醫會進行解剖工作。」

「我還沒有簽名同意放行這些屍體。」

「那只是一些文書工作而已，艾爾思醫師。」

「我不會在那些文件上簽名的。」

屋裡所有人現在都看著他們兩人，站在旁邊的多數人都和黑德一樣是波士頓警局的員警。

巴桑提嘆道：「艾爾思醫師，爲什麼要做這種勢力範圍的較勁呢？」

莫拉看著黑德。「這起死亡事件發生在我們的管轄範圍內，你知道我們有義務保管這些遺體。」

「妳聽起來似乎不信任聯邦調查局。」巴桑提說道。

我不信任的是你。

莫拉走向巴桑提。「你一直沒有提出合理的解釋，說明你爲什麼出現在此，巴桑提探員，你和這起事件的關係爲何？」

「這兩個人是紐哈芬槍擊案件的嫌疑犯，這一點我相信妳已經知道。而且，他們跨越了州界。」

「這些還是沒有解釋你要這些遺體的原因。」

「妳會收到最後的驗屍報告。」

「你害怕我查出什麼？」

「妳知道嗎，艾爾思醫師，妳所說的話聽起來開始像洛克一樣偏執。」巴桑提轉向站在洛克屍體上方的那兩個人。「裝起來。」

「你不可以碰他們。」莫拉說道。她拿出行動電話，撥給艾比・布里斯托。「有命案現場要處理，艾比。」

「是，我有看到電視。有幾具？」

「兩具，兩名人質挾持者在攻堅行動中遭到擊斃。現在，聯邦調查局要把屍體送到華盛頓。」

「等一下，先是聯邦調查局下令射殺，現在他們又要做解剖？搞什麼鬼？」

「我就知道你會這樣說，謝謝你支持我。」莫拉掛掉電話，看著巴桑提。「醫事檢驗處拒絕釋出這兩具屍體，請你們離開，犯罪現場偵查小組勘驗現場完畢之後，我們的人會將遺體送到停屍間。」

巴桑提似乎還想爭辯，但莫拉只是冷冷地看著他，讓他知道在這場戰役中，莫拉不會退讓。

「黑德隊長。」莫拉說：「我需要打電話向州長報告這件事情嗎？」

黑德嘆道：「不需要，這是妳的管轄權。」他看向巴桑提。「看來是醫事檢驗處有控制權。」

巴桑提沒再說任何一句話，就帶著手下走出候診室。

莫拉跟著他們走出房門，目送他們走下長廊。她心想：這個命案現場的處理方式會和以往相同，不歸聯邦調查局管，而是由波士頓警局兇殺重案組負責。莫拉正準備要打下一通電話去找摩爾警官，卻突然注意到走廊上的空擔架，而急救人員在一旁整理器具。

「狄恩探員在哪裡？」莫拉問道。「就是剛剛躺在上面的那個人。」

「他拒絕留置，下床就走出去了。」

「你們阻止不了他？」

「女士，沒有什麼事情可以阻止那個人，他說他要去找他太太。」

「他要怎麼去啊？」

「有個禿頭的男士要載他，是個警察吧，我猜。」

是文斯・柯薩克，莫拉心想。

「他們現在正開車前往布里瀚醫院。」

珍記不起自己是怎麼來到這個地方的，這裡的燈光明亮，器具表面光滑閃耀，所有人都戴著口罩。她只記得一些片段：有人大喊大叫，有輪床發出的吱嘎聲，也有警車車頂的藍色閃光燈，然後，只記得自己被推進這個房間之前，走廊的天花板在上方所形成的白色漩渦。她一次又一次地詢問嘉柏瑞的消息，但是沒有人可以說出他在哪裡。

或者，他們不敢告訴她。

「媽咪，妳做得很好。」醫生這樣說。

珍瞇上眼睛看著那張戴著手術口罩的臉龐，藍色的眼珠正在對她微笑。珍心想：每件事情都不對勁，我丈夫應該在這裡的，我需要他。

還有，別再叫我「媽咪」。

「妳感覺到下一次陣痛的時候，我要妳用力推，好嗎？」那位醫生說：「一直用力推。」

「麻煩找個人打電話。」珍說道。「我必須知道嘉柏瑞的狀況。」

「我們先幫妳把小孩生出來。」

「不，你們要先做我要求的事！你們要……你們要……」陣痛又起，珍喘不過氣。疼痛不斷升高的同時，珍的怒火也不斷加劇。爲什麼這些人都不聽我的話？

「用力！媽咪。妳快做到了！」

「王……八蛋……」

「來，用力推。」

疼痛殘忍地到達頂點時，珍痛得憋住氣。然而，卻是心中的怒氣讓她擊敗疼痛，讓她以無比的堅定持續用力推，直到眼前一片黑暗。珍沒有聽到手術室的門呼的一聲大開，也沒看見穿著藍色刷手服衝進來的男人。珍大叫一聲，垮在手術台上，大口喘著氣。這時候珍才看見他低頭看著自己，強烈的手術燈下，他的頭型只是一個剪影。

「嘉柏瑞。」珍弱聲叫道。

嘉柏瑞一手牽住她，一手幫她把頭髮順到後面。「我在這裡，我就在這裡。」

「我想不起來，我想不起來發生什麼……」

「現在那些都不重要。」

「很重要，我必須知道。」

另一波陣痛開始，珍深吸一口氣，緊抓住嘉柏瑞的手，如臨深淵般地牢牢抓緊他。

「用力。」醫生說。

珍的身體向前蜷起，全身用力，每一條肌肉都緊繃，汗水流進眼睛裡。

「就是這樣。」醫生說：「快好了……」

快啊，寶寶，別再頑固了，快幫媽媽脫離難關！

珍快要忍不住尖叫，喉頭累積的能量即將爆發。然後，她突然感覺到雙腿之間噴出血，接著聽見生氣一般的哭聲，像貓咪的嚎哭聲。

「小女孩生出來了！」醫生說。

女孩？

嘉柏瑞在笑，聲音嘶啞帶淚，他吻著珍的頭髮。「一個女孩，我們生了個小女孩。」

「她很活潑好動。」醫生說：「看看她。」

珍轉頭看見小小的拳頭揮舞著，小臉蛋生氣地漲紅著。還有一頭黑髮——髮量很多，捲捲地貼在頭皮上。珍滿心震撼地看著護士把嬰兒擦乾，包在毛毯之中。

「妳想抱她嗎，媽咪？」

珍一句話都說不出來，喉嚨已經停工，她只能驚訝地看著包成一團的寶寶放入自己懷中。珍看著寶寶哭得漲紅的臉龐，寶寶扭來扭去，彷彿想掙脫毛毯的束縛，想掙脫媽媽的懷抱。

妳眞的是我的孩子？珍曾經想像過這應該是個一見如故的時刻，只要她看進寶寶的眼眸，就能認出其中的靈魂。但現在，卻沒半點熟悉感，在她安撫不停扭動的寶寶時，只感到笨手笨腳。

珍望著女兒，只看見一個滿懷怒氣的生物，眼睛哭腫，拳頭緊握——一個會突然抗議大叫的生物。

「妳生了個漂亮的寶寶。」護士說道：「她看起來和妳一模一樣！」

22

珍醒來時，陽光照進病房窗戶。她看著睡在旁邊行軍床上的嘉柏瑞，看見以前從沒注意過的幾絲灰髮。他還穿著昨晚那件皺掉的襯衫，袖子上斑斑血跡。

那是誰的血？

彷彿感覺到她的目光，嘉柏瑞睜開眼睛，陽光照得他瞇起眼睛看向珍。

「早安，爹地。」珍說。

嘉柏瑞疲倦地對她微笑。「我想媽咪需要再睡一下。」

「我睡不著。」

「這可能是我們近期之內唯一可以好好睡覺的機會，等到寶寶回家，我們就沒什麼時間可以休息了。」

「我想知道，嘉柏瑞，你還沒告訴我事情的經過。」

嘉柏瑞的笑容褪去，他坐起身來揉揉臉，突然顯得老了些，而且極度疲倦。「他們死了。」

「兩個人都死了？」

「他們在攻堅時被射殺身亡，這是黑德隊長告訴我的。」

「你什麼時候跟他談過話？」

「他昨晚有來，那時候妳已經睡了，我不想吵醒妳。」

珍躺回床上，瞪著天花板。「我努力在回想，天哪！我怎麼什麼都想不起來？」

「珍，我也想不起來。莫拉聽說他們用的是一種強效鎮靜瓦斯，芬太奴。」

珍看著嘉柏瑞。「所以你沒看見事發經過？你不知道黑德說的是不是事實？」

「我知道喬和歐蓮娜都死了，醫事檢驗處負責保管他們的遺體。」

珍沉默了一會兒，試著回想在候診室裡最後的那幾分鐘。她記得嘉柏瑞和喬面對面坐著談話，喬想要告訴我們一件事，但他永遠沒有機會說完……

「一定得要這樣結束嗎？」珍問道。「有必要殺死他們兩個人嗎？」

嘉柏瑞站起來走到窗邊往外看，說：「這是確保可以結束的一種方法。」

「我們全都昏迷了，沒有必要再殺死他們。」

「顯然攻堅小組認爲有必要。」

珍看著丈夫的背影。「喬說的那些怪事都不是眞的，對不對？」

「我不知道。」

「歐蓮娜手臂上有晶片？聯邦調查局在追捕他們？這些都是典型的偏執妄想。」

「好吧。」珍說：「告訴我你在想什麼？」

嘉柏瑞沒有答話。

嘉柏瑞轉身看著她。「約翰．巴桑提爲什麼出現在這裡？這個問題我一直沒有得到很好的解答。」

「你跟局裡確認過了嗎？」

「我從副局長辦公室問到的消息，只說巴桑提是和司法部共同執行秘密任務，沒有人可以告訴我其他細節。而昨晚，我在康威參議員官邸裡和大衛．斯維爾談話時，他完全不知道聯邦調查局有參與這起事件。」

「嗯，喬肯定不信任聯邦調查局。」

「而現在喬死了。」

珍瞪著嘉柏瑞。「你開始嚇到我了，你讓我覺得……」

突然一陣敲門聲嚇得珍跳起來，心臟狂跳地轉頭看見安琪拉・瑞卓利探頭進入病房。

「珍，妳醒啦？我們可以進來探望妳嗎？」

「哦。」珍驚訝得笑了。「嗨！媽。」

「她好漂亮、好漂亮！我們隔著玻璃看到她了。」安琪拉興奮地進門，帶著家裡的瑞福威湯鍋，飄送著一股珍認爲是全世界最棒的香味：媽媽廚房裡的香味。跟在安琪拉後面的是捧著一大束花的法蘭克・瑞卓利，花束大得讓他看起來像個從濃密森林中探出頭來的探險家。

「我的寶貝女兒還好嗎？」法蘭克說。

「我感覺很棒，爸。」

「寶寶在育嬰室裡哭得震天動地，肺活量不錯。」

「米奇下班後會過來看妳。」安琪拉說：「妳看，我給妳帶了羊肉義大利麵。不用妳說，我也知道醫院的伙食是什麼德行。今天早餐給妳吃些什麼？」安琪拉走過去打開托盤上的蓋子。

「我的天哪！看看這些蛋，法蘭克！跟橡膠一樣！他們是故意要把食物弄得這麼糟嗎？」

「女寶寶沒什麼不好，先生。」法蘭克說道。「女兒很棒，對吧，嘉柏瑞？不過，得好好看著就是。等女兒長到十六歲，就得趕走那些男孩子。」

「十六歲？」珍開玩笑地說：「爸，那就爲時已晚了啦。」

「妳在說什麼？別告訴我在妳十六歲的時候……」

「……妳要給她取什麼名字，親愛的？我不敢相信你們還沒選好名字。」

「我們還在想。」

「還要想什麼？就用妳祖母的名字，蕾吉娜。」

「珍還有另一個祖母，妳知道吧？」法蘭克說道。

「誰會叫一個小女孩『依格娜莎』？」

「我媽媽用這個名字就挺好的。」

珍看向病房另一邊的嘉柏瑞，他的視線又轉向窗外。他還在想喬瑟夫．洛克的事情，還在懷疑他的死因。

門上又傳來敲門聲，又有一張熟悉的臉孔探進房內。「嘿！瑞卓利。」文斯．柯薩克招呼道。「妳身材恢復啦？」他的手裡握著三條緞帶，上面綁著造型氣球。「你們好嗎，瑞卓利太太，瑞卓利先生？恭喜你們當祖父母啦！」

「柯薩克警官，你餓不餓？」安琪拉問道。「我帶了珍最愛吃的義大利麵，這裡有紙盤。」

「呃，我在節食，女士。」

「這是羊肉義大利麵。」

「哇哦！妳眞是個頑皮的女人，用美食誘惑男人不再節食。」柯薩克對安琪拉搖搖胖胖的手指，惹得她像小女生一樣尖聲笑著。

珍心想：我的天，柯薩克在和我媽調情，我可不想看下去。

「法蘭克，麻煩你把紙盤拿出來好嗎？在袋子裡。」

「才早上十點，還不到午餐時間。」

「柯薩克警官肚子餓了。」

「他剛剛告訴妳說他在節食，妳怎麼都沒聽人家說話？」

又有人敲門，這次是護士走進來，手中推著搖籃。護士把搖籃推到珍的床邊，宣布：「寶寶和媽媽的相處時間到了。」然後抱出裹得好好的嬰兒，放在珍的懷裡。

安琪拉像隻看到獵物的鳥兒一般撲上去。「哇哦，看看她，法蘭克！哦，天哪！她好可愛！看看那小小的臉蛋！」

「妳整個人遮住她，我怎麼看得到？」

「她的嘴巴像我媽媽……」

「可好，那還眞是値得吹噓的事。」

「小珍，妳現在該試著餵她，在妳有奶之前，要先練習。」

珍環顧四周圍在她床邊的觀衆。「媽，我不太習慣……」她停口，往下看著突然大哭的寶寶。*現在我該怎麼做？*

「也許她在脹氣。」法蘭克說道。「寶寶常常會脹氣。」

「或者她餓了。」柯薩克建議道，因爲他自己是餓了。

寶寶只是哭得更兇。

「讓我抱她。」安琪拉說。

「這裡誰是媽咪啊？」法蘭克說道。「珍需要練習。」

「不要讓寶寶一直哭。」

「也許妳可以把手指伸進她嘴裡。」法蘭克說：「以前我們就是這樣帶妳的，小珍。像這樣……」

「等一下！」安琪拉說：「你有洗過手嗎，法蘭克？」

嘉柏瑞的手機鈴聲幾乎淹沒在這場喧鬧之中，珍看著丈夫接聽電話，看到他皺起眉頭看著手錶。珍聽到他說：「我現在沒辦法過去，你們不用等我，直接進行，好嗎？」

「嘉柏瑞？」珍問：「誰打來的電話？」

「莫拉要開始解剖歐蓮娜。」

「你應該去。」

「我不想離開妳。」

「不，你應該去那裡。」寶寶哭叫得更大聲，扭動著身體像是要逃離媽媽的懷抱。「我們兩人之中，應該要有一個人去看解剖過程。」

「妳確定妳不介意嗎？」

「你看看這裡有這麼多人陪著我，去吧。」

嘉柏瑞彎身親吻她。「等會兒見。」他輕聲道。「我愛妳。」

「你能想像嗎？」嘉柏瑞走出房門後，安琪拉不甚贊同地搖頭說道。「我真不敢相信。」

「媽，什麼事？」

「他拋下老婆和新生的寶寶，然後跑去看死人開膛剖腹？」

珍低頭看著懷中臉色漲紅、還在嚎啕大哭的女兒，嘆口氣。*我真希望我可以和他一起去。*

嘉柏瑞穿好手術衣、套上鞋套走進解剖室的時候，莫拉已經將胸骨移除，把手伸進屍體的胸腔裡了。在解剖刀切斷血管、韌帶，取出心臟及肺臟的過程中，莫拉和吉間沒有進行任何不必要的交談。她工作時帶著沉靜的精準，口罩上方的眼睛沒有透露任何情緒。若非嘉柏瑞早已認識莫拉，否則他可能會覺得莫拉的高效率令人不寒而慄。

「你還是趕來了。」莫拉說道。

「我錯過什麼重要的事嗎？」

「目前還沒有什麼出乎意料的狀況。」莫拉低頭看著歐蓮娜。「相同的場景，相同的屍體，很難想像這是我第二次看到這個女人死亡的樣子。」

嘉柏瑞心想：這一次，她不會再活過來了。

「珍還好嗎？」

「她很好，我猜她現在應該有點招架不住源源不絕的訪客吧。」

「寶寶呢？」莫拉把粉紅色的肺臟放進盆中。這些肺臟再也不會充滿空氣，也不能再爲血液提供氧氣。

「很漂亮，八磅兩盎司重，十隻手指、十隻腳趾，像極了珍。」

從嘉柏瑞進門到現在，第一次看到莫拉眼中出現笑意。「她叫什麼名字呢？」

「目前，她還是叫做『女寶寶・瑞卓利—狄恩』。」

「我希望那很快就會改變。」

「我倒無所謂，我開始喜歡那些音節聽起來的感覺。」有位女性死者躺在面前時，還討論這些開心的細節，似乎有點不敬。嘉柏瑞想到自己新生的女兒吸進人生第一口空氣、模糊地看見第一眼世界的時刻，歐蓮娜的軀體卻開始冰冷。

「我今天下午會去醫院探望珍。」莫拉說道。「她會不會已經受不了太多訪客了？」

「相信我，妳是真正受歡迎的訪客之一。」

「柯薩克警官去過了嗎？」

嘉柏瑞嘆口氣。「帶了氣球來，最棒的文斯伯伯。」

「別損他，說不定他會自願當臨時保母。」

「那可真是寶寶最需要的：有個人來教她大聲打飽嗝的藝術。」

莫拉笑了。「柯薩克是個好人，真的。」

「只有一點不好：他愛著我老婆。」

莫拉放下手上的刀子，看著嘉柏瑞。「那麼，他就會希望珍過得幸福，他也會看得到你們幸福的樣子。」莫拉再拿起手術刀說：「你和珍帶給我們其他人很多希望。」

嘉柏瑞心想：我們其他人，指的是世界上所有的寂寞人群，不久之前，他自己也是其中一員。

嘉柏瑞看著莫拉切斷冠狀動脈，捧著死者心臟的雙手極其冷靜，用解剖刀切開心室，攤開來檢查。莫拉慣於將死者心臟剖開來檢查、測量與秤重，然而，對於她自己的心，卻似乎總是緊密地鎖將起來。

嘉柏瑞的視線落在死者臉上，他們只知道女子名叫歐蓮娜。嘉柏瑞心想：幾個小時前，我還和她說過話，當時這對眼睛還看得見我，現在，這雙眼睛已然無神，角膜混濁而呆滯。血跡已經沖洗乾淨，子彈造成的傷口是一個粉紅色的洞，打在左邊太陽穴上。

「這看起來像處決式傷口。」嘉柏瑞說道。

「左側脅腹上還有其他傷口。」莫拉指著燈箱。「你可以從X光片上看到兩顆子彈，在脊椎上。」

嘉柏瑞低頭看著死者臉部。「但這個傷口是致命傷。」

「攻堅小組顯然不願冒任何風險，對喬瑟夫・洛克也是槍擊頭部。」

「妳已經完成喬的解剖？」

「布里斯托醫師一個小時前完成的。」

「為什麼要處決他們？他們當時已經昏迷，我們所有人都昏迷了。」

莫拉從砧板上那團黏糊糊的肺臟上抬起頭來。「他們身上可能綁了引爆裝置。」

「現場沒有炸藥，這些人不是恐怖份子。」

「搜救小組不會知道這一點，而且，他們可能也顧慮到所使用的芬太奴瓦斯。你知道在莫斯科戲院包圍事件有使用一種芬太奴衍生物嗎？」

「知道。」

「在莫斯科，那種衍生物造成一些民眾死亡。而攻堅小組施用類似物質在懷有身孕的人質身上，他們不能讓胎兒接觸這種瓦斯太久，所以攻堅行動必須快速而乾淨。這是他們的說法。」

「所以，攻堅小組宣稱這種致命攻擊是必要的。」

「他們是這樣告訴斯提爾曼副隊長的，波士頓警局沒有參與攻堅行動的計畫或處決過程。」

嘉柏瑞轉身去看燈箱上的X光片，問道：「這些片子是歐蓮娜的？」

「對。」

嘉柏瑞走上前仔細看，頭骨上有一個亮點，碎片佈滿整個顱腔。

「全都是顱腔內跳射。」

「這邊這個C形不透明點是什麼？」

「那是卡在頭皮與頭骨之間的碎片，子彈打到骨頭時剝落下來的一小片鉛塊。」

「我們知道是哪一名攻堅小組成員朝他們頭部開槍的嗎？」

「就算是黑德也沒有他們的名單，我們的犯罪現場偵查小組到現場處理的時候，攻堅小組可能已經在飛回華盛頓的路上，鞭長莫及。他們離開的時候，帶走所有東西，包括武器和彈殼證據。他們甚至連喬瑟夫・洛克的背包也帶走，只留下屍體給我們。」

「這就是現在世界運作的方式，莫拉，五角大廈可以派出突擊隊員進入美國任何城市。」

「我要告訴你一件事。」莫拉放下解剖刀，看著嘉柏瑞。「這件事把我嚇壞了。」

對講機響起，莫拉抬起頭聽到秘書的聲音傳來：「艾爾思醫師，巴桑提探員又打電話來，他要跟妳說話。」

「妳跟他說了什麼？」

「什麼都沒說。」

「很好。就跟他說我會回電。」莫拉停了一下，又說：「如果我有時間就會回。」

「他的口氣越來越粗魯了，妳知道嗎？」

「那妳就不用對他客氣。」莫拉看著吉間。「在干擾再次出現之前，我們繼續處理完吧。」

莫拉深入腹腔，開始切除腹部器官，取出胃、肝臟、胰臟以及無止無盡的小腸。她縱向切開胃部，裡面沒有任何食物，只有微綠的胃液滴入盆中。「肝臟、脾臟、胰臟均正常。」莫拉說明道。嘉柏瑞看著那些發出惡臭的內臟堆在盆裡，不舒服地想到自己肚子裡面也裝著這些油油亮亮的器官。低頭看著歐蓮娜的臉龐，他心想：切開皮膚之後，就算是最美麗的女人，也與他人無異——只是一堆器官包裹在肌肉、骨骼形成的空腔之中。

「好了。」莫拉說道，因爲探進腹腔更深處，而使得聲音模糊。「我可以看出來其他子彈行進的路線，子彈向上卡在脊椎，導致腹膜後出血。」腹腔裡的器官幾乎已經全數取出，莫拉眼前所檢視的軀體幾近空殼。「你可以換上腹腔及胸腔的片子嗎？好讓我確認另外兩顆子彈的位置。」

吉間走到燈箱前，取下頭骨的片子，夾上新的一組X光片。心臟與肺臟的灰白影像包圍在肋骨骨架之間，深色的氣囊像碰碰車一樣排列在腸道內。相較於器官如同薄霧一般的影像，子彈就像明亮的碎片一樣引人目光，卡在腰椎脊柱上。

嘉柏瑞看著片子好一會兒，目光突然變窄，因爲他想起喬告訴他的事情。「片子上沒照到手臂。」他說。

「除非有明顯傷口，我們一般不會拍四肢的X光片。」吉間說道。

「也許你該拍一下。」

莫拉抬起眼。「爲什麼？」

嘉柏瑞走回解剖檯，檢查死者左臂。「看看這個疤，妳覺得是什麼疤？」

莫拉繞到屍體左側檢查手臂。「我看到了，就在手肘上方，已經完全癒合，也摸不到任何硬塊。」她抬頭看著嘉柏瑞。「這有什麼？」

「是喬告訴我的事情，我知道聽起來會不太正常。」

「什麼事？」

「他聲稱歐蓮娜的手臂被人植入微晶片，就在這層皮膚下，用來追蹤歐蓮娜的所在位置。」有一段時間，莫拉只是瞪著嘉柏瑞，然後突然笑了。「這並不是非常有創意的妄想內容。」

「我知道，我知道這聽來很可笑。」

「『政府在人民體內植入微晶片』是很經典的陰謀論。」

嘉柏瑞再度轉身去看X光片。「妳認爲巴桑提這麼急著要取得這些屍體的原因是什麼？他以爲妳會發現什麼東西呢？」

莫拉沉默了一會兒，注視著歐蓮娜的手臂。

吉間說：「我可以立刻拍一張手臂的X光片，只要花幾分鐘的時間。」

莫拉嘆著氣脫掉已經髒污了的手套。「這很可能是在浪費時間，但我們也最好立刻解決這個問題。」

在隔著鉛板保護的等待室中，莫拉和嘉柏瑞透過窗戶看著吉間把歐蓮娜的手臂放在軟片盒上，然後調好拍攝角度。嘉柏瑞心想：莫拉是對的，這可能只是在浪費時間。但是，他必須弄清楚恐懼與偏執的分界線，分辨眞實與妄想。嘉柏瑞看到莫拉抬眼看著牆上的鐘，知道她急著想繼續解剖，驗屍最重要的部分——頭部切除——還沒完成。

吉間拿起軟片盒，進入暗房洗片。

「好，他拍完了，我們回去工作吧。」莫拉戴上新的手套，走回解剖檯。她站在屍體頭部的位置，用手梳開糾結的黑髮，對頭顱進行觸診，然後，很有效率地劃下一刀，沿著頭頂橫切開整片頭皮。嘉柏瑞幾乎無法承受看到歐蓮娜的美麗受到損毀，一張臉不過就是皮膚加上肌肉以及軟骨組織，很容易屈服於法醫的解剖刀之下。莫拉抓起頭皮切開的邊緣往前剝開，長長的頭髮就像黑色窗簾一樣覆蓋在臉上。

吉間從暗房中走出來。「艾爾思醫師？」

「X光片好了？」

「對，而且上面有東西。」

莫拉抬起眼睛。「什麼？」

「在皮膚下。」吉間把X光片夾到燈箱上。「妳可以看到這個東西。」他指著片子說。

莫拉走到X光片前，沉默地研究那塊埋在軟組織下的白色薄片，自然界中沒有東西會呈現那麼直、那麼均勻的形狀。

「是人造的。」嘉柏瑞說。「妳認爲……」

「那不是微晶片。」莫拉說。

「確實有東西在那裡。」

「那不是金屬，密度不夠。」

「我們看到的是什麼東西？」

「讓我們來查清楚。」莫拉轉身向著屍體，拿起解剖刀，翻轉屍體的左臂，露出疤痕。莫拉劃下的切口令人意外地明快而深入，一刀劃過皮膚及皮下脂肪，直達肌肉層。這名病患永遠不會抱怨傷口醜陋或神經受損，在法醫室裡的解剖檯上所受到的輕侮，對失去感覺的肉體而言，全都沒有意義。

莫拉伸手去拿一把鑷子，從切口伸進去。在她翻弄剛切開的組織時，粗暴的挖探動作讓嘉柏瑞感覺很不舒服，但他不能轉身離開。嘉柏瑞聽見莫拉發出滿意的低呼聲，她拉出鑷子，尖端夾著一根東西，像根發亮的火柴棒。

「我知道這是什麼東西。」莫拉說著，把那個物體放在樣本盤中。「這是矽膠管，只是插入肌肉之後，跑到比較深的位置，被包埋在傷疤組織中。這就是為什麼我從皮膚上摸不到它，要用X光才看得到的原因。」

「這東西是做什麼用的？」

「諾普蘭皮下植入小型避孕器。這個管子裡面含有黃體激素，會隨時間慢慢釋放出來，抑制排卵。」

「避孕用具。」

「沒錯，現在很少看到這種植入型避孕器了，這個產品在美國已經停產。通常一次會植入六根管子，排列成扇形，當初取出其他五根管子的人漏了這一根。」

對講機響起。「艾爾思醫師？」又是露意絲的聲音。「有電話找妳。」

「可以幫我留言嗎？」

「我想妳得接這通電話，是州長辦公室的瓊・安絲黛。」

莫拉立刻抬起頭來，看著嘉柏瑞，這是嘉柏瑞第一次在莫拉的眼中看到閃爍不安的神情。她放下解剖刀，脫掉手套，走過去接聽電話。

「我是艾爾思醫師。」莫拉說道。雖然嘉柏瑞聽不見對方的聲音，但從莫拉的肢體語言可以看得出來這不是一通愉快的來電。「是的，我已經開始解剖，這是我們的管轄範圍，爲什麼聯邦調查局以爲他們可以……」一陣長長的靜默。莫拉轉身面對牆壁，脊椎僵硬。「但是我還沒完成驗屍工作，我正要鋸開頭蓋骨，只要再給我半小時……」又是一陣沉默，然後莫拉冷冷地說：「我知道了。我們會在一個小時內將遺體收拾好，準備運送。」莫拉掛掉電話之後，做一個深呼吸，再轉向吉間。「把她包起來，還有，他們也要喬瑟夫・洛克的遺體。」

「怎麼了？」吉間問道。

「要把遺體送到聯邦調查局的實驗室，他們每件東西都要——包括所有器官及組織樣本，巴桑提探員要負責管收。」

「以前從來沒發生過這種事情。」吉間說道。

莫拉扯掉口罩，伸手到背後解開手術袍，拉掉手術袍之後，一把丟進污衣箱裡。「這是由州長辦公室直接下達的命令。」

23

珍猛然驚醒，每一條肌肉都突然繃緊起來。她張開眼睛看見一片黑暗，聽到樓下街道上傳來過往汽車低沉的轟隆聲，還有一旁熟睡中的嘉柏瑞所發出的均勻呼吸聲。珍心想：我在家裡，我躺在自己的床上，在自己的公寓裡，而且我們一家三口都平安。珍深呼吸一口氣，等待心跳緩和下來，被汗水濕透了的睡衣在她的肌膚上漸漸變涼。她想道：這些惡夢終究會遠離，這些只是當初驚恐尖叫聲的淡淡回音而已。

珍轉向丈夫，尋求他身上熟悉的溫暖以及令人安心的氣味。但就在珍想要環抱嘉柏瑞腰部的時候，聽到隔壁房間傳來寶寶的哭聲。珍心想：哦，拜託不要！我三個小時前才餵過妳。再給我二十分鐘，再十分鐘也好，讓我再躺一會兒，讓我趕走那些惡夢。

但哭聲仍然持續著，越來越響，每一聲號哭都越來越引人關注。

珍起身，摸黑走出黑漆漆的臥房，順手把房門帶上以免吵醒嘉柏瑞。她點亮育嬰室的燈，低頭看著漲紅臉大叫的女兒。珍想道：才三天大，妳就把我累壞了。她把寶寶從嬰兒床上抱起來，立刻感覺到小嘴巴貪心地湊上她的乳房。珍坐上搖椅的時候，寶寶粉紅色的牙床像老虎鉗一樣緊緊咬住珍的乳頭。然而，吃奶只能讓寶寶暫時滿足，過不久，寶寶又不安起來，不管珍抱得多緊、不管珍怎麼搖晃她，寶寶就是不肯安靜下來。我什麼地方做錯了？珍低頭看著寶寶，沮喪地想道。爲什麼我帶孩子這麼笨手笨腳？珍很少覺得自己無法勝任什麼工作，但這個三天大的小嬰兒卻讓她感到完全無助，甚至讓她突然產生一種衝動，想要在凌晨四點鐘打電話給媽媽，尋求一些當母親的智慧。這種母性智慧應該是與生俱來的，但不知道爲什麼珍就是不具備這種本能。珍想著：別哭了，寶寶，拜託妳別再哭了，我好累，只想要躺回床上，但是妳不讓我休息，而我又不知道該怎麼哄妳入睡。

珍從搖椅上站起來，繞著房間走來走去，邊走邊搖寶寶。她想要什麼？爲什麼她還在哭？珍走進廚房，站著輕輕搖晃寶寶，一邊疲倦得快睡著地注視著凌亂的餐桌。她想起當媽媽以前、認識嘉柏瑞以前的生活：下班回家後，她會打開一瓶啤酒，然後把腳蹺上沙發。珍深愛女兒，也深愛丈夫，但她實在累壞了，不知何時才能爬回床上。展開在她眼前的漫漫長夜，像是無止無盡的磨難。

不能再這樣下去！我需要幫忙。

珍打開餐具櫃，看著醫院發送的配方奶水試用瓶。寶寶叫得越來越大聲，珍不知道還能怎麼做。她洩氣地伸手去拿一瓶配方奶水，把奶水倒進奶瓶，放在一壺熱水中加溫。這一切都象徵著她的挫敗，完全無能勝任母親的角色。

珍一將奶瓶放到女兒面前，粉紅色的小嘴唇立刻咬住奶嘴，津津有味地吸將起來。寶寶不再號哭、不再扭動，只發出幸福寶寶的吸吮聲。

哇！一瓶配方奶水的魔力。

珍筋疲力竭地坐進餐桌椅子。看著奶瓶迅速喝空，她心想：我投降了，配方奶水贏了。珍的眼神落在餐桌上的那本《爲寶寶取名字》，書還翻開在L開頭的名字那一頁，珍之前瀏覽著尋找女生用的名字。女兒從醫院回家到現在，還沒有取名字。而現在，珍伸手去拿名字書的時候，突然感到一陣絕望。

妳是誰，寶貝？告訴我妳的名字。

然而，她的女兒沒有透露任何秘密，只是忙著吸乾配方奶水。

蘿拉？蘿芮？蘿芮雅？太溫柔、太甜美了，跟這孩子一點都不搭。她可是有辦法把地獄都給掀翻的。

奶瓶已經半空。

小豬。這倒是個貼切的名字。

珍翻開M開頭的那一頁，視線朦朧地考慮著名單上的每一個名字，然後低頭看看這個兇猛的嬰兒。

梅西？梅瑞？蜜安？都不對。珍翻到下一頁，眼睛已經累得無法對焦。怎麼會這麼難？女兒需要一個名字，挑一個就好啦！珍的視線落在書頁上，然後停住。

蜜拉。

珍全身定住，瞪著那個名字，一股寒意爬上她的脊背。她發現自己把這個名字讀出聲來。

蜜拉。

房裡突然冷了起來，好像有鬼魂從門口飄進來，現在飄浮在她身後。珍忍不住回頭望一眼，然後，全身顫抖著站起來，把已經睡著的女兒放回嬰兒床。但是那種冰冷的恐懼感還沒離開，她留在女兒房內，在搖椅上抱著自己，試著搞清楚自己發抖的原因——爲什麼看到「蜜拉」這個名字會讓她這麼不舒服？寶寶睡著的時候，時間一點一滴地靠近黎明時分，珍就這樣在搖椅上輕輕搖著。

「珍？」

她嚇了一跳，抬頭看見嘉柏瑞站在門口。「怎麼不回床上睡？」他問道。

「我睡不著。」珍搖搖頭。「我不知道自己怎麼了。」

「我想妳是太累了。」嘉柏瑞走進來在她頭上印下一吻。「妳需要回去睡覺。」

「天哪！我眞是不擅長做這個。」

「妳在說什麼？」

「沒有人告訴過我當媽媽是這麼的困難，我甚至沒辦法餵她喝母乳。任何一隻笨貓都曉得該怎麼餵小貓，但我眞是無法可施，她就是一直鬧、一直鬧！」

「她現在看起來睡得很好啊。」

「那是因爲我餵她喝配方奶水，從瓶子裡倒出來的。」珍生氣地哼一聲。「我永遠比不上配方奶水，女兒餓到哭的時候，就開一瓶。該死！有了配方奶水，誰還需要媽咪？」

「哦！珍，妳就爲了這件事情心煩啊？」

「這並不好笑。」

「我沒有在笑。」

「但是你的語氣在說：眞是愚蠢得難以置信。」

「我想妳是累壞了，只是這樣。妳起來幾次了？」

「兩次，不，三次。天哪！我記不清了。」

「妳應該把我踢醒的，我都不知道妳起床。」

「不只是因爲寶寶，還有……」珍停住，然後靜靜地說：「我作了夢。」

嘉柏瑞拉過一張椅子，坐在珍旁邊。「妳說的是什麼夢？」

「相同的夢境一再重複，關於那個晚上在醫院裡發生的事。夢裡面，我知道有可怕的事情發生，但我不能動，不能說話。我感覺得到臉上有血，我嚐到血的味道。而我好害怕……」珍喘了一口氣。「我好害怕那是你的血。」

「才過了三天，珍，妳的心理狀態還在處理所經歷的事情。」

「我只想要忘記那些事。」

「妳需要時間才能擺脫那些惡夢。」嘉柏瑞靜靜地說：「我們都一樣。」

珍抬頭看他疲憊的眼睛和還沒刮鬍子的臉龐。「你也作了惡夢？」

他點點頭。「就像餘震一樣。」

「你都沒告訴我。」

「如果我們都沒作惡夢，那才奇怪。」

「你都夢見什麼？」

「妳、寶寶……」嘉柏瑞住口，移開視線。「還有一些我真的不想討論的事情。」

他倆沉默了好一會兒，沒人開口說話。幾呎之外，他們的女兒安詳地沉睡在嬰兒床上，她是這家人中唯一不受惡夢所苦的成員。珍心想：這就是「愛」對你造成的影響，愛會使你變得恐懼，而不是讓你變勇敢。愛使得整個世界都像擁有兇猛爪牙，隨時可能撕裂你的生活。

嘉柏瑞伸出雙手，握住珍的手。「走吧，親愛的。」他輕聲說道：「我們再去睡一下。」

他們關掉育嬰室的燈，悄聲步入臥室的暗影中。在冰涼的被單之下，嘉柏瑞擁著珍。窗外的黑夜轉變成灰白，清晨時分的聲響傳入耳中。對一個在都市中成長的女孩來說，垃圾車的喧嘩聲、汽車廣播的嚣鬧聲都像催眠曲一樣熟悉。整個波士頓喧鬧清醒之際，珍終於入睡。

珍是聽到歌聲才醒過來的，她一度以為自己身在另一個夢中，一個快樂得多的夢境，連結到許久以前的兒時記憶。她睜開雙眼，看見陽光從窗簾中透出來。時間已經是下午兩點，而嘉柏瑞已經不在床上。

珍翻身下床，光著腳走到廚房，呆住後眨眨眼，意外地看著她媽媽——安琪拉坐在早餐桌旁，懷裡抱著嬰兒。安琪拉抬起頭來，看著睡眼惺忪的女兒。

「已經兩瓶了，這孩子眞能吃。」

「媽，妳在這裡！」

「我吵醒妳了嗎？對不起。」

「妳什麼時候來的？」

「幾小時前。嘉柏瑞說妳需要好好睡一覺。」

珍困惑地笑了。「他打電話給妳？」

「要不然他應該打給誰呢？妳還有其他的媽媽嗎？」

「不，我只是……」珍坐進一張椅子，揉著眼睛。「我還沒完全清醒。嘉柏瑞呢？」

「他剛離開不久，接到一通摩爾警官的電話，就急忙出門了。」

「電話裡說什麼？」

「我不知道，警察的業務吧。這裡有剛泡好的咖啡，還有，妳該洗頭了，看起來像個原始人似的。妳上一餐是什麼時候吃的啊？」

「晚餐吧，我猜。嘉柏瑞帶了些中國菜回來。」

「中國菜？那飽不了太久。弄點早餐吃，喝幾杯咖啡。這裡每件事情我都照料好了。」

對啊，媽咪，妳總是能照料好所有事情。

珍沒有從椅子上站起來，反倒是坐了一會兒，她看著安琪拉抱著睜大眼睛的孫女兒，看著寶寶伸出手去摸安琪拉微笑的臉龐。

「媽，妳是怎麼辦到的？」珍問道。

「就只是餵她、唱歌給她聽，她就是喜歡人們注意她。」

「不，我指的是：妳怎麼養大我們三個的？我從來不了解那有多麼辛苦，在五年內生了三個小孩。」珍又笑著加一句：「尤其我們之中有一個是法蘭基。」

「哈！妳哥哥並不是難帶的那一個，妳才是。」

「我？」

「隨時都在哭，每三個小時醒來一次，在妳身上，沒有所謂『睡得像寶寶一樣安詳』這種事。法蘭基還穿著尿布到處爬來爬去，而我整晚不能睡，抱著妳走來走去，妳爸爸一點忙都沒幫。妳算幸運的，嘉柏瑞至少做好自己該做的事情。但妳爸爸呢？」安琪拉哼了一聲。「說尿布的味道讓他想吐，所以他不願意換尿布。我沒得選擇，他每天早上就逃去上班，放我一個人帶你們兩個，米奇還在肚子裡。法蘭基用小手到處探險，而妳哭得呼天搶地。」

「為什麼我一直哭？」

「有些寶寶天生喜歡哭叫，拒絕受到冷落。」

珍看著寶寶想道：好啦，這解釋了緣由，我得到報應了，我給自己生了個女兒。

「那妳是怎麼應付過來的？」珍又問：「因為我一直搞不定這孩子，我不知道自己在做什麼。」

「妳應該做我當初做的事，每當我覺得自己快要發瘋、再也無法忍受被困在房子裡一分一秒的時候會做的事。」

「妳會做什麼事？」

「我會拿起電話，打給我媽媽。」安琪拉抬頭看珍。「妳就打電話給我，小珍。這是我存在的功能，上帝把母親放在地球上是有其目的的。」安琪拉低頭看看懷裡的寶寶。「我可不是在說：妳得依靠一整個村子的人才能養得了小孩。但有個祖母在，絕對是有幫助的。」

珍看著安琪拉對著嬰兒嘰咕嘰咕，心裡想著：哦！媽媽，我從來不知道自己還是如此需要妳，我們對於媽媽的需要會有停止的一天嗎？

珍眨掉眼淚，站起身迅速走到檯子邊倒杯咖啡。一邊啜著咖啡，一邊拱起背部，伸展僵硬的肌肉。這三天來頭一次，珍覺得自己有休息到，整個人幾乎恢復到原本活力充沛的樣子，只不過所有事情都已改變。她心想：現在，我是個媽媽了。

「妳是天底下最漂亮的小東西，對不對，蕾吉娜？」

珍看向母親。「我們還沒選好名字。」

「妳得有個稱呼來叫她，爲什麼不用妳祖母的名字就好了呢？」

「名字必須讓我覺得很配，妳知道嗎？如果她這一輩子都得和這個名字綁在一起，我希望名字和她很搭配。」

「蕾吉娜是個美麗的名字，意思是『像女王一樣』，妳知道的。」

「我不想再加強她稱王的念頭了。」

「好吧，那妳要叫她什麼名字？」

珍看到那本《為寶寶取名字》，又給自己倒了一杯咖啡，邊翻看那本書，心裡開始有點絕望。珍心想：如果我不快點決定，寶寶的名字就會是蕾吉娜。

尤蘭絲、依思特、若麗娜。書快翻完了。

我的天，相較之下，蕾吉娜越看越不錯。女王般的寶寶。

珍把書放下，皺著眉頭好一會兒，又再拿起書翻到M的那一頁，看著昨晚吸引住她目光的那個名字。

蜜拉。

再一次，珍感覺有股涼風吹上她的脊背。珍心想：我知道我以前聽過這個名字，為什麼這個名字會讓我脊背發涼？我一定要回想起來，這很重要……

電話鈴聲響起，嚇了珍一跳，手上的書啪地一聲掉在地上。

安琪拉疑惑地看著珍。「妳要接電話嗎？」

珍喘一口氣之後拿起電話筒，是嘉柏瑞打來的。

「希望我沒有吵醒妳。」

「沒有，我正在和媽媽喝咖啡。」

「我打電話請她過來，妳覺得好不好？」

珍看向安琪拉，她剛好把寶寶抱進房間換尿布。「我有沒有告訴過你：你真是個天才！」

「我想，以後我該常常請媽媽來。」

「我整整睡了八個小時，真不敢相信睡得飽會有這麼大的差別，我的頭腦又可以正常運作了。」

「那也許妳可以來處理這件事情。」

「什麼事？」

「摩爾剛剛有打電話給我。」

「對啊，我聽媽媽說了。」

「我們現在在波士頓警察總部，珍，警方用子彈辨識整合系統查到一筆相符的資料，彈殼上的撞針印痕與菸酒槍械管制局資料庫裡的一筆檔案資料相符。」

「現在講的是哪一個彈殼？」

「歐蓮娜病房裡的那個，她射殺了警衛之後，現場發現一個彈殼。」

「歐蓮娜射殺那個警衛用的是死者自己的槍。」

「而我們現在發現：那把槍以前就有犯罪紀錄。」

「哪裡？什麼時候？」

「一月三日，在維吉尼亞州的艾胥伯恩，有多人被槍擊身亡。」

珍站著緊握話筒，緊壓得她從耳朵裡都聽得見自己的心跳聲。艾胥伯恩，喬想告訴我們發生在艾胥伯恩的事情。

安琪拉抱著寶寶走回廚房，寶寶的黑髮蓬鬆得像頂絨毛王冠。蕾吉娜，女王寶寶，這個名字突然顯得很搭調。

「我們對那起槍擊事件了解多少？」珍問道。

「摩爾拿到檔案了。」

珍看向安琪拉。「媽，我需要離開一下，可以嗎？」

「妳去吧，我們在這裡很開心呢！對不對啊，蕾吉娜？」安琪拉彎下身去磨磨寶寶的小鼻子。「而且，等一下我們就要去洗澎澎了。」

珍對嘉柏瑞說：「給我二十分鐘，我馬上就到。」

「不，我們改約別的地方。」

「爲什麼？」

「我們不想在這裡討論這件事。」

「嘉柏瑞，現在到底是什麼情況？」

電話那頭一陣安靜，珍聽見背景有摩爾微弱的聲音，然後嘉柏瑞又回來講電話。

「我們在道爾餐廳碰頭。」

24

珍沒浪費時間洗澡，只是套上從衣櫥裡抓到的第一件衣服——寬鬆的孕婦裝長褲，加上一件警局同事們送她的圓領衫，上面印著「警察媽咪」字樣。她在車裡吃了兩片抹了奶油的吐司，開車到鄰近的牙買加區。嘉柏瑞講的最後那幾句話讓珍很緊張，她發現自己在停紅綠燈的時候會檢查後視鏡，暗中記住後面跟著的車輛。她是不是在四條街之前就看過那輛綠色轎車？還有，那輛白色的廂型車是不是停在她的公寓對街的那輛？

道爾餐廳是波士頓警察最愛去的地方，晚上的吧檯邊總是坐滿下班的員警。但是，下午三點只有一個女人坐在櫃檯邊喝著一杯白酒，頭頂上的電視機播放著ESPN運動頻道。珍直接走過吧檯，到裡面的用餐區，牆壁上裝飾著愛爾蘭裔的紀念品。還有許多年代久遠的剪報，剪報內容包括：前總統甘迺迪、已故前美國眾院議長歐尼爾，以及介紹波士頓最佳景點等等；一個雅座的牆面上所懸掛的愛爾蘭國旗也已經沾染上尼古丁的焦黃。在午餐與晚餐之間的冷清時段，只有兩個雅座上有顧客。其中一張坐著一對中年男女，顯然是觀光客，兩人之間的桌面上攤著波士頓地圖。珍經過這對男女，走到角落的雅座，摩爾和嘉柏瑞在那裡等她。

珍坐進嘉柏瑞旁邊的座位，看著桌上的資料夾。「你們要給我看什麼？」

摩爾沒有回答，而是抬起頭、帶著微笑看著走過來的女服務生。

「嘿！瑞卓利警官，身材又變瘦了唷！」女服務生說。

「沒像我以前那麼瘦。」

「聽說妳生了個女兒。」

「她吵得我們整晚沒睡，這也許是我唯一可以安靜吃飯的機會。」女服務生笑著拿出點菜單。「那就讓我們來餵飽妳吧。」

「其實，我只想要來杯咖啡，和你們的蘋果派。」

「選得好。」女服務生看著兩位男士。「你們兩位要點什麼呢？」

「咖啡多上點就好。」摩爾說道。「我們就只是要坐在這裡看她吃。」

咖啡續杯的時候，他們都沒有說話，等到女服務生上完蘋果派走遠之後，摩爾才把資料夾推到珍的面前。

裡面是一疊數位相片，珍立刻認出這些是顯微照片，是一顆發射過的彈殼，顯示其經過撞針撞擊雷管，以及向後彈出、摩擦後膛所形成的紋路。

「這是醫院槍擊案的彈殼？」珍問道。

摩爾點點頭。「這個彈殼來自那個無名男子帶進歐蓮娜病房、後來被歐蓮娜用來射殺男子的手槍。彈道組拿去子彈辨識整合系統比對，在菸酒槍械管制局資料庫裡找到一筆相符的資料，是維吉尼亞州艾胥伯恩的一起多人被槍擊身亡案件。」

珍接著看另一組照片，也是彈殼的顯微相片。「這兩個相符？」

「相通的撞針印痕，在兩個不同的命案現場所發現的兩顆不同的彈殼，都是由同一把手槍擊發出來的。」

「而現在槍在我們手上。」

「老實說，沒有。」

珍看著摩爾。「手槍應該在歐蓮娜身上，她是最後一個持有它的人。」

「手槍不在攻堅現場。」

「但我們檢查過現場，對吧？」

「現場沒有遺留任何武器，聯邦攻堅小組離開時，沒收了所有的彈道證據。他們帶走了武器、喬的背包，甚至是所有的彈殼。波士頓警局抵達現場的時候，全都沒有了。」

「他們清空了命案現場？波士頓警局要怎麼處理這件事？」

摩爾說：「顯然我們什麼都不能做，聯邦政府說這是國家安全事務，他們不希望走漏任何資訊。」

「他們不信任波士頓警局？」

「誰也不信任誰，我們不是唯一被排除在外的單位。巴桑提探員也想要那個彈道證據，而且，巴桑提發現彈殼被特殊作戰小組帶走的時候，也相當不高興。整件事變成聯邦機構對抗聯邦機構，波士頓警局只是在一旁看著兩隻大象惡鬥的小老鼠。」

珍的視線落回顯微照片上。「你說相符的彈殼來自艾胥伯恩的命案現場，而就在攻堅行動之前，喬瑟夫．洛克試著要告訴我們一件發生在艾胥伯恩的事情。」

「洛克先生要說的很可能就是這起事件。」摩爾伸手進去公事包，拿出另一個資料夾。「我今天早上收到的，從里斯伯格警局寄來。艾胥伯恩只是個小鎮，案件是由里斯伯格警局處理。」

「這些是看了會讓人不舒服的畫面，珍。」嘉柏瑞說。

珍沒想到嘉柏瑞會有這樣的警告，他們一起看過解剖室裡各種糟糕的景象，珍從沒見他退縮過。她心想：如果這個案子連嘉柏瑞都覺得恐怖，那我眞的要看嗎？珍不給自己時間考慮，直接翻開資料夾，面對第一張命案現場照片。還不算太糟，比這更糟的都看過，珍心裡想道。一名纖細的褐髮女性面朝下地倒臥在樓梯上，彷彿是從樓梯頂端往下游。死者的血液從上往下流成一條河，在樓梯底部形成一潭池塘。

「這是無名女屍一號。」摩爾說。

「你沒有她的身分資料？」

「我們沒有屋內任何受害者的身分資料。」

珍翻開下一張照片，這次是個金髮的年輕女性，躺在帆布床上，毯子拉到頸部，手還緊抓著毯子，彷彿以為毯子足以保護她。一道血跡從額頭上的彈孔流下來。明快的殺人手法，一顆子彈展現出驚人的效率。

「那是無名女子二號。」摩爾說道。看著珍不安的眼神，他又說：「還有其他的。」

珍聽出摩爾語氣中所帶的警告，再一次，她緊張地翻開下一張照片。珍注視著第三張命案現場照片，心裡想道：越來越糟糕，但我還可以應付。這張照片是從衣櫃門往裡拍攝血濺四處的衣櫃內部，兩名年輕女性衣衫單薄，垂著頭坐著，手臂環繞對方，兩人長髮互相糾結，被發現時應該是緊緊相擁的。

「無名女子三號及四號。」摩爾說。

「這些女子的身分都查不出來？」

「任何資料庫中都沒有她們的指紋檔案。」

「這裡有四個妙齡女子，沒有人通報失蹤人口？」

摩爾搖頭。「她們的特徵都不符合全國犯罪情報中心失蹤人口名單中的人。」他看著衣櫃中的兩名受害者說：「出現在子彈辨識整合系統的彈殼就是在衣櫃中發現的，殺害這兩名女子的手槍就是那名警衛帶到歐蓮娜病房裡的那一把。」

「這房子裡其他的受害者呢？也是同一把槍？」

「不，是不同的槍。」

「兩把槍？兩個兇手？」

「沒錯。」

到目前爲止，這些照片還沒有眞的讓珍感到不舒服。珍不慌不忙地伸手去拿最後一張照片，無名女子五號的照片。這一次，珍看到的景象令她震驚得向後一彈，靠到椅背上。珍只能看著死者臉上所呈現的極度痛苦表情，這個女人比較老、比較胖，大約四十幾歲，身體被白色繩索綁在椅子上。

「這是第五名受害者，也是最後一名。」摩爾說：「其他四人都是迅速了結，頭部一槍，就解決了。」摩爾看著打開的資料夾。「這一個最後也是頭部中彈，但要等到……」摩爾稍微停頓。「但要等到兇手那樣對待她之後。」

「她……」珍嚥一口口水。「她撐了多久才死？」

「法醫從她手部及腕部的骨折數量，以及所有骨頭都已粉碎的事實研判，至少受到四十至五十下的鐵鎚重擊。鎚頭並不大，每敲一下只會壓碎一小塊區域，然而，沒有任何一根骨頭或手指躲過敲擊。」

珍突然闔上資料夾，無法再忍受那個景象。然而傷害已經造成，留下難以抹滅的記憶。

「攻擊者至少在兩名以上。」摩爾說：「死者被綁在椅子上時，要有人使她不得動彈。後來她受到那種折磨的時候，也必須有人把她的手腕壓在桌子上。」

「一定會有尖叫聲。」珍咕噥道，抬頭看著摩爾。「爲什麼沒有人聽到她尖叫？」

「那房子坐落在私人的泥土路上，和鄰居之間有不小的距離。而且請注意：那個時候是一月。」

人們會將門窗緊閉的季節。受害者一定知道沒有人會聽見自己的哭喊，沒有人會來救她，她最大的希望就是兇手仁慈地賞她一顆子彈。

「兇手想從她身上獲得什麼？」

「我們不知道。」

「做出這種事情一定有原因，和她知道的某件事情有關。」

「我們連她是誰都不清楚，五個無名女子，沒有人符合任何失蹤人口的特徵。」

「我們怎麼會對她們完全不了解？」珍看著丈夫。

嘉柏瑞搖搖頭。「她們是幽靈人口，珍。沒有姓名，沒有身分。」

「那幢房子呢？」

「當時是出租給一個名叫瑪格莉特・費雪的女人。」

「那是誰？」

「根本沒有這個女人，是虛構的假名。」

「要命，這相當棘手。沒有名字的受害者，不存在的租屋人。」

「但我們知道那幢房子的主人是誰。」嘉柏瑞說：「是一家KTE投資公司。」

「那有特殊意義嗎？」

「有，里斯伯格警局花了一個月的時間才查到：KTE是白冷翠公司的地下子公司。」珍的頸背上彷彿又有冰涼的手指頭爬上來。「又是喬瑟夫．洛克。」珍低聲說：「他提過白冷翠，提過艾胥伯恩。有沒有可能：喬其實根本不是瘋子？」

女服務生端著咖啡壺過來的時候，他們全都沉默下來。「妳不喜歡這份蘋果派嗎，警官？」女服務生注意到珍幾乎沒動過的甜點。

「哦，派很棒，只是我沒有自己想像中的餓。」

「對啊，大家看來都沒什麼胃口。」女服務生說道，伸長手去斟滿嘉柏瑞的咖啡杯。「今天下午坐在這兒的都是喝咖啡的人。」

嘉柏瑞抬頭看她。「還有誰？」他問道。

「哦，坐在隔壁的那個人。」女服務生發現那人坐的雅座突然空了，聳聳肩說：「想來他不喜歡我們的咖啡。」說完就走開了。

「好了，各位。」珍靜靜地說：「我開始覺得很不對勁了。」

摩爾迅速拿起那些資料夾，裝進大信封裡。「我們該離開了。」他說。

三人走出道爾餐廳，暴露在下午的熱浪之中。在停車場上，他們站在摩爾的車子旁邊，掃視街道以及附近的車輛。珍心想：我們這裡有兩個警察和一個聯邦探員，但三個人卻全都提心吊膽、緊張地回頭觀望附近區域。

「現在是什麼狀況？」珍問道。

「就波士頓警局的立場而言，他們不插手這件事。」摩爾說：「我奉命不得去捅這個馬蜂窩。」

「那麼，這些資料夾呢？」珍看著摩爾手上拿的信封。

「理論上，我不應該拿到這些資料的。」

「好，我還在休產假，沒有人對我下任何命令。」珍從摩爾手中拿走信封。

「珍。」嘉柏瑞說。

珍轉向自己的速霸陸汽車。「我們回家見。」

「珍。」

她坐進駕駛座的時候，嘉柏瑞打開副座的車門，坐在她身旁。「妳不知道自己會陷入什麼狀況。」他說。

「那你知道嗎？」

「妳看到他們是怎麼對待那女人的手了，我們要面對的就是這種人。」

珍看向車窗外，看到摩爾上車開走。「我以爲一切已經結束。」她輕聲說道。「我本來以爲：好，我們逃過一劫，好好地繼續生活吧。但是，一切並沒有結束。」珍看著嘉柏瑞。「我需要知道這件事情發生的原因，我必須知道這件事情的意義。」

「讓我來做挖掘的工作，我會盡全力去調查。」

「那我要做什麼？」

「妳才剛剛出院。」

珍插進車鑰匙，發動引擎，使得冷氣口噴出一陣熱風。「我沒有動大手術。」她說：「我只是生了個小孩。」

「這個理由已經夠充分讓妳不要蹚這淌渾水。」

「但這就是困擾我的事情，嘉柏瑞，這件事就是我無法入睡的原因！」珍靠上椅背。「這就是惡夢無法遠離的原因。」

「那需要時間。」

「我沒辦法不去想。」珍再度凝視停車場。「我開始記起更多事情了。」

「什麼事情？」

「撞擊聲、喊叫聲、槍聲，然後有鮮血噴在我臉上……」

「這些是妳告訴過我的夢境。」

「而我一直作著這些夢。」

「當時是有很多噪音和大叫聲，而且，妳臉上眞的有血——歐蓮娜的血。妳會記起這些事情，並不意外。」

「但還有別的，我還沒有告訴過你，因爲我一直試著完整想起來。就在歐蓮娜死前，她想要告訴我一件事。」

「告訴妳什麼事？」

珍看著嘉柏瑞。「她說了一個名字，蜜拉。她說：『蜜拉知道。』」

「那是什麼意思？」

「我不知道。」

嘉柏瑞的視線突然轉向街道，追蹤一輛汽車的行進路線，那輛車慢慢地開過去，轉過街角，然後離開他的視線。

「妳還是回家吧？」嘉柏瑞說。

「我等一會兒就回去。」嘉柏瑞傾身過去吻她。「我愛妳。」他說完之後下車。

「那你呢？」

珍看著他走向停在不遠處的汽車，看著他停下腳步，把手伸進口袋像是在找車鑰匙。珍熟知嘉柏瑞的習性，看得出他肩膀的緊繃，注意到他迅速地掃描停車場一眼。她很少看到嘉柏瑞驚慌失措，而現在，知道他很緊張，讓珍也焦慮起來。嘉柏瑞發動車子，坐在車上看著珍先開走。

等到珍開出停車場，嘉柏瑞才開動車子，跟了她幾條街。他在看有沒有人跟蹤我，珍心想。雖然想不出有誰會跟蹤她，等到嘉柏瑞開往不同方向之後，珍還是不時觀察後照鏡。她到底知道了什麼事情？沒什麼是摩爾或兇殺重案組裡的同事還不知道的，除了那道低語的記憶之外。

蜜拉。蜜拉是誰？

珍回頭看看摩爾給的信封，她剛剛丟在後座上。珍並不想再重新檢視那些命案現場照片，她心想：但是，我必須查清楚這毛骨悚然的事件背後的意義，我必須知道在艾胥伯恩到底發生了什麼事情。

25

莫拉・艾爾思直起身的時候，雙手到手肘上都沾了血。嘉柏瑞站在等待室，透過玻璃隔板看著莫拉伸手進入死者腹腔，拉出一圈圈的小腸，噗地一聲放到盆子裡面。莫拉在這堆腸子裡翻找的時候，嘉柏瑞在她臉上看不到厭惡的神情，有的只是科學家的專注，在尋常事物之中探索細節。終於，莫拉把盆子交給吉間，再次伸手去拿解剖刀的時候，她注意到嘉柏瑞。

「再給我二十分鐘。」她說：「如果你想要的話，你可以進來。」

嘉柏瑞套上鞋套和手術袍以保護自己的衣物，走進解剖室。雖然他試著不看解剖檯上的屍體，但屍體就在他和莫拉之間，不可能視而不見。一個四肢骨瘦如柴的女性，骨盆上的皮膚像薄薄的可麗餅皮一樣，覆蓋在突出的骨骼上。

「有神經性厭食症的病史，被發現死於自家公寓。」莫拉說道，回答嘉柏瑞沒問出口的問題。

「很年輕的女孩子。」

「二十七歲。急救人員說她的冰箱裡只有一顆萵苣和健怡可樂，富饒之地所發生的餓死事件。」莫拉伸手進入腹腔去切開腹膜後間隙。在此同時，吉間移到死者頭部位置，切開頭皮。一如往常，他們工作時只有最少量的對話，彼此完全了解對方的需求，因此話語顯得多餘。

「妳要告訴我什麼事情嗎？」嘉柏瑞問道。

莫拉暫停了一下，手中捧著一顆腎臟，像塊黑色的凝膠。莫拉和吉間不安地對望一眼，緊接著，吉間啓動電鋸，機器的嘈雜聲幾乎蓋過莫拉的回答聲。

「別在這裡談。」莫拉安靜地說：「等一下。」

吉間撬開頭蓋骨。

莫拉彎身取出大腦的時候，用音量正常的開心語調問：「當爸爸的感覺如何啊？」

「超越我所有的想像。」

「你們確定要用蕾吉娜這個名字了嗎？」

「岳母大人說服我們用這個名字了。」

「嗯，我覺得這是個好名字。」莫拉把大腦放入一桶福馬林中。「尊貴的名字。」

「珍已經把它簡化為『荔枝』了。」

「那就沒那麼尊貴了。」

莫拉脫掉手套，看一下吉間，他點點頭。莫拉說：「我需要點新鮮空氣，我們休息一下吧。」

莫拉和嘉柏瑞脫掉身上的手術袍，由莫拉領頭走出解剖室，走到屍體點交區。直到他們離開辦公大樓，站在停車場上，莫拉才開口說話。

「很抱歉剛剛迴避你的問題。」莫拉說道。「我們辦公室發生了安全漏洞，現在，我不太放心在室內談話。」

「發生什麼事？」

「昨夜大約三點的時候，麥德福消防隊從意外事故現場送來一具屍體。正常情況下，屍體點交區的外門會上鎖，他們必須詢問夜間值班人員鑰匙密碼，才能進入。但昨晚他們發現門鎖已經打開，進去之後看到解剖室的電燈是亮著的。他們通知值班人員，然後安全警衛過來查看整幢大樓。闖入者離開時一定很匆忙，因爲我辦公桌的抽屜還是開著的。」

「妳的辦公室？」

莫拉點頭。「還有布里斯托醫師的電腦也被打開，他每天晚上離開時一定會關機。」她停了一下。「被打開的檔案是喬瑟夫・洛克的驗屍報告。」

「辦公室裡有遺失任何東西嗎？」

「目前檢查是沒有，但我們現在都不太願意在室內談論敏感話題。有人闖進我們的辦公室，闖進我們的解剖室，而我們不知道那些人要的是什麼。」

難怪莫拉拒絕在電話中討論這件事，即使冷靜如莫拉，現在也是提心吊膽。

「我不是個陰謀論者。」莫拉說：「但你看看發生過的每件事情：我們失去兩具屍體的法定管轄權，彈道證據被華盛頓沒收。現在是誰在發號施令？」

嘉柏瑞注視著停車場，熱氣蒸騰，像在路面上閃耀的水光。「相當高層。」他說：「一定是。」

「那表示我們不能碰。」

嘉柏瑞看著她。「但那並不表示我們不會試著去碰碰看。」

珍在黑暗中醒來，夢中最後的低語仍在耳中回響。又是歐蓮娜的聲音，從陰陽交界之處對珍悄聲說話。妳爲什麼不斷折磨我？告訴我妳想要什麼，歐蓮娜，告訴我誰是蜜拉。

然而，低語變爲靜默，珍聽到的只有嘉柏瑞的呼吸聲。接著，一陣子之後，聽到女兒憤怒的號哭聲。珍爬下床，讓丈夫繼續睡。反正她已經完全醒過來，被夢中的回音所糾纏。

寶寶掙脫了嬰兒毯子，揮舞著粉紅色的小拳頭，像是在挑釁媽媽來打一架。「蕾吉娜，蕾吉娜。」珍嘆道，把女兒抱出嬰兒床，突然察覺到這個名字唸起來已經很自然。這女孩眞的生來就該叫做蕾吉娜，只是珍需要花時間去明白這個眞理，珍需要花時間，才能不再頑固地抗拒那些安琪拉一直都明白的事情。珍經常不願意承認：安琪拉在很多事情上頭都是對的，像是：寶寶的名字、配方奶水是救星，以及需要的時候要尋求協助。最後一項最讓珍頭大：承認自己需要協助，承認自己不知道自己在做什麼。珍可以處理殺人犯，可以追捕大怪獸，但是要求她安撫懷中正在尖叫的寶寶，就像是要她去拆除核子彈一樣困難。珍環顧育嬰室四周，淡淡渴望著能看到童話中的神仙教母躲在角落，正準備揮動魔杖，讓蕾吉娜停止哭泣。

這裡沒有神仙教母，只有我。

蕾吉娜只在右乳吃了五分鐘，左乳也吃五分鐘，然後就是奶瓶時間。珍抱著蕾吉娜走進廚房時，心裡想：好啦，所以妳媽媽連乳牛的角色都扮演不好，那就把我從牛群裡拖出去一槍解決掉吧。蕾吉娜愉快地吸著奶瓶時，珍放鬆地坐在廚房裡的椅子上，享受這一刻的安寧，不論那是多麼短暫。她低頭看著女兒的黑髮，想著：捲捲地，和我一樣。以前安琪拉曾經一度沮喪地對珍說：「總有一天，妳也會有女兒來整妳。」珍心想：這就是啦，生了這個吵鬧不休、永不滿足的女兒。

此時廚房的鐘顯示：凌晨三點。

珍伸手去拿摩爾警官昨晚開車送來的一疊資料夾。她已經讀完了所有和艾胥伯恩有關的資料，現在她打開一個新的資料夾，發現裡面並不是和艾胥伯恩屠殺案相關的資料，而是波士頓警局對喬瑟夫·洛克座車的檢查報告，喬將那輛車子棄置在離醫院幾個街口外的地方。珍看到資料夾裡面有幾頁摩爾的筆記、車輛內部的照片、自動指紋辨識系統結果，以及數名目擊者的證詞。珍被囚禁在醫院裡的同時，兇殺重案組的同事們也都沒閒著，努力追查所有與挾持人質者相關的蛛絲馬跡。珍心想：我從來都不是孤軍奮戰，我的朋友們在外頭爲我打拚，這些就是證明。

珍看到一名目擊者證詞紀錄下面的警官簽名，驚訝地笑了。老天！連一向和珍不對盤的達倫·克羅都努力拯救她。但也難怪，因爲組裡頭沒有珍的話，克羅就沒有可供羞辱的對象了。

珍翻看汽車內部的照片，看到腳踏墊上有成堆的奶油餅乾包裝紙以及汽水空罐。過多的糖分及咖啡因，可眞是每個精神病患需要的鎮靜劑。後座上有一團毛毯、一個髒髒的枕頭，和一期八卦報《機密檔案週刊》，封面是好萊塢女星梅蘭妮·葛莉芬。珍想像喬躺在後座翻著八卦雜誌，瀏覽名人浪女的最新消息。但是，珍不太能想見那個畫面。喬眞的會關心好萊塢那些瘋子的一舉一動嗎？或許，看看那些人神經兮兮、嗑藥過度的生活，會讓喬覺得自己的人生好過些。在焦慮的時刻裡，《機密檔案週刊》是個無害的慰藉。

珍把波士頓警局整理的檔案放在一旁，然後拿起艾胥伯恩屠殺案的資料夾。再一次，珍看著女子被屠殺的命案現場照片；再一次，她的目光停留在無名女子五號的照片上。突然間，珍無法再忍受那些血跡以及死亡，感覺寒氣森森，於是闔上資料夾。

蕾吉娜睡著了。

珍把寶寶抱回嬰兒床，然後回到自己的床上，但是她無法克制地顫抖著，即使被窩裡有嘉柏瑞的體溫暖著。珍極需睡眠，但卻無法平息腦中的一團混亂，腦袋裡有太多影像不斷浮現。這是珍生平第一次了解「太累而睡不著」這句話的意思。聽說人們如果缺乏睡眠，可能會導致精神異常，說不定她早就超過了缺乏睡眠的門檻，被惡夢和寶寶給逼瘋了。我得要趕走這些夢魘。

嘉柏瑞伸出手臂來環抱著她。「珍？」

「嗨。」她低聲道。

「妳在發抖，會冷嗎？」

「有一點。」

嘉柏瑞把珍抱得更緊些，用自己的體溫裹住她。「蕾吉娜醒了嗎？」

「剛剛有醒來，我已經餵飽她了。」

「該輪到我來做才對。」

「反正我也是醒著。」

「爲什麼？」

珍沒答話。

「又夢見那些事情了，對不對？」嘉柏瑞問道。

「她好像一直糾纏著我、不肯放過我，每個該死的夜晚，她都不讓我好好睡。」

「歐蓮娜已經死了，珍。」

「那麼，就是她的鬼魂在糾纏我。」

「妳不相信有鬼的。」

「我以前不信，但是現在……」

「想法改變了？」

珍轉過身來看著嘉柏瑞，看到他眼中反映出這城市微弱的燈光。我俊美的嘉柏瑞啊！我怎麼會這麼幸運？到底做了什麼好事，竟然得以擁有他？珍撫摸嘉柏瑞的臉龐，指尖輕掃他的鬍碴。還記得結完婚六個月之後，珍還是覺得很不可思議：自己能與這個男人同床共枕。

「我只是希望生活回歸原狀。」珍說：「回到這件事情發生之前。」

嘉柏瑞抱著她靠緊自己，她聞到他溫暖肌膚上肥皀的香味。「也許這些夢境是妳必須歷經的過程，讓妳的心理機制去處理這個事件，走過事件帶來的創傷。」

「或者，我應該爲這整起事件做些什麼。」

「做什麼事？」

「歐蓮娜希望我做的事。」

嘉柏瑞嘆口氣。「妳又談起那個鬼魂。」

「她眞的有告訴我，這不是我想像出來的情節。那不是夢，是我的記憶，是眞實發生過的事情。」珍翻身平躺，注視著上方的暗影。「她說『蜜拉知道』，我記得。」

「蜜拉知道什麼？」

珍看向嘉柏瑞。「我猜她指的是艾胥伯恩的事情。」

26

一搭上飛往華盛頓雷根機場的班機，珍的乳房就已經又痛又脹，身體渴求著只有吸奶嬰兒可以提供的紓解，但是，蕾吉娜不在身邊。女兒今天托給安琪拉幫忙帶，現在這個時刻，這個眞正了解嬰兒需求的祖母應該正忙著逗弄、照顧小孫女吧。注視著機艙窗外，珍想著：寶寶才兩週大，我就已經拋棄她了，我眞是個壞媽媽。然而，當飛機漸漸升高，越來越遠離波士頓市的時候，珍心中湧起的並不是罪惡感，反而是一陣突如其來的輕鬆感，彷彿已經卸下爲人母的重擔，不再有無眠的夜晚以及來回不停的踱步。我到底有什麼毛病？珍不禁疑道：離開自己的孩子竟然覺得這麼放鬆？

壞媽媽。

嘉柏瑞的手掌握住她的手。「一切都好嗎？」

「嗯。」

「別擔心，妳媽媽很會帶蕾吉娜。」

珍點點頭，繼續看著窗外。她要怎麼告訴自己的丈夫說：他的孩子有個糟糕的母親，竟然爲了可以離開家去追捕嫌犯而感到興奮？她要怎麼告訴嘉柏瑞說：她懷念工作的心情強烈到連看見電視上有警察影集都覺得心痛。

在他們座位後面幾排有個嬰兒開始大哭，而珍的乳房便陣陣作痛，因爲充滿乳汁而備感沉重。她心想：我的身體在懲罰我，因爲我把蕾吉娜丟著不管。

下飛機後，珍做的第一件事就是跑進女廁，坐在馬桶上把乳汁擠在一疊面紙上。不知道母牛被擠奶的時候，是不是也因為乳房清空而感到輕鬆快樂？真是浪費，但珍不知道除了把奶擠出來、沖到馬桶裡之外，她還能怎麼辦。

珍走出廁所時，看見嘉柏瑞站在機場報攤前等她。「感覺好多了嗎？」

「哞。」

里斯伯格警局的艾迪．瓦洛警官見到他們的時候，看起來並沒有特別興奮。他年約四十，態度不甚友善，即使嘴角上揚，眼睛裡也沒有笑意。珍看不出來他究竟是因為疲倦，還是單純覺得他倆的造訪很討厭。在握手致意之前，瓦洛要求看他們的證件，而且相當侮辱人地花了很長的時間去檢查，簡直就是預設他們兩人的身分是假造的。檢查完之後，瓦洛才不太情願地和他們握手，帶領他們走進櫃檯。

「今天早上，我和摩爾警官談過。」瓦洛步調從容地領著他們走在長廊時說道。

「我們告訴過他會飛下來見你。」珍說道。

「他說你們兩個沒問題。」瓦洛把手伸進口袋掏出一串鑰匙，然後停下動作，看著他們。「我必須了解你們的背景，所以有去問人，好確定你們了解所有情況。」

「事實上，我們並不了解。」珍說：「我們試著要自己來弄清楚整件事的來龍去脈。」

「是喔？」瓦洛咕噥一聲。「歡迎加入。」他打開房門，帶領他們進入一間小會議室。桌上有一個紙箱，上面標有檔案編號，裡面有一疊資料。瓦洛指著資料說：「你們可以看到我們有這些資料，沒辦法全部複印，我只把當時覺得可以給摩爾看的資料寄給他。這個案子從一開始就很古怪，所以對於會看到這些資料的人，我必須再三確認。」

「聽好，你需要再次確認我的身分證件嗎？」珍說道。「你可以去問我組裡的任何人，他們都知道我的紀錄。」

「不是妳的問題，警官，我對警察沒有意見。但是，對於調查局的人……」瓦洛看著嘉柏瑞。「我被迫得要小心一點，尤其是在發生了這麼多事之後。」

嘉柏瑞立即反應出一種深不可測的冷靜表情，這個表情在當初他與珍初次相遇時，令她一見就倒退兩步。「警官，如果你對我有任何顧慮，我們現在就來處理你的懷疑，解決完再說。」

「你為什麼出現在這裡，狄恩探員？你們的人已經徹底搜查過我們找到的證據。」

「聯邦調查局插手過這個案件？」珍問道。

瓦洛看著珍。「他們要求所有文件的副本，這箱子裡每一張紙都不能少。他們也不信任我們的實驗室，所以帶他們自己的技術人員來檢驗所有的證據。聯邦政府的人員已經看過所有的東西了。」他轉過去看嘉柏瑞。「所以，如果你對這個案子有任何疑問，為什麼不直接問你們局裡的人？」

「相信我，我可以擔保狄恩探員。」珍說：「我們是夫妻。」

「對，摩爾有告訴我。」瓦洛笑著搖搖頭。「調查局的和當警察的，在我看來就像貓跟狗結婚。」他伸手進紙箱。「好，這些是你們要的東西。調查管控檔案、案情報告。」他把資料夾一個一個拿出來放在桌上。「法醫驗屍報告、被害者照片、調查日誌、新聞稿及媒體剪報……」他停住，像是突然想起什麼事情。「我有另一項你們可能會覺得有用的東西。」他說著轉身朝門口走去。「我去拿來。」

一會兒過後，瓦洛拿著一捲錄影帶回來。「我把這個鎖在辦公桌裡。」他說：「聯邦調查局的人翻這個紙箱的時候，我想我應該把這捲帶子放在安全的地方。」他走到櫃子前，轉出一台電視螢幕和錄放影機。「地理位置離華盛頓這麼近，我們偶爾有些案件會……呃，有複雜政治因素考量。」他一邊解開電線，一邊說：「你們知道，民選官員通常行爲不檢。幾年前，有個參議員妻子的賓士車在我們這裡的鄉間小路上翻車，當場死亡。問題是，開車的男人並不是她丈夫；更糟的是，開車的男人在俄國大使館工作。那個案子啊，你們眞該看看聯邦調查局出現的速度有多快！」瓦洛插上電視機的插頭，然後直起身子看著他們。「這次的案件給我似曾相識的感覺。」

「你認爲這個案子牽涉到政治層面？」嘉柏瑞問道。

「你知道眞正擁有那幢房子的是誰嗎？我們花了好幾個星期才查出來。」

「白冷翠公司的子公司。」

「而那個就是複雜的政治因素，他們就像是聖經裡的巨人歌利亞，出現在今天的華盛頓，是白宮的好兄弟，這個國家最大的防禦工事承包商。那天我完全不知道自己會踏入什麼狀況，找到五名被射殺身亡的女性已經夠糟了，後來又加上政治因素、聯邦調查局干預，我他媽的已經準備好得要提早退休了！」瓦洛將錄影帶塞進錄放影機，拿起遙控器按下播放鍵。

電視畫面上出現覆滿雪的樹林影像，天光明亮，陽光在冰上閃耀。

「報案中心大約在上午十點接到報案電話。」瓦洛說道。「男性的聲音，拒絕表明身分，只願意通報在鹿野路上一幢民宅發生事故，警察應該去看看。鹿野路上並沒有太多房子，因此巡邏車很快就找到他所說的民宅。」

「報案電話是在哪裡打的？」

「距離艾胥伯恩約三十五英里的一座公共電話，在電話機上採不到可用的指紋，所以沒辦法確定報案者的身分。」

電視螢幕上現在可以看到六輛車停在屋前，背景裡有交談的人聲，掌鏡者也開始做旁白：「現在是一月四日，上午十一點三十五分，地址爲：維吉尼亞州艾胥伯恩鎮鹿野路九號。在現場的是艾迪·瓦洛警官以及我本人，拜倫·麥弘警官……」

「我的搭檔負責掌鏡。」瓦洛說：「這個鏡頭是屋子前面的車道，你們可以看得到周圍都是樹林，附近沒有鄰居。」

鏡頭慢慢轉過兩輛在一旁待命的救護車，急救人員站在一起，他們的呼吸在冷空氣中都化成白煙。鏡頭持續慢慢地轉，最後停在房子上。那是一幢兩層樓的磚房，規模雄偉，然而，曾經豪華的建築現在卻透出年久失修的徵狀。窗櫺及窗台上白漆剝落，門廊有一座扶手已經傾倒。窗戶上封著鐵條，看起來像是市中心的公寓建築型態，而非平靜鄉間小路上的房屋。鏡頭現在對準瓦洛警官，他站在前門台階上，像個嚴峻的主人在期待賓客到訪。畫面搖晃、對著地面，因爲麥弘警官彎腰穿上鞋套。接著，攝影機又再次對準前門，跟著瓦洛進到室內。

攝影機捕捉到的第一個畫面是佈滿血跡的樓梯。珍已經知道即將會出現的鏡頭，她已經看過命案現場照片，知道每名女子的死法爲何。然而，當攝影機將焦點放在階梯上，珍還是感覺到自己的心跳加快，恐懼感逐漸升高。

鏡頭停留在第一名被害人身上，死者面朝下趴在階梯上。「這一個被開兩槍。」瓦洛說道。

「法醫說第一顆子彈在她的背部，被害人可能是在逃向樓梯時中彈。子彈劃過上腔靜脈後穿出腹部，就她的失血量研判，她大概還活了五到十分鐘，然後第二槍才射進她的頭部。我的解讀是：歹徒開了第一槍撂倒她之後，就把注意力轉到其他女人身上，等到他再回到樓梯這邊，發現這個女人還活著，所以就開第二槍了結她的生命。」瓦洛看著珍。「十分仔細的人。」

珍低低地說：「那麼多血，一定有大量的腳印。」

「樓上、樓下都有，而樓下的腳印比較令人費解。我們發現兩組大型鞋印，假設為兩名歹徒所有。但還有其他比較小的腳印，朝向廚房的方向走去。」

「警方的人？」

「不是，第一輛巡邏車抵達時已經超過案發時間六小時以上，廚房地板的血跡已經非常乾，我們看到的小腳印是在血跡仍濕的時候印上去的。」

「確定身分了嗎？」

瓦洛看著珍。「我們還查不出來。」

現在，鏡頭移上樓梯，可以聽見紙鞋套踏上階梯發出的窸窣聲響。到達樓梯頂端，攝影機向左轉，看進一扇門裡。這間臥室裡擠了六張帆布床，地上堆著衣物、髒盤子，還有一大袋洋芋片。鏡頭環視整個房間之後，停在第二名死者所躺的帆布床上。

「看來這一個完全沒有逃跑的機會。」瓦洛說：「躺在床上，也就在所躺位置遭到射殺。」

攝影機再次移動，從帆布床轉向衣櫃。櫃門大開，鏡頭拉近，拍到兩具相擁的可憐屍體。被害者塞在衣櫃很深的位置，彷彿是極力想躲起來不讓人看見。然而，殺手只要一打開衣櫃，她們就無所遁形，暴露在槍口下。

「一人一槍。」瓦洛說道。「殺手的動作迅速、準確，而且徹底。每一扇門都被打開，每一個衣櫃都被搜過。屋子裡沒有可以躲藏的地方，被害者完全沒有機會。」

瓦洛拿起遙控器，按下快轉鍵。螢幕上畫面跳動，快速走完另一個臥室，跑上一座摺疊梯、穿過活動門進入閣樓。然後又很快地退回到走廊、走下樓梯。瓦洛按下播放鍵，畫面又慢了下來，攝影機以步行的速度穿過餐廳，來到廚房。

「這裡。」瓦洛按下暫停鍵，靜靜地說：「最後一名受害者，她那個晚上並不好過。」

那個女人坐在椅子上，被繩子綁著。子彈從她右眉上方射入，衝擊力將她的頭向後扳倒。她的雙眼向上圓睜，死亡令她臉色蒼白，雙手向前伸在桌上。

沾滿血的榔頭仍放在被打爛的雙手旁邊。

「顯然殺手想從死者那兒得到某個東西。」瓦洛說：「而她沒辦法、或是不願意交出來。」

他看向珍，眼中充滿陰鬱，他們全都想像起當時的慘狀。榔頭一鎚一鎚地敲落，擊碎手掌的骨頭和關節，她的哀嚎聲響徹整幢充滿慘死女子的屋子。

瓦洛按下播放鍵，幸好鏡頭繼續往前進，離開佈滿血跡的餐桌、碎爛的血肉。三個人靜靜地看著錄影帶，身體仍然有點顫抖。鏡頭帶他們到樓下的一間臥室，然後到客廳，裡面有一張凹陷的沙發，和一張綠色絨布小地毯。最後，他們回到門廳，站在樓梯底部，也就是剛剛進來的地方。

「我們查到的就是這些。」瓦洛說：「五名女性受害者，全都身分不明。做案用槍枝有兩把，我們判斷殺手至少有兩名，一起犯案。」

而且，殺手的獵物們在屋子裡找不到地方可以躲藏，珍心想。她想起那兩名瑟縮在衣櫃裡的受害者，隨著腳步聲逐漸逼近，她們的喘息聲變成嗚咽，只能用雙手環繞著彼此。

「殺手走進屋子處決了五名女性。」嘉柏瑞說道。「又花了大約半個小時，在廚房用鐵鎚砸碎第五名受害者的手。而你們竟然查不出殺手的半點消息？沒有微跡證據？沒有指紋？」

「哦，我們找到不計其數的指紋，每個房間裡的指紋都查不出身分。如果歹徒有留下指紋的話，他們的資料並不在自動指紋辨識系統裡。」瓦洛伸手去拿遙控器，按下停止鍵。

「等一下。」嘉柏瑞注視著電視螢幕說。

「怎麼了？」

「倒帶一下。」

「倒多少？」

「大約十秒。」

瓦洛皺著眉頭看嘉柏瑞，顯然不知道有什麼東西會吸引嘉柏瑞的目光。他把遙控器交給嘉柏瑞。「請自便。」

嘉柏瑞按下迴轉鍵，然後按播放。鏡頭重回到客廳裡，掃視過凹陷的沙發和絨布小地毯，然後移到門廳，突然轉向大門。門外，樹枝上的冰條閃爍著日光，兩名男子站在前院說話，其中一人轉身看著房子。

嘉柏瑞按下暫停鍵，將那個人定格，臉部剛好出現在大門中間。「那是約翰・巴桑提。」他說。

「你認識他？」瓦洛問道。

「他也出現在波士頓。」嘉柏瑞說道。

「是啊，什麼地方都看得到他，對吧？巴桑提和他的人在我們抵達之後不到一小時就出現了，他們想要直接介入這個案子，結果我們就在門口上演拉鋸戰。最後，我們接到司法部的電話，要求我們與巴桑提合作。」

「聯邦調查局怎麼這麼快就聽到這個案子的風聲？」珍問道。

「關於這個問題，我們一直沒有得到好答案。」瓦洛走到錄放影機前面，取出錄影帶，然後轉過來面對珍。「所以這就是我們要處理的狀況：五名女性死者，指紋都沒有建過檔，沒有人被通報爲失蹤人口，全都是無名女屍。」

「無合法證件的外國人。」嘉柏瑞說。

瓦洛點點頭。「我猜她們是東歐人，樓下的臥室裡面有幾份俄文報，還有一盒在莫斯科拍的照片。從屋子裡發現的其他證據，我們可以大膽地猜出她們的職業。在食物儲藏室裡面，有盤尼西林、口服避孕藥，和一整箱保險套。」瓦洛把驗屍報告的資料夾遞給嘉柏瑞。「看看DNA檢驗結果。」

嘉柏瑞直接翻到檢驗結果那一頁。「多重性伴侶。」他說。

瓦洛點頭。「全部的資料看起來，一群年輕漂亮的女生同住在一個屋簷下，取悅許多不同的男人。我們可以確定：這裡絕不是修道院。」

27

私有道路穿過橡樹、松樹和山胡桃木之間，片片陽光透過樹葉，點點灑落在路面。樹林深處只有少數光線穿透，而在茂密矮樹叢形成的綠色陰影下，幼苗掙扎著吸收少許陽光，努力求生。

「難怪那天晚上鄰居什麼都沒聽見，我甚至看不到任何鄰居。」珍看著茂密的樹林說道。

「我想那屋子就在前面，穿過那些樹林就到了。」

過了三十碼之後，路面突然變寬，他們的車開進傍晚的陽光裡。一幢兩層樓的房子隱隱約約出現在他們眼前，雖然現在已經荒廢，房子的架構仍舊完整：紅磚外觀，門庭廣闊。然而，房子沒有一絲讓人想靠近的感覺。顯然不是因為窗戶外的鐵條，也不是柱子上釘著的禁止擅入招牌。而是因為膝蓋高的雜草已經淹沒碎石車道。雜草是第一波的入侵者，為四周即將進逼的森林領路。瓦洛告訴他們，那房子原本有計畫要整修，但在兩個月前突然中止，因為承包商的器械意外引發一場小火災，燒掉二樓的一個房間。火災在窗框上留下黑色爪痕，窗戶現在還是用夾板擋著。珍心想：也許那場火災是個警告，這房子並不友善。

珍和嘉柏瑞走下租來的轎車。開車來的路上，車裡開著冷氣，所以珍被室外的熱氣嚇到。她在車道上站了一下子，臉上立刻冒出汗水，呼吸到的盡是沉重而滯悶的空氣。雖然珍沒看見蚊子，但可以聽到蚊子嗡嗡地繞著她飛，拍一下臉頰，就看見掌心有血跡。珍所能聽到的就只有蚊蟲的嗡鳴聲，沒有車聲、沒有鳥叫聲，甚至連樹木都靜止無聲。她的頸背微微刺痛——不是因為天氣熱，而是突然湧起一陣直覺的衝動，想離開這個地方、想跳上車子、鎖上車門、立刻駛離。

她不想走進那幢房子。

「好，我們來看看瓦洛給的鑰匙還能不能用。」嘉柏瑞說著，開始往門廊前進。

珍不大情願地跟著嘉柏瑞走上吱嘎作響的階梯，階梯上已經有雜草從木板間隙中長出來。在瓦洛的錄影帶上看到的是冬季景象，整個車道上都沒有植物生長。現在，扶手上纏滿藤蔓，而藤蔓的花粉灑落在門廊上，像黃色的雪花。

走到大門前，嘉柏瑞皺起眉頭看著曾經用來鎖上前門的掛鎖基座。「這已經裝了很久了。」他指著上頭的鐵鏽說。

窗戶上安著鐵條，門上裝著掛鎖。珍心想：這些不是用來防止外人入侵，而是要把人鎖在裡面。

嘉柏瑞把鑰匙插進門鎖轉動一下，再用力推門。大門吱地一聲打開，飄出一陣煙味，是承包商火災的餘威。你可以清掃屋內，重新粉刷牆壁，換掉窗簾、地毯和傢俱，但火災的臭味仍舊揮之不去。

嘉柏瑞走進屋內，珍在門口停了一會之後也走進去。她很驚訝地發現地板上空無一物，因爲在錄影帶中有張很醜的綠色地毯，應該是在清掃時移除了。樓梯上的欄杆有精美的雕刻，客廳的天花板挑高十呎，裝潢成皇冠式樣。這些細節，珍在看錄影帶時都沒注意到。天花板上有水漬髒污的痕跡，像朵朵黑雲。

「蓋這房子的人很有錢。」嘉柏瑞說道。

珍走到窗前，透過鐵條看向樹林。時近傍晚，再不到一個小時就要天黑。「當初建造的時候，一定是幢漂亮的房子。」她說道。但那是很久很久以前的事了，在鋪設絨毛地毯和鐵條之前，在染上血跡之前。

他們走過沒有傢俱的客廳，印花壁紙透露出歲月的痕跡——污跡點點、紙角剝落，以及經年累月被香菸燻出來的黃斑。嘉柏瑞和珍穿過餐廳，停在廚房。桌椅都已消失，他們只看到邊緣斑駁而捲曲的陳舊塑膠地磚。傍晚的夕陽透過窗上的鐵條斜射進來。這裡就是那個年紀較大的女人死亡之處，珍想道。她坐在廚房的中央，身體被綁在椅子上，柔弱的雙手承受鐵鎚的重擊。雖然珍看著空盪盪的廚房，腦中卻將從錄影帶上看到的影像覆蓋上去。這個影像似乎在陽光照射出的微塵漩渦中徘徊不去。

「我們上樓吧。」嘉柏瑞說。

他們離開廚房，站在樓梯底部。珍往上看著階梯，心想：這裡是另一名女子陳屍之處，就在這道樓梯上。褐髮的那名女子。珍手扶欄杆，握住精雕的橡木，感覺到指尖傳來自己的脈搏跳動。她不想上樓，但是那個聲音又在對她悄聲說話。

蜜拉知道。

珍心想：樓上有我應該去看的東西，有那陣聲音引領我去看的東西。

嘉柏瑞帶頭走上樓梯，珍跟上的速度比剛才更慢，她往下注視著那些階梯，手心微微發汗。珍停下腳步，看著一大片顏色較淡的木板。珍蹲下去觸碰剛剛磨過的木板表面，感到頸背毛髮豎立。如果關上窗戶、在階梯上噴灑光敏靈試劑，這些木板肯定會發出鬼魅般的綠光。清潔人員曾經試著要磨掉最糟的部分，但證據仍在，死者噴出的血跡仍在。珍所碰觸的地方，就是受害者四肢癱軟死亡之處。

嘉柏瑞已經上到二樓，檢視樓上的房間。

珍跟著他走到二樓平台，這裡的煙味更重。走廊上貼著黃綠色的壁紙，地上是深色的橡木地板。房間的門都半開著，投射出長方形的光線，照在走廊上。珍轉進右手邊第一扇門，看見一間空房間，牆上有著相框遺留下來的陰森痕跡。看來就跟任何廢置屋舍的空房間一樣，曾經住過人的所有跡象都被清除掉。窗戶上焊著鐵條，珍想道：這裡如果發生火災就無路可逃，就算妳爬得出去，也會摔落在十五英尺遠的碎石地面上，沒有任何矮樹叢可以減緩掉落的速度。

「珍。」她聽見嘉柏瑞的呼喚。

珍跟著他的聲音，走到對面的臥房中。

嘉柏瑞瞪視著一個大開的衣櫃。「這裡。」他平靜地說。

珍走到他身邊，蹲下去撫摸那些磨過的木板，腦中不由自主地重現錄影帶上的畫面。那兩名女子，細瘦的手臂交纏得像一對戀人。她們縮在這裡多久？衣櫃並不大，而恐懼的滋味一定使得黑暗更加難熬。

珍突然站起身子。這個房間太熱、太不通風，珍走到走廊上，兩腳因爲蹲踞而感到痠麻。她心想：這是個充滿恐怖事物的屋子，如果我仔細聆聽，就會聽見迴盪不已的尖叫聲。

走廊盡頭是最後一個房間——承包商引發火災的地方。珍在門口遲遲不肯進去，因爲房間裡面的惡臭煙味更加強烈。兩扇碎裂的窗戶都蓋著夾板，阻擋了傍晚的陽光。她從包包裡拿出美格光手電筒，照射陰暗的房間。火焰燒毀了牆壁和天花板，吞噬了樑柱的每個部分。珍用手電筒掃視整個房間，一具衣櫃沒有了門，手電筒的光束掃過時，衣櫃後面的牆壁上閃過一個橢圓形光影，然後又消失不見。珍皺起眉頭，再用手電筒照一遍。

再一次，明亮的橢圓形短暫地閃過衣櫃後面的牆壁。

珍走近衣櫃仔細檢查，看到一個手指頭伸得過去的洞，十分平滑而呈正圓形。有人在衣櫃後面的牆壁上鑽了個洞。

頭頂上的橫樑發出吱嘎聲，珍嚇了一跳抬起頭，聽見天花板上的腳步聲。嘉柏瑞在閣樓上。

珍退回走廊上，天色正迅速變暗，屋子裡處處都是灰色暗影。「嘿！」她高聲叫道。「上去的活門在哪裡？」

「去第二間臥房找。」

珍看見摺疊梯，就爬上去，探頭到上面的空間，看到黑暗中有嘉柏瑞的手電筒光線。

「上面有什麼東西嗎？」珍問。

「一隻死松鼠。」

「我是說：有什麼有趣的東西嗎？」

「沒什麼。」

珍爬上閣樓，差點撞上一道低低的屋椽。嘉柏瑞必須蹲著才能走動，長腿得要彎得像螃蟹一樣才能檢查四周，手電筒的光慢慢地照向最深的暗處。

「別靠近這個角落。」嘉柏瑞警告道。「木板燒焦了，我想地板並不安全。」

珍走向對面那一頭，牆上唯一的一扇窗戶射入最後一絲灰色天光。這扇窗戶沒有鐵條，因爲這裡不需要安裝鐵條。珍向上打開窗框，探出頭去看到窄窄的邊緣，距離地面的高度足以使人粉身碎骨，這是想自殺的人才會選擇的逃亡路線。珍把窗戶關上，然後靜立不動，視線鎖定樹林之中。

樹林中閃過一道光線，像是疾飛的螢火蟲。

「嘉柏瑞。」

「好極了！這裡又有一隻死松鼠。」

「外面有人。」

「什麼？」

「在樹林裡。」

嘉柏瑞走到珍旁邊，看進越來越暗的黃昏。「在哪裡？」

「我在一分鐘之前看到。」

「也許是經過的車輛。」嘉柏瑞從窗前轉回頭，咕噥道：「該死，電池快用完了。」他用力拍拍手電筒，手電筒的光線短暫地亮一下，然後又開始變暗。

珍仍舊盯著窗外，樹林似乎壓得越來越近，把他們困在鬼屋裡。一股寒意爬上珍的脊背，她轉過去看丈夫。

「我想走了。」

「應該在離開家之前就換電池的……」

「現在就走，拜託。」

嘉柏瑞突然聽出她口氣中的焦慮。「怎麼了？」

「我想那不是經過的車輛。」

嘉柏瑞再次轉身向著窗戶，靜止不動，他的肩膀遮住僅有的光線。他的沉默令珍感到不安，那種沉默讓珍的心跳聲震耳欲聾。「好，我們走吧。」嘉柏瑞輕聲地說。

他們爬下摺疊梯，退回到走廊上，走過衣櫃裡仍留有血跡的房間。走下階梯，那些磨過的木板仍然透出恐怖氣息。已經有五名女子死在這幢屋子裡，而且，沒有人聽見她們的尖叫聲。

也沒有人聽得見我們的叫聲。

他倆推開前門，來到門廊。

然後就僵立不動，因爲強大的光線突然使他們無法視物。珍舉起手臂擋住光線，耳中聽見碎石路上傳來的腳步聲，從瞇起的眼睛看出去，只看到三個黑色身影越來越靠近。

嘉柏瑞站到她身前，動作快得嚇她一跳，也忽然發現他的肩膀遮住了光線。

「站在原地。」一個聲音下令道。

「我可以見見和我說話的人嗎？」嘉柏瑞說道。

「表明你們的身分。」

「你們先把手電筒放下再說。」

「你們的身分。」

「好，好。我現在要把手伸進口袋。」嘉柏瑞說道，語氣冷靜而理性。「我沒有帶武器，我太太也沒有。」慢慢地，嘉柏瑞拿出皮夾，伸出去讓對方拿走。「我的名字是嘉柏瑞・狄恩，這位是我太太，珍。」

「珍・瑞卓利警官。」她糾正道。「波士頓警局。」手電筒突然移到她臉上，讓她眨了眨眼。雖然她看不見任何人的臉，但她可以感覺到對方仔細地檢視自己。珍覺得火氣上升，而恐懼感漸退。

「波士頓警局的人在這裡做什麼？」那個人問道。

「你們又在這裡做什麼？」珍回嘴道。

她不期望得到答案，而對方也沒回答。那個人把皮夾還給嘉柏瑞，將手電筒照向一輛轎車，就停在他們租來的車子後面。「上車。你們必須跟我們來。」

「爲什麼？」嘉柏瑞問。

「我們需要確認你們的身分。」

「我們要趕飛機回波士頓。」珍說。

「取消機位吧。」

28

珍單獨坐在偵訊室裡，瞪著自己在鏡中的身影，心想：被放在單向鏡的這一邊，眞是令人討厭。她到這裡已經一個小時了，這段時間她經常站起來檢查房門，試看看門鎖會不會很神奇地自動打開。他們當然會將珍和嘉柏瑞隔離開來，程序就是如此，珍自己執行偵訊的時候也是如此辦理。但是，除了隔離之外，她現在所遇到的狀況都很不尋常。那個人沒有表明自己的身分，沒有出示徽章，沒有告知姓名、階級或證件編號。就珍所知，他們可能是身穿黑衣的星際戰警，保衛地球免遭宇宙中的壞蛋入侵。黑衣人是將人犯從地下停車場帶進這幢建築物，所以珍甚至無從得知這些人究竟是爲哪個單位工作，只知道這間偵訊室應處於維吉尼亞州拉斯登市內。

「喂！」珍走到鏡子前拍打玻璃。「你們知道嗎？你們沒有對我宣讀我應有的權利。而且，你們拿走我的手機，害我沒辦法打電話找律師。老兄，你們麻煩大了！」

珍沒聽見任何回應。

她的乳房又開始痛了起來，體內的母牛渴望擠乳，但她不可能在那面單向鏡前拉開上衣。她又拍打鏡面，這次更用力。珍現在不會覺得害怕，因爲她知道這些是政府人員，正在享受威脅她的快感。珍知道自己的權利，身爲一個警察，她耗過太多時間在確保歹徒的權利，所以她一定會伸張自己應有的權利。

鏡子裡面，珍看到自己的影像。褐色捲髮像頂皇冠，下巴剛毅方正。看仔細了，你們這些傢伙。珍心想：不管站在鏡子後面的人是誰，你現在看到的是一個被惹火的警察，而且越來越不想乖乖合作了。

「喂！」珍一邊大喊，一邊狂拍玻璃。

房門突然打開，珍驚訝地看見一個女人走進來。雖然這女人的臉龐仍顯年輕，不會超過五十歲，但頭髮中已見銀絲，與她深色的雙眼形成明顯對比。與其男性同事相同，她也身著保守套裝。女性做這種服飾選擇，顯然是擔任傳統男性的職位。

那女人開口道：「瑞卓利警官，很抱歉讓妳等了這麼久。我已經盡快趕來，華盛頓特區的交通狀況，妳也了解的。」她伸出手。「很高興終於見到妳。」

珍不管對方伸出的手，逕自直視著那女人的臉。「我該認識妳嗎？」

「海倫．葛萊瑟，司法部。而且，我能理解妳絕對有發飆的權利。」她再次伸出手，第二度嘗試宣告停戰。

這一次，珍握了對方的手，感覺她的握力像男人一樣有力。「我丈夫在哪裡？」珍問道。

「他會在樓上和我們會合，我希望能先有個與妳講和的機會，之後我們再談正事。今晚發生的事情，只是個誤會。」

「你們的所作所為都已經侵犯我們的權利。」

葛萊瑟朝房門擺一擺手。「麻煩妳，我們先上樓，再來好好談。」

她們兩人走進走廊上的電梯裡，葛萊瑟插入一張密碼卡鑰，然後按下最高樓的按鍵。一趟電梯，把她們從最低層的狗屋直接帶上最高的華美閣樓。電梯門打開，她們走進一間有大面玻璃窗的房間，窗外是拉斯登市的夜景。房內的傢俱陳設就像典型的政府機關辦公室，珍看到一張灰色沙發及幾張扶手椅圍著一塊繡織地毯排列，邊桌上有一把咖啡壺，和一整個托盤的咖啡杯盤。牆上只有一幅畫作為裝飾，畫中是抽象的橘色球形圖。珍心想：如果把這幅畫掛在警局裡，一定會有自作聰明的警員在上面畫上靶心。

電梯的聲音讓珍轉過身去，看見嘉柏瑞步出電梯。「妳沒事吧？」他問道。

「還沒有迷上被電擊的感覺，不過，我還好……」珍停住，驚訝地認出跟在嘉柏瑞後面走出電梯的男人，下午的時候，珍在錄影帶中見過那張臉。

約翰·巴桑提朝珍點一下頭。「瑞卓利警官。」

珍望向丈夫。「你了解現在是什麼狀況嗎？」

「我們都坐下來吧。」葛萊瑟說。「該是解開一些謎團的時候了。」

珍謹慎地和嘉柏瑞一起坐上沙發，葛萊瑟倒咖啡傳給每一個人的時候，大家都不發一語。經過剛才一番難以忍受的折騰，這些客套來得太遲，珍可不想被對方的一點微笑和咖啡就給擺平。她一口都沒喝就把咖啡杯放下，沉默地漠視對方停戰的意圖。

「我們可以發問嗎？」珍問：「還是說，現在只是單向的質問？」

「我希望我們能夠回答你們提出的所有問題，但是我們必須保護一項進行中的調查。」葛萊瑟說道。「兩位的紀錄很好，我們確認過妳和狄恩探員的背景，兩位都是傑出的執法人員。」

「妳還是不信任我們。」

葛萊瑟投過來一道如其髮色般嚴峻的眼光。「我們承擔不起輕易信任別人的風險，尤其是關於這麼敏感的事件。巴桑提探員和我已經盡可能地將我們的工作保持低調，但每一步卻都被跟蹤。我們電腦被入侵，我的辦公室遭人闖入，我也不確定電話線沒被竊聽。有人想侵入我們的調查工作。」她放下咖啡杯。「現在，我必須知道你們在那幢屋子裡做什麼，以及為什麼而去。」

「應該和你們監視那幢屋子的原因相同。」

「你們知道那裡發生過的事情。」

「我們看過瓦洛警官調查的資料。」

「你們不遠千里來到這裡，對艾胥伯恩案件有什麼興趣呢？」

「妳爲什麼不先回答我們的問題？」珍說：「司法部爲什麼對五名娼妓的死亡這麼關切？」

葛萊瑟沉默不語，表情深不可測。她冷靜地啜飲一口咖啡，彷彿珍的問題並不是對她所提出。珍的心中不禁對眼前這位女性升起一股崇拜之情，葛萊瑟到目前爲止從未露出一絲軟弱神情，顯然，她是主導一切的重要人物。

「妳知道死者的身分沒有任何紀錄。」葛萊瑟說道。

「對。」

「我們認爲她們是無合法證件的外國人，我們想查出她們進入美國的方式：是誰帶她們進來？又是從哪條路穿越國界？」

「妳是在告訴我們：這一切都是爲了國家安全？」珍難以掩飾語氣中的懷疑之意。

「那只是部分原因。九一一事件之後，美國國民認爲我們已經加強邊界管制，全力限制非法移民。但其實不然。墨西哥和美國之間的非法交通依舊如高速公路一般頻繁，數十哩長的海岸線無人防守，與加拿大之間的邊界也少有人員巡邏。人口販子曉得所有的通路，明白所有訣竅，要偷渡女孩子非常容易，進入美國之後，安排工作也不成問題。」葛萊瑟把咖啡杯放在桌上，傾身向前，雙眼一如烏黑檀木。「妳知道在我們國家裡有多少非自願的性工作者嗎？在我們這個所謂文明的國家裡？至少有五萬人。我指的不是一般的娼妓，這些人被視爲性奴隸，被迫進行性服務。數以千計的女孩被帶進美國之後就憑空消失，變成隱形人。然而，她們就在我們四周，就在大城小鎮裡。被藏在妓院中，或鎖在公寓裡，沒幾個人知道她們的存在。」

珍想起那些窗戶上的鐵條，以及那幢屋子的遺世孤立。難怪她看到那房子就覺得像監獄，那就是監獄。

「這些女孩不敢和有關當局合作，因爲如果她們被皮條客抓到的話，後果不堪設想。而就算女孩順利逃脫，皮條客會追回她的家鄉，把她逮住。死亡對她們而言，算是比較好的下場。」葛萊瑟停一下之後，又說：「你們看過第五名死者的解剖報告，年紀較大的那一位。」

珍嚥了一口口水。「是的。」

「她所遭遇的一切是個明確的訊息：敢胡搞，下場就是這樣。我們不知道死者究竟做了什麼事情、踩了什麼地雷，惹兇手生氣。也許她私吞了不屬於她的金錢，也許她另外私接其他交易。很顯然，她是那幢屋子的負責人，屬於有權力的職位，但還是救不了自己。不論她做錯過什麼事情，她都已經付出代價，而其他女孩跟著她陪葬。」

「所以你們的調查和恐怖主義一點關係也沒有。」嘉柏瑞說。

「恐怖主義和這個案件有什麼關聯？」

「從東歐來的無合法證件外國人，可能與車臣恐怖份子有關。」

「這些女子被帶進美國純粹是爲了進行性交易，沒有別的理由。」

葛萊瑟朝嘉柏瑞皺眉。「誰跟你提過恐怖主義？」

「康威參議員，還有國家情報局副局長。」

「大衛・斯維爾？」

「他為了人質挾持事件而飛到波士頓去，當時他們認為所面對的情況是恐怖事件，是車臣恐怖份子的威脅。」

葛萊瑟哼了一聲。「狄恩探員，大衛・斯維爾對恐怖份子很著迷，他在每座陸橋或高架橋底下都看得見恐怖份子。」

「他說連高層都擔心是這樣，所以偉恩局長才會派他去。」

「成立國家情報局就是希望他們這樣子思考事情，這是偉恩將自己的存在合理化的方式。對這些人來說，全都是恐怖主義，永遠都是。」

「康威參議員似乎也贊同他們的想法。」

「你信任那位參議員？」

「我不該信任他嗎？」

巴桑提說：「你和康威往來過嗎？」

「康威參議員是情報委員會成員，我在波士尼亞調查戰爭犯罪事件時，和他見過幾次面。」

「但你究竟了解他到什麼程度呢，狄恩探員？」

「你在暗示我其實不了解他。」

「他當選過三屆參議員。」葛萊瑟說：「能夠待那麼久，一路走來，你勢必得完成許多交易、在許多事情上妥協。我們要說的只是：小心你所信任的人。我們很早之前就得到過教訓。」

「所以你們擔心的並不是恐怖主義。」珍說道。

「我擔心的是五萬名消失的女子，這是發生在我國境內的奴役事件，是一群人類受到客戶的虐待及剝削，而客戶在乎的只是滿足自己的肉慾。」葛萊瑟停下，深吸一口氣。「事情就是這樣。」她平靜地說完。

「聽起來，妳將這件事情當成個人的聖戰。」

葛萊瑟點點頭。「進行將近四年了。」

「那妳爲什麼不出手拯救艾胥伯恩那些女人？妳一定掌握了那幢屋子裡的動靜。」

葛萊瑟沒有說話，她不需要說。從她受傷的表情看來，珍已經確定了心中所猜想的答案。

珍看向巴桑提。「這就是爲什麼你會那麼快抵達命案現場，實際上是和警方同時抵達。你早就知道裡面發生的事情，你一定早就知道。」

「我們只是提早幾天收到秘密消息。」巴桑提說道。

「然後你們卻沒有立刻介入？你們沒有去救那些女人？」

「我們還沒有安裝竊聽裝置，沒辦法監控屋內眞正發生的事情。」

「但你們知道那裡是間妓院，你知道她們被關在裡面。」

「除了妳看到的之外，還有更多的人命在旦夕。」葛萊瑟說道。「遠比那五名女子更多的人。我們必須保護整個調查行動，如果我們過早介入，只會讓我們的身分暴光。」

「但現在死了五個人。」

「妳以爲我不知道死了五個人嗎？」葛萊瑟極度痛苦的反應，讓其他人都嚇了一跳。突如其來地，葛萊瑟站起身，走到窗邊，凝視著窗外滿城的燈光。「妳知道我們國家輸出到俄國的商品中，最糟糕的是哪一樣嗎？我眞希望上帝從來不曾創造出這樣商品——電影《麻雀變鳳凰》。妳知道的，那部茱莉亞・蘿伯茲主演的電影，妓女變成灰姑娘。在俄國，人們非常喜愛那部電影。女孩子們看了電影之後就想：如果我去美國，就會遇到李察・吉爾，他會娶我，然後我就會很有錢，就會幸福快樂地過一輩子。所以，即使女孩子心中有些許疑惑，即使她不確定可以在美國找到合法的工作，她也會以爲自己只需要打滾一下，然後李察・吉爾就會出現來拯救她。所以，女孩可能就被送上飛往墨西哥市的飛機。從墨西哥市，她再搭船到聖地牙哥，或者，人口販子把她載到某個繁忙的邊境關卡，如果女生是金髮又會講英語，海關人員很快就會揮手讓她過去。有的時候，人口販子根本就直接帶女孩子走路穿越國境。女生以爲自己要過著麻雀變鳳凰的生活，然而，其實是被當成牛肉一樣地買賣。」葛萊瑟轉身看著珍。「妳知道一個漂亮的女孩可以爲皮條客賺多少錢嗎？」

珍搖頭。

「每週三萬美元，每一週。」葛萊瑟的視線又轉回窗外。「根本沒有住在豪宅的李察・吉爾等著要娶妳，妳的下場是被鎖在一幢屋子或公寓裡，被娼妓這一行裡的惡魔控制著——負責訓練妳、強迫妳守規矩、壓垮妳的靈魂的惡魔也是女人。」

「無名女屍五號。」嘉柏瑞說道。

葛萊瑟點點頭。「也就是妓院的媽媽桑。」

「媽媽桑爲皮條客工作，卻又被皮條客殺死？」珍問道。

「游在鯊魚旁邊，注定要被咬。」

珍心想：在這個案件裡的情況是，注定要被砸爛雙手、粉身碎骨。可能是因爲多管了什麼閒事、或暗地裡背叛了組織，所以得到這種懲罰。

「五名女子死在那幢屋子裡。」葛萊瑟說道。「但外面還有其他五萬個失落的靈魂陷落在我們這塊自由之地上，受到某些男性的虐待，那些男人只想發洩性慾，根本不在乎妓女是否在哭泣。那些男人從來不願意浪費一點心思，去關心他們剛剛『使用』過的人類。也許那些男人回到家中的老婆和孩子面前，又扮演一副好丈夫的樣子。但過了幾天或幾個禮拜，他又回到妓院，去糟蹋一些和他女兒年紀相當的女子。而那些男人照鏡子的時候，從來不曾想到他自己在鏡中看到的人，就是一個殘忍的野獸。」葛萊瑟的聲音低落，變成一陣緊繃的低語。她深深地吸了一口氣，揉揉自己的頸背，像是要把心中的怒氣揉掉。

「歐蓮娜的身分是？」珍問道。

「妳問的是她的全名嗎？我們可能永遠都查不到。」

珍看向巴桑提。「你一路跟蹤她到波士頓，卻從來不知道她的全名？」

「但我們知道關於她的其他事情。」巴桑提說：「我們知道她是目擊者，她當時也在艾胥伯恩的屋子裡。」

就是這個，珍心想，這就是艾胥伯恩案件和波士頓案件之間的連結關係。「你們怎麼知道的？」珍問道。

「指紋。犯罪現場偵查小組在屋子裡採集到數十組不明指紋，不屬於五名死者的指紋中，有些可能是由男客所留下，而其中一組指紋和歐蓮娜的指紋相符。」

「等一下。」嘉柏瑞說。「波士頓警局曾經把歐蓮娜的指紋放到自動指紋辨識系統去搜尋，完全找不到相符的資料。而你現在卻告訴我，歐蓮娜的指紋曾經出現在一月份的某個犯罪現場中？爲什麼自動指紋辨識系統查不出來？」

葛萊瑟和巴桑提相視一眼，不自在的神情已經清楚地回答了嘉柏瑞所提出的疑問。

「你們沒有把歐蓮娜的指紋資料存入自動指紋辨識系統。」嘉柏瑞說道。「這筆資料對波士頓警局而言可是相當有用的。」

「其他單位也可能會查到這筆資料。」巴桑提說。

「你講的『其他單位』到底是指誰？」珍插嘴道。「我是那個被歐蓮娜困在醫院裡的人，我是那個被手槍抵住頭的人。你們到底有沒有爲人質們設想一下？」

「我們當然有。」葛萊瑟說：「但我們希望每一個人都能活著走出來，包括歐蓮娜。」

「應該是特別希望歐蓮娜活著吧，因爲她是你們要找的目擊者。」珍酸道。

葛萊瑟點點頭。「歐蓮娜目睹了在艾胥伯恩的事發經過，這也就是爲什麼那兩名男子會出現在她病房裡的原因。」

「那兩個男的是誰派去的？」

「我們不知道。」

「你們有被毆蓮娜射殺的那名男子的指紋，他的身分爲何？」

「我們也不知道，就算他曾經是海軍陸戰隊隊員，五角大廈那方面也不肯透露任何消息。」

「你們有司法部的關係，而你們卻得不到那項資訊？」

葛萊瑟朝珍走去，坐在一張面對著她的椅子上。「現在妳了解我們面對的困境了吧，巴桑提和我必須低調、謹愼地處理這件事。我們一直沒有暴光，因爲他們也在找歐蓮娜。我們希望可以早一步找到她，而且我們幾乎要成功了，從巴爾的摩到康乃迪克、再到波士頓，巴桑提探員就只落後她一步而已。」

「你們是怎麼追蹤歐蓮娜的？」嘉柏瑞問道。

「有一陣子非常容易，我們只要跟著喬瑟夫・洛克的信用卡使用紀錄，以及金融卡提款紀錄。」

巴桑提說：「我一直想跟他搭上線，有在他手機的語音信箱裡留過言，甚至還在他賓夕法尼亞州的老姑媽家裡留下訊息。最後，洛克回電給我，而我勸他加入我們，但是他不信任我。後來，他在紐哈芬射殺一名員警之後，我們就失去他們的蹤跡了。我猜測，他們應該是在那個時候分道揚鑣。」

「你當初怎麼知道他們是一起行動的？」

「艾胥伯恩屠殺案那天晚上，喬瑟夫・洛克在附近的服務站加過油。」葛萊瑟說：「他用信用卡消費，還問過服務站人員是否有拖車，因爲他在路上遇到兩個搭便車的女人，需要拖車幫忙。」

一陣靜默，嘉柏瑞和珍望向彼此。

「兩個女人？」珍說。

葛萊瑟點頭。「服務站的監視器有拍攝到洛克的車子停在加油泵浦旁邊的畫面，從擋風玻璃看過去，可以看到前座有一名女子，就是歐蓮娜。就在那個晚上，他們命運交會；就在那個晚上，喬瑟夫・洛克被扯進這椿案件。從他邀請這兩名女子上車、進入他生命的那一分鐘起，他就被人盯上了。他們在服務站短暫停留，五個鐘頭之後，喬的住處就陷入一片火海。那時候，喬就非常確定自己惹上了超級大麻煩。」

「那第二個女人呢？你剛剛說喬讓兩個女人搭便車。」

「我們查不到任何關於她的資料，只知道他們到紐哈芬爲止都一起行動，那大約是兩個月以前的事。」

「妳指的是巡邏車的錄影帶，員警遭槍擊的錄影畫面。」

「在錄影帶上，可以看到洛克的車子後座突然冒出一顆頭，只有後腦勺的影像——我們一直看不到女子的臉，因此也就完全查不到關於她的任何訊息，只在車後座找到幾根紅色毛髮。就我們所知，她可能已經死亡。」

巴桑提說：「但如果她還活著，那她就是我們僅存的目擊證人，唯一目睹艾胥伯恩案件事發經過的人。」

珍輕聲地開口說道：「我可以告訴你她的名字。」

葛萊瑟皺起眉頭看著珍。「什麼？」

「就是那場夢。」珍看著嘉柏瑞。「歐蓮娜告訴我的就是這件事。」

「關於攻堅經過，珍一直在作惡夢。」嘉柏瑞解釋道。

「夢裡發生了什麼事？」葛萊瑟問道，目光緊緊盯著珍。

珍嚥下一口口水。「我聽見很多人拍打房門，破門而入。然後，歐蓮娜俯身靠著我，告訴我一件事。」

「歐蓮娜說了話？」

「對，她說：『蜜拉知道。』她就只告訴我這句話。『蜜拉知道。』」

葛萊瑟定定地看著珍。「蜜拉知道？動詞是現在式？」她看向巴桑提。「我們的目擊證人還活著。」

29

「看到妳出現在這裡，眞是令我驚訝，艾爾思醫師。」彼得・盧卡斯說：「因爲我打電話一直聯絡不上妳。」他伸手握了握莫拉的手，態度的冷淡及公式化是情有可原的，因爲莫拉一直都沒有回電給他。盧卡斯帶著她走過《波士頓論壇報》報社大廳，來到警衛桌前，警衛遞給莫拉一張橘色的訪客證。

「請在離開時交還，女士。」警衛說道。

「妳最好要記得還，要不然這個人會像隻獵狗一樣追捕妳。」盧卡斯加上一句。

「謹遵教誨。」莫拉說道，同時將訪客證別在胸前。「你們的安全措施比五角大廈還嚴密。」

「妳知道一份報紙每天可以惹毛多少人嗎？」盧卡斯按下電梯按鍵之後，看著她不帶笑意的臉龐。「糟了！我猜妳也屬於被惹毛的人。這就是妳不回我電話的原因嗎？」

「有些人對於你採訪我之後寫的那則專欄很不高興。」

「他們不高興是針對妳還是針對我？」

「針對我。」

「我有沒有引用錯了妳的話？或是扭曲妳的意思？」

莫拉遲疑了一下，坦承道：「沒有。」

「那麼，妳爲什麼生我的氣？妳顯然是在氣我。」

莫拉看著他。「我對你太坦白了，我不該說那麼多的。」

「我倒是很高興能訪問到暢所欲言的女士。」盧卡斯說道。「這是很好的轉變。」

「你知道嗎？因爲我提出的那個關於耶穌復活的想法，害我接到多少電話嗎？」

「哦，是那件事。」

「最遠有從佛羅里達州打來的，人們覺得我的言論是在褻瀆上帝。」

「妳只是說明自己的想法。」

「如果你像我一樣擔任公職，說明自己的想法有時候是很危險的。」

「大衆自然會淡忘的，艾爾思醫師。妳是個公衆人物，如果妳發表了有趣的言論，報紙就會刊登。至少妳言之有物，不像我訪問過的大多數人，談話都沒什麼內容。」

電梯門打開，他們兩人走進去。電梯裡只有他們兩人，莫拉敏銳地感覺到盧卡斯注視著自己，也發覺他站得離自己很近，令她有點不自在。

「所以，你打電話給我有什麼事情嗎？」莫拉問道。「是要害我惹上更多麻煩嗎？」

「我想了解喬和歐蓮娜的驗屍結果，妳一直都沒有提出相關報告。」

「我根本沒有完成解剖，遺體轉送到聯邦調查局了。」

「但醫事檢驗處有過短暫的管轄權，我不相信妳會讓遺體放在冰櫃裡而不動手檢查，那不像妳的個性。」

「我的個性是怎樣？」莫拉看著盧卡斯。

「好奇、嚴謹。」盧卡斯微笑著。「堅持。」

「像你一樣？」

「要比堅持，我可比不上妳。我想，我們可以交個朋友。我這麼說，並不是想要從妳那裡得到什麼獨家的消息。」

「那你想要什麼？」

「一起吃個晚餐？一起去跳舞？或至少，一起去喝杯雞尾酒？」

「你是認眞的嗎？」

盧卡斯略顯尷尬地聳聳肩，回答她的問題：「値得一試。」

這時，電梯門打開，他們兩人走出電梯。

「歐蓮娜死於脅腹及頭部的槍傷。」莫拉說道。「我猜，你想知道的就是這一點。」

「有幾處傷口？有幾個人開槍？」

「你想知道血淋淋的細節？」

「我想要準確的描述，也就表示我必須直接採訪消息來源，即使這樣會使我變成一個討厭鬼也在所不辭。」

兩人走進新聞編輯部，經過許多正在敲打鍵盤的記者，走到一張書桌前，桌面上任何一吋空間都堆滿了資料夾和便利貼。上面沒有任何一張小孩、女人或甚至是小狗的照片。這個空間純粹是用來辦公，雖然莫拉很懷疑：在這一團混亂之中，究竟能完成多少工作？

盧卡斯從隔鄰的書桌旁拉過一張椅子讓莫拉坐，她坐下的時候，椅子發出吱嘎聲響。

「好，妳不願意回我電話，但妳本人卻來到我工作的地方找我。」盧卡斯也坐了下來。「這算不算是個複雜的訊息？」

「這個案子越來越複雜了。」

「而妳現在需要從我這邊打聽消息。」

「我們都想要知道那天晚上發生的實際情形，以及發生的原因。」

「如果妳想問我任何問題，妳只需要拿起電話。」盧卡斯定睛看著她。「我一定會回妳的電話，艾爾思醫師。」

兩人陷入沉默。其他的桌子上，電話鈴聲與鍵盤敲打聲交錯，但莫拉和盧卡斯只是相互對望，兩人之間的空氣混雜著怒氣以及某種氛圍，某種她不願承認的氛圍。是一股強烈的互相吸引的氣氛。或者，這只是我自己的想像？

「對不起。」盧卡斯終於開口道。「我的行爲太愚蠢了。我是說，妳人已經在這裡，即使妳是爲了自己的目的而來。」

「你也必須了解我的立場。」莫拉說：「身爲公職人員，我經常接到記者的電話。有些記者——大多數的記者——不在乎受害者的隱私，不在乎受害者家屬哀傷的心情，或是不在乎案件調查可能會有的風險。我受過教訓，必須小心謹愼的發言。因爲我被記者騙過太多次，他們都承諾過不把我的評論公開。」

「所以那就是妳沒有回電的原因？職務上的考量？」

「是的。」

「妳沒有回電給我，不是因爲其他原因？」

「會有什麼其他原因？」

「我不知道，我以爲妳可能是因爲不喜歡我。」他的眼神熱切，讓莫拉沒辦法直視他的目光。盧卡斯讓她渾身不自在。

「我沒有不喜歡你，盧卡斯先生。」

「哎喲！現在我完全體會到明褒暗貶是什麼感覺。」

「我以爲記者的心靈都像銅牆鐵壁，不容易受傷。」

「我們都希望受人喜愛，尤其希望受到自己欣賞的人喜愛。」他俯身靠近莫拉。「還有，別稱呼我盧卡斯先生，請叫我彼得。」

又是一陣沉默，因爲莫拉無法分辨這是調情還是操弄。對這個男人而言，兩者可能沒有差別。

「現在的情況似乎有點尷尬。」

「我很開心能受到稱讚，但我寧願你直接一點就好。」

「我以爲我一直表現得很直接。」

「你想從我這邊得到消息，我也想請教你一些事情，我只是不希望透過電話討論。」

盧卡斯點一下頭，表示理解。「沒問題。所以這只是單純的交易。」

「我想知道的是——」

「我們就要直接談正事了嗎？不讓我先幫妳倒杯咖啡？」盧卡斯站起身來，走向公用的咖啡壺。

莫拉看一眼咖啡壺，只見壺底僅剩一層焦黑汁液，很快地說：「我不用，謝謝。」

盧卡斯給自己倒了一杯咖啡之後，回來坐下。「所以，妳爲什麼不願意透過電話討論呢？」

「發生了一些……事情。」

「事情？妳是在告訴我：妳連自己的電話都不信任？」

「正如同我所說的：這個案件很複雜。」

「聯邦政府介入、彈道證據被沒收、聯邦調查局和五角大廈拉鋸戰、其中一名人質挾持者仍舊身分不明。」盧卡斯笑了。「沒錯，我敢說這個案子變得非常複雜。」

「這些你都知道。」

「這就是爲什麼人們稱我們爲記者。」

「你跟什麼人談過話？」

「妳眞的覺得我會回答妳這個問題嗎？就這麼說吧：我在執法界裡有朋友。而且，我有一番推論。」

「關於什麼？」

「關於喬瑟夫．洛克和歐蓮娜，以及整起人質綁架事件背後的原因。」

「沒有人可以知道眞正的答案。」

「但我知道執法人員是怎麼想的，我知道他們的推測爲何。」盧卡斯放下咖啡杯。「妳知道嗎？約翰．巴桑提花了大約三個小時在我身上，不斷刺探，想搞清楚爲什麼我是喬瑟夫．洛克唯一願意對話的記者。審訊是一件很有趣的事情，受審的人光是從被問的問題中，就可以蒐集到很多資訊。我知道了歐蓮娜和喬在兩個月以前，一起出現在紐哈芬，喬在那裡殺了一名警察。他們兩個人可能是情侶，也可能只是兩個妄想者。但經過殺警事件後，他們兩個人應該會想分頭逃命——如果他們夠聰明，就會分頭逃走，而我認爲他們不是笨蛋。但他們一定有保持聯絡的方法，這個方法可以讓他們在必要時重聚。而且，他們選定波士頓作爲碰頭的地點。」

「爲什麼是波士頓？」

盧卡斯的眼神直視，莫拉無法避開。「原因就在妳眼前。」

「你？」

「我可不是在自我吹噓，我只是告訴妳巴桑提的想法。他認爲喬和歐蓮娜基於某種理由，將我視爲他們的聖戰英雄，所以他們到波士頓來找我。」

「而這就引出我來此要提出的疑問。」莫拉傾身靠近盧卡斯。「爲什麼是你？他們並不是隨機選到你的名字。喬也許精神不穩定，但他很聰明，是個瘋狂閱讀報紙和雜誌的偏執狂。一定是你寫過的某篇文章吸引到他的注意。」

「我知道這個問題的答案，因爲巴桑提已經露了餡，他問起我在六月初寫的一篇專欄文章，內容是關於白冷翠公司。」

有一名女記者走過他們身邊要去倒咖啡的時候，兩人都安靜下來。在等待女記者倒好咖啡的過程，兩人的目光都鎖定在對方身上。一直等到女記者離開到不會聽見他倆談話的距離之外，莫拉才開口說：「讓我看那篇專欄文章。」

「在雷克思蘭克思新聞資料庫上查得到，我來把它叫出來。」盧卡斯轉向電腦，叫出雷克思蘭克思搜尋引擎，鍵入他自己的名字，然後按下搜尋鍵。

螢幕上跑出非常多的搜尋結果。

「讓我找一下正確的日期。」盧卡斯說道，一邊把頁面向下拉。

「這些是你所寫過的每篇文章？」

「對啊，大概可以回溯到我報導大腳哈利的年代。」

「什麼？」

「我剛從新聞學校畢業的時候，揹了一大筆就學貸款的債。所以報社叫我寫什麼我都寫，包括要我寫出一篇加州大腳哈利傳說的報導。」盧卡斯看著莫拉。「我承認，我曾經是個新聞妓女，但我得過日子啊。」

「而現在你已經是受人尊敬的記者了？」

「我不會說得那麼誇張啦……」盧卡斯沒說完，用滑鼠按下一筆資料。「好，找到那篇文章了。」他說完站起身，把座位讓給莫拉。「這就是我六月份寫的，關於白冷翠的文章。」

莫拉坐進他剛讓出來的座位，專心地讀起螢幕上的文章。

大發戰爭財：白冷翠訂單爆增

正當美國經濟普遍衰退之際，有一個部門仍舊斂集大筆利益。防禦工事承包公司龍頭白冷翠承攬多筆新交易完全不費吹灰之力，彷彿是從自家魚池撈魚一樣簡單……

「不用說，白冷翠對這篇文章不會太高興。」盧卡斯說道。「但我不是唯一報導這類事件的記者，其他的記者也做過相同的批判。」

「然而喬選上了你。」

「也許是時機湊巧，可能他那天剛好買了一份《論壇報》，上面剛好有我這篇大罵壞蛋白冷翠的文章。」

「我可以看看你其他的文章嗎？」

「請便。」

莫拉回到雷克思蘭克思新聞資料庫頁面，看他寫過的文章標題列表。「你很多產。」

「我已經寫了二十幾年，從幫派火併到同志婚姻都寫過。」

「還有大腳哈利。」

「別提醒我這件事。」

莫拉往下看過第一頁和第二頁，接著移到第三頁，暫停下來。「這些文章是從華盛頓發出的。」

「我想我告訴過妳：我曾經是《論壇報》的華盛頓駐派記者，在那裡只待了兩年。」

「爲什麼？」

「我討厭華盛頓特區，而且我承認自己是個天生的北方人，妳叫我受虐狂也沒關係，但我就是懷念北邊冷得要命的冬天，所以我二月的時候就搬回波士頓。」

「你在華盛頓特區負責寫什麼主題？」

「什麼都寫，電影、政治、社會案件。」盧卡斯停了一下。「愛譏諷世事的人可能會說後兩者沒什麼不同，而我寧願報導一則生動刺激的謀殺案，也不想成天追逐衣冠筆挺的參議員。」

莫拉轉頭看他。「你遇過康威參議員嗎？」

「當然，他是我們選出的參議員之一。」盧卡斯停住。「妳爲什麼問起康威參議員？」莫拉沒有回答，盧卡斯就俯下身軀，緊握住她的椅背。他突然壓低聲音，對著莫拉的頭髮悄聲說道：「艾爾思醫師，妳要不要告訴我妳想到什麼事情？」

莫拉的眼神專注在螢幕上。「我只是想找出其中的關聯性。」

「妳的腦中鈴聲大作嗎？」

「什麼？」

「這是我自創的說法，每次我突然發現有趣的事情就會有這種感覺，也就是所謂的第六感或職業敏感。告訴我，爲什麼康威參議員會引起妳的注意？」

「他是情報委員會的成員。」

「我在十一月還是十二月的時候採訪過他，文章應該就在上面。」

莫拉瀏覽電腦上的新聞標題，有國會聽證會的消息，還有恐怖行動的警告，以及一名麻薩諸塞州的國會議員酒駕被捕的新聞。接著，莫拉找到了康威參議員的採訪報導。然後莫拉的目光飄到另一則新聞標題，日期是一月十五日。

拉斯登市商人陳屍遊艇。該名男子自一月二日起即告失蹤。

莫拉注意的是那個日期，一月二日。她點進去看報導全文。剛剛盧卡斯提到的「鈴聲大作」，現在莫拉感覺到了。

她轉過身來看著盧卡斯。「告訴我關於查爾斯・戴斯蒙的事情。」

「妳想知道他哪方面的事？」

「全部。」

30

蜜拉，妳是誰？妳在哪裡？

在某個地方，一定會有蜜拉的蛛絲馬跡。珍又給自己倒了一杯咖啡，然後坐在廚房的桌前，檢查打從她出院到現在所收集到的每份資料。這裡有波士頓警局的驗屍及犯罪現場報告、里斯伯格警局的艾胥伯恩屠殺案報告，還有摩爾調查喬瑟夫．洛克及歐蓮娜的資料。珍已經仔細閱讀過這些資料好幾次，努力尋找蜜拉的蹤跡——這個沒有任何人見過的蜜拉。蜜拉真實存在過的證據只有一件：從喬瑟夫．洛克的汽車後座採集到的幾根紅髮，這些頭髮不屬於洛克或歐蓮娜。

珍啜飲一口咖啡，再次取出喬瑟夫．洛克的汽車調查報告。珍已經學會利用蕾吉娜睡覺的時間工作，而現在，女兒好不容易睡著了，珍就立刻投入搜尋蜜拉的工作。她掃視車內尋獲物品清單，再一次檢視喬在這個世上少得可憐的擁有物。有一個粗呢布袋裡裝滿髒衣服和汽車旅館的毛巾，還有一袋發霉的麵包，一罐吉比花生醬，以及十幾罐維也納香腸。這些食物屬於沒機會煮飯的男人，屬於一個逃亡的男人。

珍接著看微跡證物報告，專注地看毛髮纖維的檢驗結果。那是一輛格外骯髒的汽車，前座和後座都採集到各式各樣的纖維（包括自然纖維與人造纖維），以及大量毛髮。珍有興趣的是後座採集到的毛髮，她仔細地閱讀那份報告。

人類。AO2/B00/C02（7公分）/D42

頭髮，微捲，七公分長，髮色微紅。

珍心想：目前爲止，我們對妳的了解就只有這樣：妳有一頭紅色短髮。

珍拿起車子的照片，以前就已經看過，不過她再次地檢視那些飲料空罐、糖果紙屑、捲成一團的毛毯，和骯髒的枕頭。珍的目光停留在後座上的那本八卦雜誌。

《機密檔案週刊》。

再一次，珍還是覺得這本雜誌出現在一個男人的車裡是多麼的不協調。喬眞的會關心好萊塢女星梅蘭妮．葛莉芬的心事？或是誰誰誰的老公出差時去看脫衣舞？《機密檔案週刊》是女性的八卦雜誌，女人眞的會關心電影明星遭遇到的不幸事件。

珍離開廚房，到女兒的房間探一下頭。蕾吉娜還在睡——隨時都會結束的稀有時光。珍靜悄悄地關上育嬰房的門，然後溜出家門，走去找鄰居。

歐布萊恩太太好一會兒才來應門，但她顯然很高興能有訪客，任何訪客都好。

「很抱歉打擾妳。」珍說。

「進來，進來！」

「我不能留下來，蕾吉娜還在床上，而我……」

「她還好嗎？我昨晚又聽到她在哭。」

「很抱歉吵到妳了，蕾吉娜睡得不太好。」

歐布萊恩太太靠近珍，低聲地說：「白蘭地。」

「妳說什麼？」

「抹在奶嘴上，我在兩個兒子身上用過，他們都睡得像天使一樣安穩。」

珍認識歐布萊恩太太的兩個兒子，天使這個字眼已經不再適用於他們身上。在對方提供更多壞媽媽小撇步之前，珍開口說：「歐布萊恩太太，妳有訂《機密檔案週刊》，對吧？」

「我剛收到最新的一期，『好萊塢寵物眞好命！』妳知道有些飯店會爲妳的狗準備特別的房間嗎？」

「妳有沒有保留上個月的週刊呢？我想找封面是梅蘭妮．葛莉芬的那一本。」

「我知道妳說的那一本。」歐布萊恩太太揮揮手招呼珍進門，珍跟著她走到客廳，驚訝地發現：室內每一吋平面上都堆滿了搖搖欲墜的雜誌。那裡面至少有十年份的《時人雜誌》、《娛樂週刊》及《美國名人週刊》。

歐布萊恩太太準確地走到《機密檔案週刊》那一堆雜誌前，很快地找出梅蘭妮．葛莉芬那一期。「沒錯，我記得，這一期很棒。」她說：「『整形手術大災難！』如果妳想要拉皮，最好先讀讀這一本，保證妳會打退堂鼓。」

「我可以跟妳借來看嗎？」

「妳會還我吧？」

「當然會，我只要借一兩天。」

「我眞的希望妳會還回來，因爲我喜歡重讀裡面的文章。」

歐布萊恩太太說不定把雜誌裡內容記得滾瓜爛熟。

珍回到自家廚房桌前，看著八卦週刊的發行日期：七月二十日。雜誌發行的一個星期之後，歐蓮娜就在星瀚灣被人撈起來。珍打開《機密檔案週刊》，開始讀了起來。珍發現這本雜誌比想像中好看：天哪！這些都是垃圾，但都是很有趣的垃圾。我從來不知道他是同志，也不知道她已經有四年沒有性伴侶了。還有，大家一窩蜂要做的大腸水療排毒究竟是什麼東西？珍又接著看了「整形手術大災難」、「時尚急診室」、「我看見天使」，以及「勇敢貓咪救全家」等文章。喬瑟夫．洛克也會看這些八卦消息、名人時尚嗎？他也會盯著被整壞了的臉孔、心裡想著：我才不會去整形，我要自然優雅的老去？

不，當然不會。喬瑟夫．洛克不是會讀這種雜誌的人。

那為什麼這本雜誌會出現在他車上？

珍繼續看最後兩頁的分類廣告，一欄欄的廣告內容包括：靈媒服務、另類療法，以及在家工作的機會。真的會有人回應這些廣告嗎？真的有人會相信你只要「在家裡塞信封，就可以一天賺兩百五十美元」？珍看往頁面中間的私人廣告區，然後，她的眼光突然定住，看著一則兩行的廣告，看著熟悉的五個字。

骰子已出手。

那行字下面，是一個時間和日期，以及一組區碼為617的電話號碼。是波士頓的區碼。

那句話很可能只是個巧合，珍心想。可能是戀人之間秘密約會的暗號，或者是秘密毒品交易。極有可能，那句話和歐蓮娜、喬、蜜拉都沒有關係。

珍的心跳加速，拿起廚房裡的電話，撥打廣告上的那組號碼。電話鈴響，三聲，四聲，五聲。沒有電話答錄機代為應答，電話那頭也沒有人聲傳來。只是一直響著，響到珍都數不清是第幾聲了。也許這個號碼的女主人已經死了。

「喂？」一個男人接起電話。

珍呆住，手差點就把電話掛掉。她立刻把話筒再壓回耳朵上。

「有人嗎？」那個男人說道，語氣聽來沒什麼耐性。

「喂？」珍說：「你是哪位？」

「妳又是哪位啊？是妳打來的哦。」

「對不起。我，呃，有人給我這支電話，但沒有告訴我該找哪一位。」

「嗯，這支電話沒有登記在任何人名下。」那個人說道。「這是公共電話。」

「你的所在位置是哪裡？」

「法努爾廳，我只是剛好經過聽到電話在響。所以，如果妳是要找某個特定的人，我幫不上忙。再見。」那人掛掉電話。

珍低頭瞪著那則廣告，注視著那五個字。

骰子已出手。

珍又再次拿起電話撥號。

「《機密檔案週刊》。」一位女性的聲音。「分類廣告部。」

「妳好，我想刊登廣告。」珍說。

「妳應該先跟我討論才是。」嘉柏瑞說：「我不敢相信妳就自己進行了。」

「沒有時間打電話找你。」珍說：「他們今天的廣告截止時間是下午五點，我當時就得立刻做決定。」

「妳不知道誰會回應那則廣告，而現在妳的手機號碼已經公諸於世了。」

「最糟糕的結果就是我會接到一些怪電話，如此而已。」

「或者，妳會被捲入超乎我們想像的危險事件。」嘉柏瑞將八卦雜誌扔在廚房桌上。「我們得找摩爾來處理這件事，波士頓警局可以過濾、監控打來的電話，這件事情必須先仔細想清楚。」嘉柏瑞看著珍。「取消廣告，珍。」

「沒辦法，我告訴過你，已經來不及了。」

「天哪！我不過去辦公室兩個小時，回家來就發現我老婆在廚房裡頭玩打電話招危險的遊戲。」

「嘉柏瑞，那只不過是私人廣告裡的短短兩行字。要不就是有人回電給我，要不就是根本沒人注意到。」

「要是有人回電呢？」

「那我就讓摩爾去處理。」

「妳讓他？」嘉柏瑞乾笑一聲。「這是他的職責，不是妳的。妳在休產假，還記得嗎？」

彷彿是要強調嘉柏瑞的說法，育嬰室裡突然爆出一陣嚎啕大哭的聲音。珍走去女兒房內，發現蕾吉娜一如往常地踢開被子，揮舞著雙拳，因爲需求沒有立刻獲得滿足而生氣著。今天所有人都對我不滿，珍把蕾吉娜從嬰兒床上抱起時心想道。她把女兒飢餓的小嘴湊上自己的乳房，小小牙床用力咬緊的時候，讓珍痛得縮了一下身體。我一直努力著當個好媽媽，珍心裡想，我眞的很努力，但是我已經厭倦身上的酸奶味和爽身粉，我已經累得不想再累了。

我以前都是在追捕壞人的，你知道嗎？

珍把寶寶抱進廚房，站著左右輕搖，希望蕾吉娜感覺舒服，即使當媽媽的本人已經快要火山爆發了。

「就算我辦得到，我也不要取消廣告。」珍堅決地說道。看著嘉柏瑞走到電話旁邊，又問道：「你要打電話給誰？」

「摩爾，讓他從這裡接手。」

「那是我的手機號碼，是我出的主意。」

「但這案子已經不歸妳管了。」

「我並不是說我要主導整件事情。我在廣告上有註明特定時間和日期，到那天晚上，你、我和摩爾，我們全都一起等看看誰打來，好不好？我只是希望電話響的時候，我也在現場。」

「妳必須退出這個案子，珍。」

「我已經置身其中了。」

「妳現在有了蕾吉娜，妳是個媽媽了。」

「但我不是死人。你聽見了嗎？我・不・是・死・人！」

珍說的話彷彿凝結在空氣中，她的怒火像鐃鈸一樣鏗鏘回響。蕾吉娜突然停止吸奶，睜大雙眼，驚訝地望著媽媽。只聽見冰箱馬達運作一陣，又恢復安靜。

「我從來沒說過妳是。」嘉柏瑞平靜地說。

「但是你說話的方式，讓我覺得我幾乎跟死人沒兩樣。哦，妳有蕾吉娜了，妳現在有更重要的任務，妳必須待在家裡生產奶水，然後把腦袋放著爛掉。我是個警察，我需要回去工作。我懷念我的工作，我懷念我那響個不停的呼叫器。」珍深吸一口氣之後坐在廚房桌前，吐出的氣息逸成一聲沮喪的嗚咽。「我是個警察。」她低聲說道。

嘉柏瑞在她對面坐下。「我知道妳是。」

「我不認爲你知道。」珍舉起手來擦掉臉上的淚珠。「你根本就不了解我，你以爲自己娶回家的是個完美媽咪。」

「我完全了解我自己娶的是誰。」

「現實很可惡，對吧？我也很可惡。」

「嗯。」嘉柏瑞點點頭。「有時候的確是。」

「我不是沒有警告過你。」珍站起身來。蕾吉娜依舊異常安靜，依舊瞪視著珍，好像突然發現媽咪變得相當値得一看。「你了解我的本性了，要不就是忍受，要不就是忽略。」她往廚房外頭走去。

「珍。」

「蕾吉娜需要換尿布。」

「該死，妳在逃避我們的爭執。」

珍轉身回來看著嘉柏瑞。「我從來不逃避。」

「那就和我一起坐下來。我沒有從妳面前逃開，我也不打算逃避。」

有好一會兒的時間，珍只是望著嘉柏瑞。她心裡想：好難，維持婚姻眞的好難，讓人提心吊膽。而嘉柏瑞猜對了，她剛剛眞的想逃避。我眞心想做的事情就是：逃到一個沒有人可以傷害我的地方。

珍拉開椅子坐下來。

「情況已經改變了，妳知道的。」嘉柏瑞說：「現在不像從前，不像我們還沒有蕾吉娜的時候。」

珍不發一語，還在氣他剛剛同意「她很可惡」這件事。就算事實如此也不行。

「現在如果妳發生了什麼事，受到傷害的不只是妳一個人，妳還有個女兒，妳還要考慮到其他人。」

「我願意當個母親，但不是要當個囚犯。」

「妳的意思是：後悔我們生了蕾吉娜？」

珍低頭看著蕾吉娜，女兒也瞪大眼睛看著她，彷彿聽得懂大人們說的每一句話。「不，當然不是。只是……」珍搖搖頭。「我不只是她的母親，我也是我自己。但我快要失去自我了，嘉柏瑞。每一天，我都覺得自己在一點一點地消失，就像《愛麗絲夢遊仙境》裡的妙妙貓一樣。每一天，我都越來越難想起自己原本的模樣。然後，你一回到家就忙著指責我刊登了那則廣告。你不得不承認，我想到的是個超棒的點子。而現在，我想我是眞的消失了，連我自己的丈夫都已經忘記眞正的我。」

嘉柏瑞傾身向前，目光灼灼，像是要在她臉上燒出一個洞來。「妳知不知道，妳被困在那家醫院裡的時候，我心裡是什麼感覺？妳有沒有一點點概念？妳認爲妳很強悍，腰上繫著武器，妳就變成神力女超人。但如果妳受傷了，流血的不只有妳一個人。珍，我也會流血。妳有沒有想過我的感受呢？」

珍沒說話。

嘉柏瑞笑了，但聲音聽來像是受傷的野獸。「對，我很討人厭，總是要保護妳，不讓妳恣意而爲。總得有人來做這件事情，因爲妳就是妳自己最糟糕的敵人，妳無時無刻想證明妳自己的能力。在妳心裡，妳還是那個法蘭基・瑞卓利瞧不起的妹妹，是個女孩子，能力不足以加入男孩們的遊戲，而且妳永遠都比不上他們。」

珍只能回瞪著嘉柏瑞，因爲他看透了自己而感到忿忿不平，因爲他的一針見血而憤怒不已。

「珍。」嘉柏瑞的手伸過桌面，在她把手抽開之前握住了她，沒有要放開她的意思。「妳不需要對我、對法蘭基，或者對任何人證明妳自己。我知道妳現在很辛苦，但妳很快就會回到工作崗位上了。所以，讓妳的腎上腺素放個假吧。也讓我放鬆一下，讓我享受一下老婆和女兒都安全在家的感覺。」

嘉柏瑞仍然將珍的手握在桌子上，她看著兩人的手，心裡想道：這個男人從不動搖，不論我如何推開他，不論我是否好到足以擁有他，他永遠都會在我身邊。慢慢地，兩人的手指頭交握在一起，安靜地停戰了。

電話鈴聲響起。

蕾吉娜放聲大哭。

「唉。」嘉柏瑞嘆口氣。「平靜的時光總是短暫。」他搖搖頭，站起來去接電話。珍抱著蕾吉娜走出廚房時，聽到他說：「妳說得對，我們不要在電話上討論這件事。」

珍警覺心立起，轉身去看嘉柏瑞的臉色，想找出他聲音突然變得低沉的原因。但是嘉柏瑞面對著牆壁，所以珍轉而注意到他頸背隆起的肌肉。

「我們會等妳來。」嘉柏瑞說完，掛上電話。

「誰打來的？」

「莫拉，她要過來。」

31

莫拉不是單獨一個人來的。站在她旁邊的是一個長得不錯的黑髮男人，鬍鬚修剪得很整齊。

「這位是彼得．盧卡斯。」莫拉介紹道。

珍不可置信地看了莫拉一眼。「妳帶個記者來？」

「我們需要他，珍。」

「我們什麼時候開始需要記者了？」

盧卡斯活潑地揮手致意。「我也很高興見到你們，瑞卓利警官，狄恩探員。我們可以進來嗎？」

「不，我們不要在這裡談。」嘉柏瑞說道，他和抱著蕾吉娜的珍一起走出家門，到走廊上。

「我們要去哪裡？」盧卡斯問道。

「跟我來。」

嘉柏瑞帶頭走上兩層樓，到達公寓樓頂。這裡，許多住戶用盆栽佈置成美麗的花園，然而，整座城市的暑熱以及瀝青磚面的高溫，已經使這片綠洲略顯枯萎。盆裡的番茄垂頭喪氣，牽牛花的葉子被熱氣烤得焦黃，藤蔓像枯瘦的指頭纏繞在棚架上。珍把蕾吉娜的嬰兒椅放在野餐桌附帶的遮陽傘陰影下，寶寶立刻打起瞌睡，雙頰紅撲撲的。一行人站在這個優勢位置上，可以望見其他建築的屋頂花園，其他水泥景觀中令人心曠神怡的綠色點綴。

盧卡斯把一個資料夾放在嬰兒椅旁邊的桌上。「艾爾思醫師認爲你們會有興趣看看這個。」

嘉柏瑞打開資料夾，裡面是一則新聞剪報，照片上是一名帶著微笑的男子，標題是：拉斯登市商人陳屍遊艇。該名男子自一月二日起即告失蹤。

「查爾斯‧戴斯蒙是什麼人？」嘉柏瑞問道。

「一個很少人眞正了解的人。」盧卡斯說：「這一點就是引起我興趣的地方，他的眞正身分是我報導這則新聞的原因，雖然法醫不疑有他地就判定這是個自殺案件。」

「你對法醫的判定有疑問？」

「其實，並沒有證據可以證明這不是一起自殺事件。戴斯蒙陳屍在自家遊艇的浴室裡，他的遊艇一向都停泊在波多馬克河岸的一處碼頭上。他死在浴缸裡，雙手手腕都割開了，也留了一張遺書在艙房裡。屍體被發現的時候，已經死亡超過十天以上。醫事檢驗處一直沒公佈屍體的照片，但你們可以想像：驗屍過程一定很精采。」

珍嘴角一扭：「我寧願不去想像。」

「戴斯蒙留下的遺書也沒有什麼具體內容。我很沮喪，人生爛透了，一天都活不下去了！戴斯蒙酗酒是衆所周知的，而且在五年前離婚。所以，他會沮喪是很合理的，一切聽來都很符合自殺的情節，對吧？」

「爲什麼你覺得不是呢？」

「我心裡的鈴聲大作，這是記者的第六感，覺得事有蹊蹺，背後可能有另一個更大的故事。這是個擁有遊艇的有錢人，失蹤了十天才有人發覺不對勁。警方能夠確定失蹤日期，是因爲戴斯蒙的車停在碼頭停車場裡，停車票卡上蓋印的日期是一月二日。戴斯蒙的鄰居說他經常出國，所以一個星期沒見到他也不覺得奇怪。」

「出國？」珍問道：「爲什麼理由出國？」

「沒有人可以告訴我原因。」

「還是沒有人願意告訴你？」

盧卡斯微笑了一下。「妳很多疑，警官。我也是，那一點讓我對戴斯蒙越來越好奇，讓我懷疑背後是不是有更多的故事。妳知道，水門事件就是這樣子開始的，從一個單純的破門竊盜案件，發展成超大的政治醜聞。」

「戴斯蒙的案件背後有什麼更大的故事？」

「戴斯蒙的眞正身分。」

珍仔細看了照片上戴斯蒙的表情，他臉上帶著愉快的微笑，領帶整齊。這種照片就是會用在各種公司資料報告上：公司的執行長，透露出深具競爭力的特質。

「我提出越多關於戴斯蒙的問題，就發現越多有趣的事情。查爾斯・戴斯蒙從沒念過大學，在軍隊中服役二十年，大多從事軍事情報工作。退伍五年之後，戴斯蒙就買下一艘遊艇和一幢位於拉斯登市的豪宅。聽到這裡，你就會提出一個明顯的問題：他是用什麼辦法，累積這麼大筆的財富？」

「你的文章這裡提到，戴斯蒙爲一家『金字塔服務公司』工作。」珍說道。「那是什麼公司？」

「我當初就是好奇這一點，花了一段時間去搜尋。幾天之後，我發現金字塔服務公司其實是某家公司的相關企業。猜猜看是哪一間？」

「先別告訴我。」珍說：「是白冷翠。」

「妳猜對了，警官。」

珍望向嘉柏瑞。「這間公司的名字不斷出現，對不對？」

「然後，你們看看戴斯蒙失蹤的日期。」莫拉說：「我注意到的是這一點，一月二日。」

「艾胥伯恩屠殺案的前一天。」

「你們不覺得這是很有趣的巧合嗎？」

嘉柏瑞說：「多告訴我們一些金字塔服務公司的事。」

盧卡斯點點頭。「金字塔是白冷翠的運輸及保全部門，服務範圍包括戰爭區域。不論我國國防在海外需要什麼服務——保鑣、護送、私人警力等等——白冷翠都能爲您提供。在世界上某些沒有合法政府的地區，他們也能提供服務。」

「發戰爭財的奸商。」珍說道。

「有錢賺爲什麼不賺呢？從戰爭中可以賺進大筆鈔票。在科索沃衝突中，白冷翠的私有部隊護送重建人員進出。目前，白冷翠在喀布爾、巴格達，以及裏海沿岸的城鎮都有私人警力的部署。這些費用全部都由美國納稅人買單，這也就是查爾斯·戴斯蒙買得起遊艇的原因。」

「我眞是選錯警局服務了，如果轉調到喀布爾，那我也能買得起遊艇了。」珍說道。

「妳不會想爲這些人工作的，珍。」莫拉說：「等妳聽到工作內容之後就不會想去了。」

「妳是指要在戰區工作這件事嗎？」

「並不是。」盧卡斯說：「而是白冷翠會和許多聲名狼藉的公司合作。想要在戰區做生意，就得和當地黑道打交道。建立合夥關係是最實際的做法，所以地方上的黑道人士就會和白冷翠這種公司合作。各式各樣的商品都有黑市交易——包括毒品、軍火、名酒、女人。每一場戰爭都是賺錢良機，都是交易市場，所以每個人都想分一杯羹。這就是爲什麼有那麼多廠商在爭取國防部的契約，不只是爲了契約本身的交易，更是爲了隨之而來的黑市經濟。去年，比起其他防禦工事承包商，白冷翠標到最多國防契約。」盧卡斯停了一下。「有部分原因就是靠查爾斯・戴斯蒙的本事。」

「這是指？」

「戴斯蒙是居中牽線的人，他在五角大廈裡有熟人，說不定在其他單位裡面也有朋友。」

「他的下場竟是如此。」珍看著戴斯蒙的照片說道。屍體躺了十天也沒人發現，神秘到沒有鄰居在乎他是否失蹤。

盧卡斯說：「問題是：爲什麼戴斯蒙必須要死？是他在五角大廈的朋友下手的嗎？還是其他人？」

有好一段時間，沒有人開口說話。熱浪使得屋頂像滾水一樣蒸騰，底下的街道傳來車輛的廢氣以及喧鬧聲。珍突然注意到蕾吉娜已經醒轉，兩眼望著珍的臉龐。眞是神秘，我在女兒眼中看到多少智慧光芒。從珍的座位，可以看到另一幢建築的屋頂上有個女人在做日光浴，比基尼的上衣沒有綁著，裸背上閃耀著防曬油的光芒。珍也看到另一個男人站在陽台上講手機，還有一個小女孩坐在窗邊拉小提琴。珍的頭頂上，一架噴射機飛過，留下長長的白色尾巴。珍心裡好奇：有多少人看得見我們？此時此刻，有多少攝影機或人造衛星在瞄準我們的屋頂？波士頓已經變成一個充滿眼睛的城市。

莫拉說：「我相信大家應該都有這個念頭：查爾斯・戴斯蒙曾經在軍方情報單位工作；在醫院病房裡，被歐蓮娜槍殺的那名男子幾乎可以確定曾經是軍方人士，只是指紋檔案被消除了；我的辦公室保全系統遭到破壞。這些事情是不是讓大家都聯想到情報員？或者，這一切都和那家公司有關？」

「白冷翠和中央情報局一向是攜手合作的。」盧卡斯說：「這件事聽起來一點都不令人驚訝，因爲這兩個單位都在相同國家從事工作，都雇用相同種類的員工，交易相同的訊息。」他看向嘉柏瑞。「而現在，這兩個單位甚至出現在這裡，在我們的國家裡。宣稱受到恐怖份子威脅，美國政府就可以將任何行動、任何支出都給合理化。數不盡的資金流向各種不入帳的計畫，這就是查爾斯．戴斯蒙這種人可以買到遊艇的原因。」

「這也是他最後會死掉的原因。」珍說道。

太陽已經西斜，刺眼的光芒已經低到遮陽傘以下，日頭恰巧落在珍的肩膀上。汗珠緩緩滑落珍的胸脯，她低頭看著蕾吉娜紅通通的臉龐，心裡想：這裡對妳來說太熱了，寶貝。

對我們所有人來說都太熱了。

32

摩爾探員抬頭看時鐘，時間接近晚上八點。珍上一次坐在兇殺重案組會議室裡的時候，已經有九個月的身孕，既疲倦又煩躁，早就準備好要休產假。現在，珍又回到同一個會議室，周圍有同一群同事，但每件事都不同了。會議室裡充滿緊張氣氛，隨著每分鐘過去，大家的緊繃程度越見上升。珍和嘉柏瑞坐在摩爾的對面，佛斯特警官和克羅警官坐在會議桌的前端。放在他們中間的東西，就是所有人關注的焦點：珍的手機，連接在擴音器上。「時間越來越近了。」摩爾說：「妳還好嗎？我們可以讓佛斯特來接聽電話。」

「不用，我必須親自做這件事情。」珍說道。「如果是男人接電話，可能會嚇跑蜜拉。」

克羅聳了聳肩。「前提是這個神秘的女孩會打電話來。」

「既然你覺得這一切是在浪費你寶貴的時間，你不需要待在這裡。」珍怒道。

「哦，我要留下來看看會發生什麼事情。」

「我們不想讓你覺得無聊。」

「只剩三分鐘，兩位。」佛斯特插進來說道，一如往常，試著扮演珍和克羅之間的和事佬。

「說不定蜜拉根本沒看到廣告。」克羅說。

「這一期雜誌已經上架五天了。」摩爾說：「她應該有機會可以看到廣告。如果她沒打來，就表示她選擇不回應。」

或表示她已經死了，珍心想道。在場所有人應該都有想到這一點，只是沒有人說出來。

珍的手機鈴聲響起，所有人立刻看向她。螢幕上的來電顯示：是一組來自羅德代出堡區域的號碼。這只是一通電話，然而珍的心臟狂跳，不由自主地恐懼起來。

珍深吸了一口氣，看著摩爾，摩爾對她點點頭。「喂？」她接起手機。

擴音器傳來一個男人慢吞吞的聲音。「嗯，這個廣告是怎麼一回事呢？」背景傳來一陣笑聲，一群人嘻鬧的聲音。

「你是誰？」珍問道。

「我們只是很好奇，那廣告是什麼意思咧？『骰子已出手』？」

「你打電話來就是要問我這件事？」

「對啊，這是什麼遊戲嗎？我們要來猜答案。」

「我現在沒時間和你說話，我在等電話。」

「喂！喂！這位小姐！我們打的可是長途電話，混蛋！」

珍掛掉電話，望向摩爾。「眞是個蠢蛋。」

克羅說：「如果妳那些《機密檔案週刊》的讀者都是這個樣子，今天晚上可有得瞧了。」

「我們可能還得接到幾通像這樣的電話。」摩爾提醒道。

手機鈴響，這一通是從普維敦斯打來的。

一股腎上腺素又讓珍的心跳加快。「喂？」

「妳好！」一個爽朗的女性聲音。「我看到妳在《機密檔案週刊》登的廣告，而我現在正好在針對私人廣告進行研究。我想了解妳刊登廣告的目的是爲了交友嗎？還是，妳這邊是公司商號？」

「都不是。」珍生氣地說完就掛斷。「天哪！這些人是怎麼了？」

八點五分，電話鈴聲又響起。一名從德拉瓦州的紐瓦克打來的人說：「這是什麼比賽嗎？我打進來有沒有獎品？」

八點七分：「我只是想知道打電話來會不會有人接。」

八點十五分：「妳是，間諜什麼的嗎？」

到了八點半，終於不再有電話打進來。整整二十分鐘，所有人只是瞪著那支安靜的手機。

「我看就是這樣啦。」克羅站起身來伸懶腰，一邊說：「我們這個晚上過得眞是有意義。」

「等等。」佛斯特說：「我們快接近中部時區的八點了。」

「什麼？」

「珍所刊登的廣告上並沒有標明時區，現在在中部的堪薩斯市才剛接近八點。」

「他說得沒錯。」摩爾說：「我們都坐下吧。」

「所有時區？我們得在這裡待到半夜！」克羅說。

「可能更晚，如果你把夏威夷算進去的話。」佛斯特指出。

克羅哼了一聲。「也許我們該買些披薩來。」

最後，他們眞的去買了披薩。在十點到十一點之間都沒有電話打進來，佛斯特出門一會兒之後，帶回兩個達美樂的臘腸大披薩。大家開汽水的開汽水、傳紙巾的傳紙巾，然後再坐下來瞪著安靜無聲的手機。雖然珍休了一個月的假，但今晚幾乎讓她覺得似乎從來沒離開過。坐的是同一張桌子，共事的是同一批累壞了的警員，而且，達倫・克羅還是一樣的討人厭到極點。除了今晚有嘉柏瑞在場之外，什麼都和以前一樣。珍心想：我想念這一切，包括克羅。我懷念身爲員警的日子。

手機鈴響的時候，珍手上正拿著一片披薩要往嘴裡送。她抓一張紙巾來擦油膩膩的手指，一邊抬頭看時鐘。剛好十一點整。來電顯示是波士頓境內的電話，這通電話晚了整整三個小時。

「喂？」珍接起電話。

電話那端沒有人回應珍的招呼。

「喂？」珍又說了一遍。

「妳是誰？」是一個女性的聲音，低得幾乎聽不見。

珍有所警覺，抬頭看著嘉柏瑞，他也注意到了。**來電者有口音。**

「我是妳的朋友。」珍說道。

「我不認識妳。」

「歐蓮娜向我提過妳。」

「歐蓮娜死了。」

是她。珍環顧四周，所有人都帶著驚訝的表情。就連克羅都傾身向前，神情緊張，並沒有置身事外。

珍說：「蜜拉，告訴我哪裡可以和妳碰面。拜託妳，我需要和妳談談。我保證，一切都會很安全。隨便妳選個地點。」珍聽見話筒掛上的聲音。「該死！」珍看著摩爾。「我們需要找出她的所在位置！」

「找出來了嗎？」摩爾問佛斯特。

佛斯特掛上會議室裡的電話。「在西區，是公共電話。」

「我們上路。」克羅說道，他已經離開椅子，朝門口走去。

「等你到的時候，她早就已經離開了。」嘉柏瑞說。

摩爾說：「有一輛巡邏車可以在五分鐘之內到西區。」

珍搖搖頭說：「不要有制服人員出現，只要讓蜜拉看到一個警察，她就會知道自己被設計了。然後，我就再也沒有機會和她聯絡了。」

「那妳說我們現在該怎麼辦？」克羅停在門口問。

「給她一個機會好好想一想，她有我的手機號碼，知道怎麼和我聯絡。」

「但她不知道妳的身分。」摩爾說道。

「這就是她擔心的部分，她想要確保安全。」

「聽好，她可能再也不會打來。」克羅說：「這可能是我們找到她的唯一機會，我們出發吧！」

「克羅說得沒錯。」摩爾看著珍說：「這可能是我們唯一的機會。」

思考了一下，珍點點頭。「好吧，出發！」

佛斯特和克羅走出會議室。隨著時間一分一秒過去，珍注視著無聲的手機，心裡想：也許我應該跟他們一起去，我應該是出勤的人，我應該出去找蜜拉。珍想像著那個畫面：佛斯特和克羅穿梭在櫛比鱗次的西區，搜尋一個他們並不知道長相的女人。

摩爾的手機響起，他立刻掏出來。從摩爾的表情，珍就可以看出電話那頭並沒有好消息。摩爾掛掉電話，搖了搖頭。

「蜜拉不在那裡？」珍問道。

「他們已經找了鑑識小組到公共電話亭採集指紋。」摩爾看到珍臉上極爲失望的表情。「聽好，至少我們現在知道眞的有蜜拉這個人，而且她還活著。」

「暫時還活著。」珍說道。

即使是警察，也得上街買奶粉和尿布。

珍站在雜貨店裡的貨架走道上，蕾吉娜安穩地躺在胸前的嬰兒背袋裡。珍不耐煩地檢視貨架上的配方奶水，研究每個廠牌的營養成分。每一罐都提供寶寶每日所需百分之百的養分，從維他命A到鋅都有。珍心想：任何一罐都非常完美，那我幹嘛還要有罪惡感呢？蕾吉娜喜歡喝配方奶水，而我則需要別上呼叫器，回去工作。我必須離開沙發，關掉電視上的警察影集。我需要離開這間雜貨店。

珍隨手抓起兩組六罐裝的配方奶水，再到另一排貨架去拿尿布，然後就走向收銀台。

到了外面，停車場氣溫極高，光是把買好的東西放進行李廂就讓珍滿頭大汗。車裡的座位燙得足以把肉烤焦，因此，在把蕾吉娜放進嬰兒座椅之前，珍先將車門開著通通風。一輛輛手推車來來去去，一個個購物者揮汗如雨。一陣喇叭聲響起，有個駕駛人大喊著：「喂！走路看路啊，白癡！」此時此刻，這些人都百般不願地待在這個城市裡。大家都希望能夠躺在海灘上，吃著甜筒冰淇淋，而非和其他不耐煩的波士頓人一起被困在摩肩接踵的城裡。

蕾吉娜哭了起來，黑色捲髮汗濕地貼在粉紅小臉上。這小傢伙也是個不耐煩的波士頓人。在她不停的哭叫聲中，珍彎身進車後座，把她扣在嬰兒座椅的安全帶上。珍開出幾條街之外，蕾吉娜還是一路大哭著。車裡的冷氣已經開到最強。珍再次遇到紅燈時，心裡想著：上帝啊！帶領我平安度過這個下午吧。

珍的手機鈴聲響起。

珍大可以任由它繼續去響，但最後她還是從包包裡掏出手機，看到來電號碼是不認得的本地電話。

「喂？」珍接起電話。

在蕾吉娜的怒吼聲中，珍差點聽不見電話那頭傳來的問題：「妳是誰？」來電者聲音輕柔，珍立刻知道是誰。

珍全身的肌肉立即緊繃起來。「蜜拉？別掛電話！請妳不要掛掉電話，跟我談談！」

「妳是警察。」

紅燈已經變成綠燈，後面的車子開始按喇叭。「是的。」珍坦承。「我是警察，我只是想要幫助妳。」

「妳怎麼知道我的名字？」

「我和歐蓮娜在一起，那個時候……」

「那個時候警察開槍殺了她？」

後面那輛車又按了喇叭，堅決地要求珍讓路。王八蛋！珍踩下油門，開過十字路口。手機仍然壓在耳朵上。

珍說：「蜜拉，是歐蓮娜告訴我關於妳的事情，那是她生前最後的一句話——她要我找到妳。」

「昨天晚上，妳派警察來抓我。」

「我沒有派……」

「兩個男人，我親眼看到的。」

「那兩個人是我的朋友，蜜拉。我們都想要保護妳，妳自己一個人待在外頭很危險。」

「妳不知道有多危險。」

「我知道！」珍停了一下。「我知道妳爲什麼逃亡，我知道妳在怕什麼。妳的朋友們被槍殺的時候，妳也在那幢屋子裡，對嗎，蜜拉？妳目睹了案發經過。」

「我是唯一存活下來的人。」

「妳可以在法庭上作證。」

「他們會先殺了我。」

「他們是誰？」

一陣靜默。珍心想：千萬別又掛掉，請留在電話線上。珍看到路邊有個空位，立刻把車停過去。她坐在車裡，手機壓在耳朵上，等著電話那頭的女人開口說話。後座的蕾吉娜越哭越大聲，對於媽媽竟敢忽視她的存在而越來越生氣。

「蜜拉？」

「爲什麼有嬰兒在哭？」

「是我的小孩，和我一起在車裡面。」

「但妳說妳是個警察。」

「對，我是，我告訴過妳我是警察。我的名字叫做珍・瑞卓利，蜜拉，妳可以打電話到波士頓警局確認我的身分。歐蓮娜去世的時候，我在她身邊，我和她一起被困在那間醫院裡面。」珍暫停了一下。「我救不了她。」

又是一陣靜默。冷氣還是轟轟作響，蕾吉娜依舊在哭，簡直要逼得媽媽急出白頭髮來。

「波士頓公共花園。」蜜拉說道。

「什麼？」

「今晚，九點，妳到池塘旁邊等。」

「妳會去那裡嗎？喂？」

電話線上已經沒有人了。

33

珍覺得腰上佩戴的手槍很沉，而且很不習慣。這把槍是珍的老朋友了，過去幾個星期都被鎖在抽屜裡。珍裝塡子彈、套入槍套時，有點不順手。以往，珍都是以正常的尊重態度來看待武器，因爲這東西可以把人的胸腔轟出一個洞來；然而，珍從來不曾這麼不願意去碰手槍。她想：這一定是當了媽媽之後造成的改變。現在，我看著手槍，心裡想到的都是蕾吉娜。只要手指扣下扳機，只要一顆子彈，就可以把女兒帶離我的生命。

「妳不一定要親自出面。」嘉柏瑞說。

他們兩人坐在嘉柏瑞的福斯汽車裡，車子停在紐貝瑞街，街上的服飾名店都開始準備打烊。週末外出用餐的人潮仍然流連在街頭，盛裝打扮的情侶酒足飯飽地散步經過。沒有人像珍一樣緊張到吃不下飯，只嚥下幾口她母親送到他們公寓去的燉牛肉。

「警方可以派另一名女警出面。」嘉柏瑞說：「妳只要坐在這裡就好。」

「蜜拉聽過我的聲音，她知道我的名字，我必須親自出面。」

「妳已經一個月沒有出勤過了。」

「這正好就是我復職的好時機。」珍看了看錶。「還有四分鐘。」她朝身上的通訊器材說話。「大家都準備好了嗎？」

從耳機裡，珍聽見摩爾說話：「我們都就定位了，佛斯特在碧肯街和阿靈頓街交叉口，我在四季飯店前面。」

「而我會跟在妳後面。」嘉柏瑞說。

「好。」珍走下車，將身上穿的輕便夾克往下拉，蓋住突出的槍套。珍走到紐貝瑞街，朝東走去，經過週末外出狂歡的人群，這些人都不需要在腰上佩戴槍枝。到了阿靈頓街，珍停下來等紅綠燈。對街就是公共花園，左手邊是碧肯街，也就是佛斯特所站的位置，不過珍並沒有望向他的方向。她也沒有冒險回頭確認嘉柏瑞是否跟在身後，珍知道他一定會在。

珍越過阿靈頓街，漫步走進公共花園。

紐貝瑞街很熱鬧，但這裡只有少數幾名遊客。一對情侶坐在池畔的長椅上，擁著彼此，完全不在乎兩人世界以外的人事物。有個男人彎身趴進垃圾桶裡，翻找出鋁罐就丟進匡啷作響的麻袋裡。一群孩子坐在草地上輪流彈著吉他，街燈映著樹影籠罩在他們身上。珍站在池塘邊緣，仔細看向黑影中。她在那裡嗎？她是不是已經看到我了？

沒有人走到珍的身邊。

珍慢慢的沿著池塘走一圈。白天的時候，池中會有天鵝船划行，常常有全家人一起吃冰淇淋的畫面，也會有音樂表演者演奏非洲鼓。但今晚，池水完全寂靜，像一個黑漆漆的洞，連一點點燈光反射都沒有。珍繼續走向池塘的北端，站在那裡聆聽碧肯街上的車聲。隔著灌木叢，珍看見一個男人在樹下漫步的剪影。是巴瑞．佛斯特。珍轉身繼續沿著池塘走，最後在一盞路燈下停住腳步。

我在這裡，蜜拉。慢慢地仔細看著我，妳可以看得出來這裡只有我一個人。

過了一會兒，珍坐在一條長椅上，感覺自己像是唱獨角戲的女演員，頭頂上的燈光直接打在身上。珍覺得有眼睛在看她，在侵犯她的隱私。

後面傳來窸窣聲，珍猛地一回頭，反射性地伸手去掏槍。手停在槍套上，因爲她發現來人只是那個拾荒者，拖著一整袋匡啷啷的鋁罐。珍的心臟狂跳，又坐回長椅上。一陣微風吹過公園，擾動池水，水面上映出一顆顆的小亮光。翻找鋁罐的男人拖著袋子走到珍旁邊的垃圾箱，開始翻揀垃圾。他好整以暇地挖寶，每挖到一個，就會發出一聲鋁罐撞擊聲。這個人要賴在這裡不走嗎？珍只好站起身來避開他。

珍的手機鈴聲響起。

她立刻伸手到口袋裡掏出手機。「喂？喂？」

靜默。

「我在這裡。」珍說：「我坐在池塘邊上，就是妳叫我等的地方。蜜拉？」

珍只聽見自己脈搏的跳動聲，電話已然斷線。

珍轉身掃視公園，只看到剛剛看過的那些人。長椅上的情侶，草地上彈吉他的孩子。還有帶著一袋罐子的男人，他動也不動地彎腰探進垃圾箱裡，彷佛正在仔細看著一顆出現在報紙堆、食物包裝紙堆裡的精細珠寶。

他一直在旁邊聽。

「喂！」珍說。

男人立刻站直身子，舉步走開，匡啷作響的袋子拖在身後。

珍開始追他。「我要跟你說話！」

那人沒有回頭，只是一直往前走，並且開始加速，因爲後面有人在追。珍在後面全力追趕，就在那人要踏上人行道的時候追上了。珍抓住那人的防風夾克，把他猛拉回來。在街燈照耀下，兩人互相對望。珍看到那人臉上一雙凹陷的眼睛，以及摻雜灰絲的凌亂鬍鬚，口中傳來一股混合著酒精和爛牙形成的酸臭味。

那人拍掉珍的手。「妳要幹什麼？搞什麼鬼啊，小姐？」

「珍？」耳機裡傳來摩爾大吼的聲音。「妳需要支援嗎？」

「不用，不用，我沒事。」

「妳在跟誰講話啊？」那流浪漢問道。

珍生氣地揮手叫他走開。「快走，離開這裡。」

「妳以爲妳是誰啊？對我下命令？」

「快走開。」

「好，好。」流浪漢哼了一聲之後走開，拖著他的罐子。「最近公園裡都是些瘋子……」

珍轉過身子，突然發現身邊站了人。嘉柏瑞、摩爾和佛斯特全都靠過來，形成保護她的圈圈。「唉，各位，我有尋求協助嗎？」珍嘆氣道。

「我們不確定發生了什麼事情。」嘉柏瑞說。

「現在我們搞砸了。」珍環顧四周，公園看來更加冷清了。長椅上的情侶正要離開，只剩彈吉他的孩子們還在樹蔭下笑著。「如果蜜拉一直在看，她就知道這些都設計好了，她是不可能會靠近我的。」

「現在是九點四十五分。」佛斯特說：「你看怎麼辦？」

摩爾搖搖頭。「回去吧，今晚不會有什麼事情發生了。」

珍說：「我當時處理得很好，不需要你們像騎兵隊一樣保護我。」

嘉柏瑞把車停在自家公寓後面的停車格裡，熄掉引擎。「我們不知道當時發生了什麼狀況，只看到妳在追那個人，之後那個人看起來像要給妳個迴旋攻擊。」

「他只是想逃走。」

「我並不曉得，我腦子裡想的只有……」嘉柏瑞沒說完，只是看著珍。「我只是反射動作，如此而已。」

「我們可能就此失去和蜜拉聯繫的機會，你知道嗎？」

「那我們已經失去了。」

「你聽起來一點都不在乎。」

「妳知道我在乎什麼嗎？我只在乎妳有沒有受傷，這一點比任何事情都重要。」嘉柏瑞走下車，珍也下車。

「你還記得我的職業是什麼嗎？」珍問道。

「我努力不去記得妳的職業。」

「突然間，我的職業變得不適當了？」

嘉柏瑞關上車門，隔著車頂看進珍的眼睛。「我承認，我現在對妳的職業有意見，請處理這個狀況。」

「你在要求我辭職？」

「如果這可以讓我不再擔心的話。」

「那我要做什麼？」

「也許可以做這件新鮮事：待在家裡帶蕾吉娜。」

「你什麼時候變成這樣開倒車？我不敢相信你竟然說出這種話來。」

嘉柏瑞嘆口氣、搖搖頭。「我也不敢相信自己竟然說出這種話。」

「當初娶我的時候，你就已經知道我是什麼樣的人了，嘉柏瑞。」珍轉身走進公寓，快要爬上三樓的時候，她才聽見嘉柏瑞站在樓梯下說：「但說不定我當時並不了解自己是什麼樣的人。」

珍回頭看著他。「這句話是什麼意思？」

「妳和蕾吉娜是我的全部。」嘉柏瑞慢慢地爬上階梯，直到他倆面對面站在樓梯間。「以前，我不需要擔心任何人，不需要擔心會失去什麼。我並不知道失去妳們會讓我害怕成這個樣子，現在的情況就像是我的阿基里斯腱、我唯一的弱點暴露在所有人面前，而我滿腦子所想的都是要用什麼方法來保護周全。」

「你無法保護，你只能與之共存，這就是有了家庭之後必然的轉變。」珍說道。

「風險太大了。」

他們家的大門突然打開，安琪拉探出頭到走廊上。「我就覺得我聽到你們兩個人的聲音。」

珍轉頭說：「嗨，媽。」

「我剛搖她睡著，所以你們的聲音要小一點。」

「她還好嗎？」

「就跟妳小時候一模一樣。」

「那麼糟糕啊？」珍走進家門，看到家中一切變得那麼整潔而倒退了一步。碗盤都已經洗乾淨收好，流理台也已擦拭乾淨，餐桌上鋪著一條蕾絲桌巾。珍什麼時候買過蕾絲桌巾？

「你們兩個在吵架，對吧？」安琪拉問道。「光從你們的表情就看得出來。」

「我們今天晚上一無所獲，就這樣。」珍脫掉夾克掛進衣櫥，等她轉身回來看著母親的時候，才發現安琪拉一直盯著珍的手槍看。

「妳會把那個東西鎖起來吧？」

「我一向都會。」

「因爲嬰兒和手槍……」

「知道啦，知道啦。」珍解下槍套，放進抽屜裡。「妳也知道，蕾吉娜還不到一個月大。」

「她發育得很快，就跟妳一個樣。」安琪拉看著嘉柏瑞。「我有沒有告訴過你珍在三歲大的時候做了什麼事？」

「媽，他不會想聽那個故事的。」

「我想啊。」嘉柏瑞說。

珍嘆口氣。「這是一個關於打火機、客廳窗簾，以及瑞福威消防局的故事。」

「哦，那件事。」安琪拉說：「我完全不記得那件事了呢。」

「岳母大人，我開車送妳回家的路上，妳再告訴我這個故事吧。」嘉柏瑞說著伸手到衣櫃裡取出安琪拉的毛衣。

另一個房間裡，蕾吉娜突然嚎啕大哭，宣告世人她其實並沒有睡著。珍走進育嬰室，從嬰兒床上抱起女兒。等到珍再回到客廳時，嘉柏瑞和母親已經離開公寓了。珍站在廚房洗碗槽前，用一隻手抱著蕾吉娜，一邊扭開水龍頭、在鍋子裡裝熱水來加熱奶瓶。這時候，公寓的對講機響起來。

「小珍？」對講機傳來安琪拉的聲音。「幫我開門一下好嗎？我忘了拿眼鏡。」

「上來吧，媽。」珍按下大門開關，然後站在門口，等媽媽一爬上樓就把眼鏡拿過去。

「沒戴眼鏡就讀不了東西。」安琪拉說道。她站在門口，給動來動去的孫女兒臨別一吻。「該走啦，嘉柏瑞的車子沒熄火呢。」

「媽，再見。」

珍走回廚房，鍋子裡的水已經滿出來了，她把奶瓶放進熱水裡加熱。在等待配方奶水變熱的時間裡，珍抱著哭個不停的女兒在屋子裡走來走去。

公寓的對講機又響起來。

哦！媽，這次妳又忘了什麼東西？珍心裡想著，按下大門開關。

這時候奶瓶已經溫熱，珍把奶嘴塞進寶寶嘴裡，但蕾吉娜卻把奶嘴推開，好像很討厭的樣子。寶寶，妳到底想要什麼？珍沮喪地想著，一面把女兒抱回客廳。妳可不可以直接告訴我妳想要什麼東西！

珍打開家門準備迎接母親。

但站在門口的並不是安琪拉。

34

那個女孩一句話都沒有說，就閃過珍進到她家裡，然後把門鎖上。女孩迅速走到窗邊，把一扇扇威尼斯窗簾全部拉上，動作非常快速，珍只能訝異地看著她的行動。

「妳以爲妳在做什麼？」

那名入侵者轉過身來面對著珍，伸出一隻手指壓在珍的唇上。那名女子身形嬌小，看起來比較像個女孩而不是女人，細瘦的身軀幾乎整個被埋在寬鬆的運動衫裡。從褪色的袖子裡伸出的那隻手，骨頭細得像小鳥的腳一樣，而她身上揹的超大購物袋則像是要拖垮她瘦弱的肩膀。女孩的紅髮剪得相當不整齊，似乎是她自己操刀，盲目地亂剪而成。她眼珠的顏色很淡，帶有神秘的灰色，透明得像玻璃。她臉上的表情像一隻飢餓的野生動物，顴骨突出，雙眼不斷掃視四周，檢查是否有隱藏的陷阱。

「蜜拉？」珍說。

女孩的手指再次壓上珍的嘴唇，她的表情珍完全可以理解。

保持安靜，戒愼恐懼。

甚至連蕾吉娜似乎都能了解，她突然安靜下來，雙眼圓睜而警覺，平靜地躺在珍的懷抱裡。

「妳在這裡很安全。」珍說道。

「沒有地方是安全的。」

「讓我打電話給我的朋友，我們會立刻派警力保護妳。」

蜜拉搖頭。

「我了解警察，他們是我的同事。」珍伸手去拿電話。

蜜拉向前衝，拍掉電話機上珍的手。「不要警察。」

珍看著蜜拉的眼睛，裡面盡是驚恐。「好。」珍輕輕地說，離開電話。「我也是警察，妳爲什麼相信我？」

蜜拉的眼神落在蕾吉娜身上。珍心想：這就是蜜拉冒險來訪的原因，她知道我是個母親，這一點改變了所有情況。

「我知道妳爲什麼在逃亡。」珍說：「我知道艾胥伯恩的事。」

蜜拉走向沙發，坐進抱枕之中。突然間，她看起來益發嬌小，更形憔悴。蜜拉的雙肩下垂，頭掉入雙手之中，彷彿她再也沒有力氣把頭撐起來。「我好累。」蜜拉悄聲說道。

珍靠過去，站在蜜拉低垂的頭旁邊，向下看著那頭修剪凌亂的紅髮。「妳見過兇手，幫助我們指認出來。」

蜜拉抬起頭，雙眼凹陷而困頓。「我可能活不到那時候。」

珍坐進一張沙發，兩個人的視線高度相等。蕾吉娜也注視著蜜拉，著迷地看著這個新奇的人。「蜜拉，妳爲什麼到這裡來？妳希望我爲妳做什麼？」

蜜拉把手伸進她揹來的購物袋裡，在一堆衣服、巧克力和衛生紙中翻找，拿出一捲錄影帶交給珍。

「這是什麼？」

「我再也不敢留著這個東西，我把它交給妳，妳告訴他們已經沒有了，這是最後一捲。」

「妳在哪裡拿到的？」

「妳拿走就對了！」蜜拉伸長了手，好像錄影帶有毒似的，能離多遠就離多遠。珍接過錄影帶之後，蜜拉才鬆了一口氣。

珍把蕾吉娜放進嬰兒車裡，然後走到電視機前，把錄影帶放進錄放影機，接著用遙控器按下播放鍵。

螢幕上出現一個畫面，珍看見一張黃銅大床、一把椅子，窗戶上遮有厚重的窗簾。在鏡頭外，有腳步聲慢慢靠近，還有女子的嬌笑聲。房門咚地一聲關上，畫面中出現一對男女，那女人有一頭柔順的金髮，低胸上衣展現出美麗的乳溝；男人穿著一件馬球衫和輕便的長褲。

「哦！」女人解開上衣時，男人讚嘆道。女人扭動身軀，脫下裙子，解開內衣，嘻鬧地推了男人一把。男人噗地倒在床上，完全任由女人動手解開長褲的釦子、把長褲脫到膝蓋上。女人彎下腰，把男人的勃起含入口中。

珍心想：這只是一捲春宮錄影帶，我爲什麼要看這個？

「不是這一段。」蜜拉說道。她從珍的手裡拿過遙控器，按下快轉鍵。

金髮女子的頭部快速前後擺動，進行一次狂速的口交。然後畫面一片黑。現在有另一對男女出現在螢幕上，珍一看見那名女子的黑色長髮就大吃一驚，那是歐蓮娜。

衣物神奇地消失不見，裸露的軀體在床上翻滾，以快轉的速度在床墊上扭動著。珍突然發現：我看過這個房間。她想起那個牆壁上鑽了個洞的衣櫥，那就是這捲錄影帶拍攝的方式——衣櫥裡架設了攝影機。珍也想起來第一段影片裡的金髮女子是誰，在瓦洛警官所拍攝的兇案現場錄影帶中，金髮女子就是縮在毛毯中、死在帆布床上的第二號無名女屍。

這捲錄影帶中所有的女人現在都已經死了。

畫面再一次變黑。

「這裡。」蜜拉輕聲說道，按下停止鍵，然後再按播放鍵。

畫面上出現的是同一個房間裡的同一張床，但這次的床單不一樣：床單上有花朵圖案，再加上樣式不搭的枕頭套。一名年紀較大的男人走進畫面中，頭頂微禿，戴著金邊眼鏡，穿著白襯衫配紅領帶。男人拉掉領帶丟在椅子上，然後解開襯衫鈕釦，露出中年男子的蒼白腹部，突出而下垂。雖然他是面對著鏡頭站著，但似乎並沒有發現攝影機的存在。他毫無察覺地脫掉襯衫，在鏡頭前顯露出無精打采的模樣。突然間，他站直身子，注意力放在鏡頭以外的某個事物之上。是個女孩子。她的尖叫聲比本人還早出現，聽起來像是用俄語在哭叫抗議。女孩不願意進入這個房間，她的哭聲被一聲清脆的巴掌聲打斷，隨後出現的是一個女人嚴厲的命令聲。接著，女孩像是被推進來似的出現在畫面中，四肢癱軟地趴在男人腳邊的地板上。房門砰地一聲關上，接著有腳步聲逐漸遠離。

男人低頭看著女孩，灰色長褲中已然勃起。「起來。」他說。

女孩沒有動。

再一次：「起來。」男人用腳頂了女孩一下。

最後，女孩抬起頭，彷彿無法抵抗地心引力的下拉力道，她緩慢地掙扎站起來，滿頭金髮凌亂不堪。

珍極度不願意地靠近電視螢幕，心裡因為太過震驚而無法轉頭不看，即使胸中的怒氣已經越積越高。那個女孩甚至還不到青少年的年紀，身上穿著粉紅色的短上衣，牛仔短裙底下露出的是瘦骨嶙峋的雙腿。女孩的臉頰上還留有那個女人生氣的巴掌印，裸露的手臂上有變淡的瘀塊，顯示她還曾遭受過數次的毆打虐待。雖然那個男人比她高，但現在，這個虛弱女孩的臉上帶著沉默的抗拒表情面對著他。

「把上衣脫掉。」

女孩只是瞪著他。

「怎麼？妳是笨蛋嗎？妳懂不懂英語啊？」

女孩的背脊倏地挺直，下巴抬高。她聽得懂，而且她在叫你滾開，混蛋！

男人走向女孩，雙手抓住她的上衣，一把扯開，一堆鈕釦掉下來。女孩嚇得倒吸一口氣，立刻甩出一巴掌，把那個男人的眼鏡打飛。兩個人都跌在地上，有幾秒鐘的時間，那個男人只是驚訝地瞪著女孩。然後，憤怒的表情扭曲了男人的臉。這時候，珍從電視機前退回沙發，因爲她知道接下來會發生什麼事情。

拳頭落在女孩的下巴上，力道之強，幾乎要把她撞飛。女孩被摔到門上，男人將她攔腰抓起，往床鋪拖去，再一把將她摔到床墊上。男人用力拉扯幾下，就把女孩的裙子脫掉，然後他解開自己的長褲。

雖然那一拳將女孩暫時打昏，但她沒有放棄反擊。突然間，她用盡全力尖叫、不斷捶打那個男人。他抓住女孩的雙手，爬到她身上，把她緊緊壓住。就在他忙著擠進女孩雙腿之間的慌亂之際，他鬆開了女孩的右手。她伸手用力一抓，指甲抓破男人的臉。他猛然後退，用手去摸臉上剛剛被女孩抓破的地方。男人不可置信地看著自己的指頭上竟然沾著血，被她抓破流的血。

「妳這賤貨！該死的賤貨！」

男人一拳打到女孩的太陽穴，聲音之大讓珍都縮了一下身體，喉頭一陣作嘔。

「老子在妳身上花了錢了，該死的傢伙！」

女孩朝男人的胸口撞去，但現在她已經虛弱得沒有力氣。女孩的左眼已經腫得老高，嘴角流著血，但她還是持續地反擊。女孩的掙扎好像讓男人更加興奮，虛弱得無法抗拒的女孩還是躲不開殘酷的結果。男人刺進女孩的身體時，她放聲大叫。

「閉嘴。」

女孩不住尖叫。

「閉嘴！」男人又出手打她，一次又一次地打。最後他用手摀住女孩的嘴巴來阻止她叫，同時一遍又一遍地衝撞進她的身體。男人似乎沒有發現到女孩終於不再尖叫，也沒注意到她完全沒有一絲動靜。現在房內唯一的聲音就是床板規律的吱嘎聲，以及男人的喉頭發出像野獸一樣的悶哼聲。最後他一陣呻吟，背脊弓起、痙攣、解放。接著，男人長嘆一聲，癱倒在女孩身上。

有好一段時間，男人只是氣息粗重地躺在那裡，全身虛脫無力。慢慢地，他似乎發現有些不對勁，低頭看看那個女孩。

她一動也不動。

男人搖了她一下。「喂！」他拍拍女孩的臉頰，說話聲音中帶著一絲擔憂。「醒來。該死！妳給我醒來！」

女孩沒有移動。

男人翻下床去，盯著她看了好一會兒。他用手指去壓女孩的頸部，來檢查脈搏。男人全身的肌肉幾乎都繃緊了，從床邊退開之後，他的呼吸驚慌急促。

「哦，天哪！」男人低聲呼道。

他焦急地環顧四周，彷彿房間裡有什麼東西可以幫他解決眼前的難題。驚慌失措的男人抓起衣物開始著裝，扣上鈕釦的時候，雙手抖個不停。他跪下來撿掉在床底下的眼鏡，匆忙戴上。接著再看女孩最後一眼，確定最糟糕的事情已經發生了。

男人搖著頭退開，出了鏡頭的範圍。房門吱嘎一聲打開，旋即又被甩上，然後是一陣匆匆離去的腳步聲。過了好久的時間，鏡頭一直拍著床上已然沒有生命的軀體。

有一陣不同的腳步聲靠近，然後有敲門聲，以及一個用俄語叫喚的聲音。珍認出來那個走進房門的女人，是這屋子的媽媽桑，最後死在廚房椅子上的那一位。

我知道妳會有什麼下場，我知道他們會怎麼對待妳的雙手，也知道妳會在尖叫聲中死去。

媽媽桑走到床邊搖了搖那個女孩，女孩沒有反應。媽媽桑後退一步，手摀著嘴。然後，很突然地，媽媽桑轉身直視著攝影機。

媽媽桑知道有攝影機，她知道一切都被拍攝下來了。

媽媽桑立刻走向攝影機，同時傳來一聲衣櫃門打開的聲音。然後，畫面就一片空白。

蜜拉關掉錄放影機。

珍無法言語，整個人沉進沙發裡，無聲地呆坐著。蕾吉娜也很安靜，彷彿知道現在不是吵鬧的好時機，彷彿知道這個時候媽媽全身發著抖，無法看顧她。珍心想：嘉柏瑞，我需要你。珍瞥了一眼電話，又立刻想起嘉柏瑞的手機留在桌子上，她沒辦法聯絡上正在開車的嘉柏瑞。

「那是個重要的人物。」蜜拉開口說。

珍轉頭看著蜜拉。「什麼？」

「喬說那個男人一定是你們政府的高官。」蜜拉指著電視機。

「喬看過這捲錄影帶？」

蜜拉點頭。「我離開的時候，喬給了我一捲拷貝帶，這樣子我們就每個人都有一份，以免……」她停口。「以免我們再也見不到面。」她輕聲地說完。

「帶子是從哪裡來的？你們從哪兒得到這捲錄影帶的？」

「媽媽桑把帶子藏在她的房間裡，我們當初並不知道，我們只是要拿錢。」

珍心想：這就是屠殺的原因，這就是那屋子裡的女人被殺死的原因。因爲她們知道那個房間裡所發生的事情，而且，有錄影帶爲證。

「那個男人是誰？」蜜拉問道。

珍瞪著空無一物的電視機。「我不知道。但我知道有人應該認識他。」珍走到電話旁邊。

蜜拉警覺地望著珍。「不要警察！」

「我不是要打給警察，我是要請一個朋友來這裡，是個記者，他認識華盛頓方面的人物，他在華盛頓住過，應該知道那個男人是誰。」珍翻開電話簿，找到彼得・盧卡斯的電話號碼，他住在米爾頓，就在波士頓南邊。珍撥號時，感覺得到蜜拉注視的眼神，顯然還沒準備好要完全信任珍。珍心想：如果我做錯任何步驟，這個女孩就會逃走，我必須小心別嚇到她。

「喂？」彼得・盧卡斯接起電話。

「你現在方便立刻過來嗎？」

「瑞卓利警官？發生什麼事？」

「我不能在電話上說。」

「聽起來很嚴重。」

「你可能因此獲得普立茲獎，盧卡斯。」珍停住。

有人在按電鈴。

蜜拉驚慌失措地看了珍一眼，抓起她的購物袋，立刻衝到窗戶邊。

「等一下！蜜拉，不要……」

「瑞卓利？妳那邊怎麼了？」盧卡斯問道。

「等一下，我會立刻回電給你。」珍說完就掛掉電話。

蜜拉在一扇一扇的窗前猛衝，焦急地找尋防火梯的位置。

「沒事的！」珍說：「冷靜下來。」

「他們發現我在這裡了！」

「我們還不知道來人是誰，讓我們確認一下。」珍按下對講機的按鈕。「哪位？」

「瑞卓利警官，我是約翰・巴桑提，我可以上去嗎？」

蜜拉的反應非常直接，立刻衝往臥室，找尋逃脫路線。

「等一下！」珍叫道，跟著蜜拉到走廊上。「妳可以信任這個人！」

蜜拉已經拉開臥室的窗戶。

「妳不能走。」

電鈴聲再次響起，讓蜜拉急急忙忙地爬出窗戶，到防火梯上。珍心想：如果蜜拉離開了，我就再也看不到她。蜜拉已經依靠本能東躲西藏、存活到現在，也許我應該相信她的直覺。

珍抓住蜜拉的手腕。「我跟著妳，好嗎？我們一起走，不要自己一個人逃走！」

「趕快！」蜜拉低聲道。

珍轉身。「我的寶寶。」

蜜拉跟著珍回到客廳，眼睛緊張地看著大門。珍從錄放影機裡取出錄影帶，丟進尿布袋中，然後用鑰匙打開放手槍的抽屜，拿出手槍，也丟進尿布袋裡。只是以防萬一。

電鈴聲又響。

珍把蕾吉娜撈進懷中。「我們走吧。」

蜜拉爬下防火逃生梯，動作快得像隻猴子。以前，珍也可以爬得那麼快、那麼無後顧之憂。但現在，珍被迫要小心翼翼地爬下每一階，因爲她抱著蕾吉娜。她心想：可憐的孩子，我現在別無選擇，必須帶著妳冒險。終於，珍爬下來到巷弄裡，然後帶頭跑到她停車的地方。珍打開車門的時候，還可以從打開的窗戶聽見巴桑提不氣餒的門鈴聲。

珍的車在崔蒙特街上朝西邊開去，一路上她不時注意著後視鏡，但沒發現有追兵的跡象，沒有尾隨的車燈。珍心想：現在要找個蜜拉不會害怕的安全地點，一個沒有警察的地方，而且，要找個可以確保蕾吉娜安全的地方。

「我們要去哪裡？」蜜拉問道。

「我正在想，我正在想。」珍低頭看一下手機，但現在她不敢打電話給自己的母親，她不敢打電話給任何人。

珍突然轉向南邊，開上哥倫布大道。「我知道一個安全的地方。」她說。

35

彼得．盧卡斯安靜地注視著電視螢幕上播放的殘酷暴力事件，錄影帶播放完畢之後，他一動也不動。甚至在珍關掉錄放影機之後，盧卡斯還是呆坐著注視著電視螢幕，彷彿他還能看見那個被痛毆的女孩屍體以及沾血的床單。室內一片安靜，蕾吉娜躺在沙發上睡著，蜜拉站在窗戶邊，向外看著路面。

「蜜拉一直不知道那個女孩的名字。」珍說：「屍體很可能就埋在屋子後面的樹林裡，那裡很偏僻，有很多地方可以棄屍，天曉得會有多少女孩被埋在那裡。」

盧卡斯低下頭去。「我覺得快要吐了。」

「我跟你一樣。」

「爲什麼會有人把這種事情拍下來？」

「那個男人顯然不知道自己被拍下來了，攝影機是架設在衣櫥裡面，嫖客都看不見。也許那只是用作另一項收入來源：出賣那些女孩從事性交易，將過程拍成影片，然後拿去春宮影片市場販賣。每一步過程中，都有利可圖。畢竟，這間妓院不過是白冷翠的衆多子公司之一。」珍停了一下，又不帶絲毫笑意地說：「白冷翠似乎相當重視多角化經營。」

「但這是殘殺女子的色情影片！要是販賣這種東西，白冷翠不可能全身而退的。」

「我指的並不是這捲帶子，這一捲的內容太過爆炸性了。媽媽桑一定知道這層利害關係，所以把帶子藏在那個購物袋裡面。蜜拉說她們揹著袋子走了好幾個月，都不知道錄影帶的內容，直到有一天，喬在汽車旅館裡面播放出來才曉得。」珍看著電視機。「現在我們知道艾胥伯恩那些女人被殺的原因、查爾斯．戴斯蒙被殺的原因，因爲他們知道那個嫖客是誰，他們可以指認出來，所以他們全都得死。」

「所以這一切都是爲了掩飾一樁強暴殺人案件。」

珍點點頭。「喬突然發現自己手上抱著一顆炸彈，該拿這個證據怎麼辦呢？喬不知道可以相信誰，又有誰會相信他這個被貼上偏執狂標籤的人？喬寄給你的東西一定就是這個，這捲帶子的拷貝版。」

「只是帶子從來沒到過我手上。」

「而那時候他們就分頭潛逃，以免被抓到，但他們每個人手上都帶著一捲拷貝帶。歐蓮娜還來不及把錄影帶送到《論壇報》就被抓了，喬手上的那一捲，大概在醫院攻堅的時候就被清除掉了。」珍指向電視機。「這是最後一捲。」

盧卡斯轉頭去看蜜拉，她一直在客廳遠處的角落徘徊，像隻擔驚受怕的動物不敢靠近。「蜜拉，妳自己有見過錄影帶裡的那個男人嗎？他去大房子的時候？」

「在船上。」蜜拉回答道，明顯地顫抖了一下。「我在舞會上看過他，在船上。」

盧卡斯看向珍。「妳認爲蜜拉說的是查爾斯．戴斯蒙的遊艇嗎？」

「我猜這就是白冷翠做生意的手法。」珍說：「戴斯蒙提供的世界就是男人享樂的俱樂部，不管是國防契約還是五角大廈裡的暗盤，只要男人掌握了大把鈔票，性愛交易肯定少不了，交易結束後的慶祝方式。」珍從機器中取出錄影帶，轉身面向盧卡斯。「你知道錄影帶中的那個男人是誰嗎？」

盧卡斯艱難地嚥下一口口水。「抱歉，我只是還不敢相信那捲錄影帶裡所發生的事情都是眞的。」

「那個人一定是個重要人物，看看他爲了追蹤這捲帶子所安排的每一個步驟，還能動用那麼多資源。」珍站在盧卡斯面前。「這個人是誰？」

「妳認不出來？」

「我應該認識嗎？」

「如果妳沒看上個月的聽證會，就不會認識。這個人是卡爾頓・偉恩，新任國家情報局局長。」

珍喘了一口氣，坐進盧卡斯對面的椅子裡。「天哪！你說的是掌控美國每一個情報單位的人。」

盧卡斯點點頭。「聯邦調查局、中央情報局、軍事情報局，總共有十五個單位，包括國家安全局及司法部的分支單位。這個人可以從內部拉通私人關係，妳不認得偉恩的原因，在於他並不是一個經常在公衆面前暴光的人物。偉恩屬於身著灰色西裝的角色，他在兩年前離開中情局，升官掌管五角大廈新設立的戰略支援部。上一任情報局長被迫辭職之後，白宮提名偉恩取代其職，剛剛得到國會認可。」

「麻煩你。」蜜拉插口道。「我需要用洗手間。」

「在走廊盡頭。」盧卡斯咕噥道，蜜拉匆匆走出客廳的時候，他連看都沒看一下。「這個人並不容易被拉下台。」他說。

「有這捲錄影帶，你連金剛都拉得下來。」

「偉恩局長在五角大廈和白冷翠裡面有完整的人脈，他可是總統親手挑選的人物。」

「現在他落在我手上，我要把他拉下台。」

門鈴響起，珍訝異地抬起頭。

「放心，可能只是我的鄰居。」盧卡斯說著站起身來。「我答應他這個週末要幫他照顧貓。」

雖然盧卡斯這麼說，在他去應門的時候，珍坐在沙發邊緣還是凝神靜聽。盧卡斯開門迎接的時候，一派輕鬆：「嘿！進來吧。」

「一切都在掌控之中嗎？」另一個男人的聲音說道。

「對啊，我們剛剛在看錄影帶。」

在那個時候，珍就應該意識到有些不對勁，但盧卡斯輕鬆的語調解除了珍的心防，哄得珍以爲待在盧卡斯的房子裡、有他的陪伴，一切就很安全。來客走進屋內，金髮俐短俐落，手臂肌肉僨張有力。就連珍看到那個人手裡握著槍的時候，都還無法接受眼前發生的事實。珍慢慢地站起身來，心臟都快掉到喉嚨裡。她轉身看向盧卡斯，眼神中對他背叛舉動的控訴只換來他一個聳肩。盧卡斯臉上的表情是：抱歉，不過事情就是這樣。

金髮男子快速地掃視屋內，目光落在熟睡於沙發抱枕裡的蕾吉娜身上。金髮男子立刻將手槍指向寶寶，珍感到一陣驚恐，像是一把利刃刺進心中。「不准說話。」金髮男子對珍說道。他完全了解該如何控制珍，完全了解一個母親最脆弱的所在。「那個妓女呢？」金髮男子問盧卡斯。

「在廁所，我去抓她。」

珍心想：來不及警告蜜拉了，就算我放聲尖叫，她也沒有機會脫逃。

「所以，妳就是那個警察？」金髮男子說道。

那個警察、那個妓女，他到底知不知道自己即將下手殺害的兩個女人叫什麼名字？

「我叫做珍．瑞卓利。」她說道。

「警官，妳在錯誤的時間，出現在錯誤的地點。」金髮男子的確知道她的名字。當然，一個專業殺手應該要知道的。他也知道要和珍保持適當的距離，以防珍可能採取的任何反抗舉動。就算金髮男子的手上沒有槍，珍也沒辦法輕易撂倒他。從他站立的姿態、掌控局面的效率，在在都告訴珍：沒有武裝的情況下，自己沒有機會打倒這個男人。

但武裝……

珍瞟一眼地板。她到底把尿布袋放到哪裡去了？在沙發後面？珍沒看見。

「蜜拉？」盧卡斯隔著廁所門叫喚著。「妳在裡面還好嗎？」

蕾吉娜突然驚醒，緊張得哭了起來，彷彿意識到有什麼事情不對勁、意識到自己的媽媽遇上麻煩。

「讓我抱她。」珍說道。

「她待在那裡很好。」

「如果你不讓我抱她，她會開始尖叫，而且她很會叫。」

「蜜拉？」盧卡斯開始猛拍廁所門板。「開開門，好嗎？蜜拉！」

蕾吉娜一如預測地開始號哭，珍看向金髮男子，他終於點點頭。珍把寶寶抱進懷裡，但她的擁抱似乎無法安撫蕾吉娜。*她可以感覺到我的心臟狂跳，她可以感覺到我心裡的恐懼。*

走廊傳來撞門聲，然後是盧卡斯破門而入的聲音。幾秒鐘之後，他滿臉漲紅地跑回客廳。

「蜜拉不見了。」

「什麼？」

「廁所的窗戶開著，她一定是爬出去了。」

金髮男子的反應只是一聳肩。「那我們改天再去把她找出來，他眞正要的是這捲錄影帶。」

「錄影帶到手了。」

「你確定這是最後一捲？」

「沒錯。」

珍瞪著盧卡斯。「你早就知道有這捲錄影帶。」

「妳知道一個記者每天會收到多少封不請自來的垃圾嗎？」盧卡斯說：「妳知道外頭有多少偏執狂、提出多少陰謀論，渴望獲得大衆相信嗎？我寫完那篇白冷翠的文章之後，就突然變成所有像喬瑟夫・洛克這種人在國內最好的朋友。這些怪人，他們以爲只要把心裡的幻覺告訴我，我就會接手追查那些故事，我就會像揭發水門事件的記者那樣追查眞相。」

「本來就該如此，記者就是應該那麼做。」

「妳認識的記者有幾個是有錢人？除了少數幾個明星級的記者之外，妳記得幾個記者的名字？現實的狀況是：大衆根本不在乎眞相。哦，也許可以引起大衆幾個星期的興趣，上幾天頭版新聞。國家情報局局長遭指控謀殺。白宮會表達適度地震驚，卡爾頓・偉恩會認罪，然後這一切就會如同華盛頓其他的醜聞一般，船過水無痕。幾個月之後，大衆就會忘記這件事。而我又得回去寫我的專欄，付我的貸款，開我的破爛豐田車。」盧卡斯搖搖頭。「我一看到歐蓮娜交給我的錄影帶，我就知道它的價值遠遠超過普立茲獎，我知道有人會爲了這捲帶子付我錢。」

「喬寄給你的那一捲錄影帶，你其實有收到。」

「本來差點就要丟到垃圾桶裡。然後我想：管他的，來看看帶子上面有什麼東西。我立刻認出卡爾頓・偉恩。直到我拿起電話打給他之前，他完全不曉得有這捲錄影帶存在。偉恩以爲自己只需要追殺兩名妓女，但突然間，這捲帶子把情況搞得更加嚴重，也更加昂貴。」

「偉恩眞的願意和你做這筆交易？」

「如果是妳，如果妳知道這捲帶子對妳的殺傷力有多大，如果妳知道還有其他帶子流落在外，妳會不願意嗎？」

「你眞的以爲偉恩會留下你這個活口嗎？你已經替他找到喬和歐蓮娜，他不再需要你了。」

金髮男子插嘴道：「我需要一把鏟子。」

但是盧卡斯還是看著珍。「我不笨，而且偉恩也知道我不笨。」他說。

「鏟子呢？」金髮男子又問道。

「車庫裡有一把。」盧卡斯答道。

「幫我拿來。」

盧卡斯走向車庫的時候，珍喊道：「如果你以爲你可以活著拿到錢，你就是個白癡。」懷中的蕾吉娜突然安靜下來，被母親的怒氣震懾住。「你已經看到這些人是怎麼處理事情的，你知道查爾斯・戴斯蒙是怎麼死的。等到警方發現你的時候，就會輪到你的雙手被割斷，死在你家的浴缸裡。或者，他們會強灌你吞下一整瓶苯巴比妥鎭靜劑，然後再把你丟進海裡，就像他們對待歐蓮娜一樣。說不定這個男人就直接給你腦袋一槍，簡單而明瞭。」

盧卡斯走回屋內，手上拿著一把鏟子，交給金髮男子。

「屋後頭的樹林有多深？」金髮男子問道。

「那是藍山保護區的範圍，至少有一哩深。」

「我們得要讓她走得夠遠。」

「聽好，我可不想碰那檔子事，偉恩是付錢給你去做的。」

「那你去處理掉她的車子。」

「等一下。」盧卡斯把手伸到沙發後面，抓出尿布袋，交給金髮男子。「我可不想留下任何關於她的蛛絲馬跡。」

珍心想：給我，把那個該死的袋子交給我。

然而，金髮男子把尿布袋甩上自己的肩膀，然後說：「我們到樹林裡散個步吧，警官。」

珍轉向盧卡斯，最後一次狠狠地告訴他：「你會得到報應的，你死定了！」

外頭，半圓的月亮高掛在星空之中。珍抱著蕾吉娜，蹣跚地穿過低矮的樹叢，前進的路線只靠金髮男子的手電筒照射，光線微弱。跟在後面的金髮男子很小心地和珍保持一定的距離，讓她沒有機會攻擊。珍不可能發動攻擊，無論如何不可能在抱著蕾吉娜的情況下反擊——只有短短幾週生命的蕾吉娜。

「我的寶寶不可能傷害你，她甚至不滿一個月大。」珍說道。

金髮男子不發一語，樹林裡只有他們的腳步聲、踏斷樹枝的聲音、穿過樹葉的沙沙聲。這麼多的聲音，周圍卻沒有其他人可以聽見。**如果一個女人掉進樹林裡，但沒有人聽得見她，那麼……**

「你可以把寶寶帶走，把她留在會被人發現的地方。」珍說道。

「她不是我的問題。」

「她還只是個嬰兒！」珍的聲音突然破碎，她停在樹林間，把女兒緊抱在胸前，淚水哽咽著喉頭。蕾吉娜發出一個輕柔的呢噥聲，像是要安慰珍一樣。珍把臉貼在女兒的頭上，聞著女兒頭髮的香甜味，感覺女兒臉頰的溫熱柔嫩。珍心想：我怎麼會把妳扯進這淌渾水？這是一個媽媽所能犯的最嚴重的錯誤，現在，妳得和我一起死了。

「繼續走。」金髮男子命令道。

珍心想：我以前會反擊，而且能夠存活下來。我現在也可以，爲了妳，我必須要反擊。

「還是妳想要在這裡解決？」金髮男子說道。

珍深深地吸了一口氣，聞到樹木和潮濕樹葉的味道。她想起去年夏天在石溪保護區檢驗過的那具屍體殘骸，藤蔓是如何地蜿蜒穿過兩隻眼窩，緊緊纏繞住頭顱；屍體的四肢又是如何脫離軀幹，被專食腐屍的動物拉扯啃咬。珍感覺到自己的脈搏在手指頭強烈跳動，然後又想起人類的手骨是多麼的細小、脆弱，很容易就散落在樹林地面上。

珍又繼續往前走，走到樹林更深處。她心想：頭腦清醒點，驚恐只會讓妳錯失出其不意的良機，錯過拯救蕾吉娜的良機。珍的感官變得敏銳，可以感覺到小腿裡的血液流動，也幾乎可以感覺到刷過臉龐的每一個空氣分子。珍心想：在死前，妳要活躍起來。

「我想這裡夠遠了。」金髮男子說道。

他們站在一小塊空地上，樹木環繞在周圍，是一圈無聲的目擊證人，星星冷然散發著光芒。

珍心想：我死的時候，這一切都不會有什麼改變。星星不會在乎，樹木也不會在乎。

金髮男子把鏟子丟在珍的腳邊。「開始挖。」

「我的寶寶怎麼辦？」

「把她放下來開始挖。」

「地上非常硬。」

「到現在這種時候，還在乎地板硬不硬？」金髮男子把尿布袋丟到珍的腳邊。「讓她躺在袋子上面。」

珍蹲下身去，心臟狂跳得像是要撞開肋骨。她心想：我有機會了——把手伸進袋子，抓起手槍，轉身的速度要快得讓他措手不及，不要心軟，直接轟掉他的腦袋。

「可憐的寶寶。」珍俯到袋子上的時候，柔聲說道，然後悄悄地把手伸進袋子裡。「媽媽現在要把妳放下來了……」珍的手指頭摸過錢包、奶瓶、尿布。我的槍咧？我的槍到哪裡去了？

「快點把嬰兒放下。」

手槍不在袋子裡。珍吐出一口啜泣聲。他當然會拿走槍，他並不笨。我是個警察，他知道我會帶著槍。

「挖。」

珍彎下頭去親吻蕾吉娜，再抱她一下，然後把她放在尿布袋上。珍拿起鏟子，慢慢地站起來，雙腿因爲絕望而感到無力。金髮男子站得太遠，珍沒辦法用鏟子攻擊他。就算珍把鏟子朝他丟過去，最多也只會嚇到他幾秒鐘，來不及抱起蕾吉娜逃走。

珍低頭看地面，在半圓月光照耀之下，只看見苔蘚上散落的樹葉。這就是她的永眠之地。嘉柏瑞永遠找不到這裡，他永遠無法知道。

珍把鏟子用力插進土裡，當她開始挖地的時候，感覺到第一滴眼淚滾落臉頰。

36

家門是半開著的。

嘉柏瑞停在走廊上，本能地警覺起來。他聽見屋裡有說話的聲音，還有走過地板的腳步聲。嘉柏瑞推開家門走進去。「你們在這裡做什麼？」

約翰·巴桑提從窗戶前轉過來面對嘉柏瑞，提出的第一個問題就讓嘉柏瑞倒退三步。「狄恩探員，你知道你太太在哪裡嗎？」

「她不在這裡嗎？」嘉柏瑞的目光轉到第二位來者身上，是司法部的海倫·葛萊瑟，她剛從育嬰室裡走出來。葛萊瑟的銀髮綁成馬尾，明顯地強調出臉上憂慮的神情。

「臥室的窗戶開著。」葛萊瑟說道。

「你們兩個人是怎麼進來的？」

「你們的大樓管理員讓我們進來的。」葛萊瑟說：「我們不能再等了。」

「珍在哪裡？」

「我們就是想知道這件事。」

「她應該在這裡的。」

「你離開多久了？你最後一次見到你太太是在什麼時候？」

嘉柏瑞瞪著葛萊瑟，被她急迫的語氣惹得焦躁不安。「我離開大約一個小時，送珍的母親回家。」

「你離開之後，珍有打電話給你嗎？」

「沒有。」嘉柏瑞看向電話。

「狄恩探員，珍沒有接手機。」葛萊瑟說：「我們已經試著聯絡她，我們必須聯絡上她。」

嘉柏瑞轉過身來看著葛萊瑟和巴桑提。「到底是怎麼一回事？」

葛萊瑟平靜地問：「珍現在是不是和蜜拉在一起？」

「那個女孩根本沒有出現在……」嘉柏瑞停住口。「你們早就知道了，你們也在公園裡監視。」

「那個女孩是我們最後一個目擊證人，如果她和你太太在一起，請讓我們知道。」葛萊瑟說。

「我離開的時候，珍和小孩單獨在家裡。」

「那她們現在在哪裡？」

「我不知道。」

「你知道，狄恩探員，如果蜜拉和珍在一起，珍的處境就會非常危險。」

「我太太知道怎麼照顧自己，她絕對不會毫無防備地貿然行事。」嘉柏瑞走到珍放手槍的抽屜前面，發現抽屜沒有上鎖。嘉柏瑞拉開抽屜，看到空空如也的槍套。

珍帶了槍。

「狄恩探員？」

嘉柏瑞摔上抽屜，然後走進臥室。正如同葛萊瑟所說，窗戶大開。現在，嘉柏瑞開始害怕了。他走回客廳，感覺到葛萊瑟投射過來的目光，想解讀他臉上的表情。

「珍可能會去哪裡？」葛萊瑟問道。

「她應該會打電話給我，這才是她會做的事。」

「如果她認為自己的電話被竊聽，就不會打給你。」

「那麼珍就會去找警察，她會直接開車到警察局。」

「我們已經打電話到波士頓警局，她沒去那裡。」

「我們需要找到那個女孩，要確保她活著。」巴桑提說道。

「讓我再試著打她的手機看看，說不定根本沒事，說不定她只是跑出去商店買牛奶。」對，她還帶著槍去買。嘉柏瑞拿起電話筒，正要撥打第一個號碼時，突然皺起眉頭，眼睛瞪著撥號鍵盤。他心想：雖然不太可能，但也許……

嘉柏瑞按下重撥鍵。

電話鈴響過三聲之後，一個男人接起電話。「喂？」

嘉柏瑞停了一下，努力回想這個聲音。嘉柏瑞知道自己聽過這個聲音，隨後他記起來了。

「請問是……彼得・盧卡斯嗎？」

「沒錯。」

「我是嘉柏瑞・狄恩。請問珍有沒有在你那邊呢？」

長長一陣靜默，古怪的靜默。「沒有。怎麼了？」

「我按電話的重撥鍵，電話就撥出你的號碼，珍一定有打過電話給你。」

「哦，那件事啊。」盧卡斯笑了一聲。「她想要跟我借所有關於白冷翠的筆記資料，我告訴她我會去挖出來。」

「那是什麼時候的事情？」

「讓我想想看，大約一個小時以前吧。」

「就這樣嗎？珍沒再說什麼別的事情？」

「沒有，怎麼了？」

「我再打電話到其他地方問問看。謝謝你。」嘉柏瑞掛掉電話，站著低頭看著電話機，心裡想著盧卡斯沒有立刻回答問題的那一陣靜默。相當不對勁。

「狄恩探員？」葛萊瑟問道。

嘉柏瑞轉身看著葛萊瑟。「你們對彼得・盧卡斯了解多少？」

洞已經挖到膝蓋那麼深。

珍又鏟起一鏟土，拋到一旁逐漸隆起的土堆上。臉上的淚水已經乾掉，被汗水所取代。珍無聲地工作著。唯一的聲響是鏟子發出的摩擦聲，以及碎石滾動的窸窣聲。蕾吉娜也很安靜，彷彿了解再怎麼製造噪音也無濟於事，自己的命運，如同母親的命運，都已經無可改變了。

並不是。該死的！沒有什麼事情是無可改變的！

珍手上的鏟子猛然敲擊到石質的土壤。雖然她的背在痛、手在抖，但卻感到一股狂熱的怒氣像強力的燃料一般，湧進她全身的肌肉裡。珍心想：你不准傷害我的寶寶，我會先一把扯掉你的頭。珍把一鏟土拋到土堆上，現在，痠痛和疲憊都不重要了，珍的腦袋專注地思考下一個步驟。

望出去，金髮男子只是站在樹林邊上的一個黑影。雖然珍看不見他的臉，但她知道金髮男子一定是緊盯著自己看。但是，她已經挖了快一個小時，現在碰到石層土，而金髮男子的注意力可能也比較鬆懈了。究竟，一個累極了的女人襲擊一個有武器的男人，會遭遇什麼樣的抵抗呢？珍完全沒有勝算。

只能出其不意。還有，憑恃一個母親的憤怒。

金髮男子第一槍一定開得匆忙，所以會先瞄準軀幹，而非頭部。珍心想：無論如何，只要繼續前進，持續進逼。一顆子彈要殺死人也得耗上一段時間，即使是倒地的屍體也有衝撞力道。

珍彎下腰去，再鏟一堆土，手上的鏟子深入洞穴的陰影之中，躲過金髮男子的手電筒光線。金髮男子看不見珍的肌肉繃緊，也看不見珍的雙腳緊緊抵在洞壁上，而且，也沒聽到珍的雙手環握鏟子手把時所深吸的那口氣。珍俯低身體，蓄勢待發。

這是爲妳而做的，我親愛的女兒，都是爲了妳。

珍高高舉起鏟子，把土壤朝金髮男子甩過去。他踉蹌倒退，發出驚訝的聲音。珍從洞裡跳出去，頭朝前方，直接撞向金髮男子的腹部。

兩人一起跌倒在地，體重壓斷地上的樹枝。珍撲過去要搶金髮男子的手槍，雙手握住他的手腕時才發現槍已經不在他手上。他們摔倒的時候，槍已經脫離男子的手。

手槍！找手槍！

珍扭身離開，雙手在矮樹叢裡亂扒，想摸到手槍。

旁邊一拳擊來，珍被打得仰躺在地，幾乎不能呼吸。剛開始的時候，珍還感覺不到疼痛，只是驚訝於這場戰鬥竟然如此迅速就勝負立見。接著她的臉頰開始刺痛，眞實的痛覺隨即衝上腦門。珍看見金髮男子站在她上方，他的頭顱遮住了天上的星星。珍聽見蕾吉娜開始尖叫，短暫生命中的最後一次嚎啕大哭。可憐的寶貝，妳永遠不會知道我有多愛妳。

「滾進洞裡！」金髮男子說：「現在已經夠深了。」

「放過我的孩子，她還那麼小……」珍低語道。

「進去！賤人！」

金髮男子一腳踹進珍的肋骨，痛得她翻過身去，痛得她叫不出聲音，只能大口呼吸。

「快！」金髮男子下令道。

珍慢慢地掙扎著跪起來，爬到蕾吉娜身邊，感覺到溫熱濕潤的東西從自己鼻子裡流出來。珍把寶寶抱進懷裡，嘴唇吻上寶寶柔細的頭髮，然後前後輕搖。珍的血流在寶寶的頭上。媽咪抱著妳，媽咪永遠不會放開妳。

「是時候了。」金髮男子說。

37

嘉柏瑞看著珍停在盧卡斯家門外的車子，心底一抽。珍的手機放在儀表板上，嬰兒座椅繫在後座。嘉柏瑞轉身，將手電筒直接照在盧卡斯臉上。

「她在哪裡？」

盧卡斯的眼神瞟到巴桑提和葛萊瑟身上，他們兩人站在幾呎外，靜靜地看著這場對質。

「這是珍的車，她在哪裡？」嘉柏瑞問道。

盧卡斯舉起手來擋住眼睛，避開手電筒的光線。「她一定是在我洗澡的時候來敲門的，我甚至不知道她的車停在這裡。」

「我不知道……」

「首先，她打電話給你；接著，她又來到你家。爲什麼？」

「爲什麼？」嘉柏瑞再問一次。

「她是你的太太，你難道不知道爲什麼？」

嘉柏瑞鎖喉的動作快到讓盧卡斯來不及反應，只能踉蹌倒退撞到巴桑提的車子，一頭撞上車頂。盧卡斯不能呼吸，伸手亂抓，但無法讓嘉柏瑞鬆手，只能無助地揮動雙手，整個人被抵在車身上。

「狄恩。」巴桑提說：「狄恩！」

嘉柏瑞放開盧卡斯向後退，呼吸沉重，努力不讓自己陷入恐慌。然而，恐慌已然存在，就像他鎖住盧卡斯的喉嚨一樣，恐慌已經鎖住嘉柏瑞的喉嚨。盧卡斯跪在地上，用力咳嗽、喘氣。嘉柏瑞轉向盧卡斯的屋子，跑上階梯，撞開大門。風捲落葉一般地跑進一個個房間，打開房門、檢查衣櫃。等到嘉柏瑞再回到客廳的時候，才發現剛才沒注意到的東西：珍的車鑰匙，掉在沙發後面的地毯上。嘉柏瑞低頭看著車鑰匙，心中的恐慌變成強烈的懼怕。他心想：妳來過這間屋子，妳和蕾吉娜……

遠處的兩聲槍響令嘉柏瑞猛然抬頭。

他跑出屋外，到門廊上。

「槍聲是從樹林裡傳來的。」巴桑提說。

第三聲槍響傳來時，所有人都僵住不動。

突然間，嘉柏瑞往樹林裡跑去，完全不顧矮樹叢的樹枝帶來的疼痛，手電筒的光線慌亂地照射在佈滿落葉和枝條的地面上。哪裡？在哪裡？嘉柏瑞跑的方向正確嗎？

一團藤蔓纏住嘉柏瑞的腳踝，讓他往前撲倒，跪了下去。他立刻站起來，胸膛不住起落，努力恢復正常呼吸。

「珍？」嘉柏瑞大喊。他的聲音碎入空中，她的名字飄散成一聲低語。「珍……」

幫助我找到妳，告訴我方向。

嘉柏瑞站著仔細聽周圍的聲音，環繞四周的陰森樹木像是監牢的鐵條一般。手電筒照射不到的地方，黑夜籠罩，密實得讓人無法突破重圍。

遠處傳來樹枝被壓碎的聲音。

嘉柏瑞一個轉身，但除了手電筒的光束以外，看不見任何東西。嘉柏瑞關掉手電筒，睜大眼睛看著，心臟狂跳，努力想從全然的黑暗之中看清楚事物的形狀。此時他才看見那道閃光，相當微弱，就像是在樹叢間飛舞的螢火蟲一樣。又有一聲樹枝被壓碎的聲音，那道閃光正朝著嘉柏瑞而來。

嘉柏瑞掏出手槍，槍口朝下，等著那道閃光變得越來越亮。嘉柏瑞看不見是誰拿著手電筒，但可以聽見逐漸接近的腳步聲，以及沙沙作響的樹葉聲。來者距離嘉柏瑞只有幾公尺遠了。

嘉柏瑞舉起手槍，點亮手電筒。

被嘉柏瑞的手電筒光束照到之後，那個人像隻受到驚嚇的動物般向後一縮，瞇起眼睛閃避手電筒的光線。嘉柏瑞看著那張蒼白的臉，豎直的紅色短髮。他心想：只是個女孩子，一個被嚇到的瘦弱女孩。

「蜜拉？」嘉柏瑞問道。

接著，嘉柏瑞看到另一個身影從女孩的後方走出來。在還沒有看清楚臉部之前，嘉柏瑞已經認出那個人的步伐、認出那個人不規則的捲髮。

他拋下手電筒，朝著妻子、女兒跑過去，雙臂早已張開，渴望擁她們入懷。珍靠在嘉柏瑞身上發著抖，雙手環抱著蕾吉娜，就像嘉柏瑞環抱著珍一樣。擁抱中還有擁抱，他們全家就包含在嘉柏瑞的雙臂所構築的小宇宙中。

「我聽到槍聲。」嘉柏瑞說：「我以爲……」

「是蜜拉。」珍輕聲地說道。

「她拿走了我的槍，跟在我們後頭……」珍的身體突然一僵，抬眼看著嘉柏瑞。「彼得・盧卡斯在哪裡？」

「巴桑提在看守著，他哪裡也走不了。」

珍顫抖著鬆了一口氣，轉身面對樹林。「很快就會有動物來啃咬屍體，我們得叫犯罪現場偵查小組過來。」

「誰的屍體？」

「我帶你去看。」

嘉柏瑞站在樹林邊緣，讓出通道讓員警及犯罪現場偵查小組經過。他的目光直盯著那個洞，那裡原本可能會是妻女的葬身之處。警察的封鎖線已經將現場圈起，靠電池發電的光線打在金髮男子的屍體上。一直蹲在屍體旁邊的莫拉．艾爾思站了起來，轉身面對摩爾警官及克羅警官。

「我檢查到三處槍傷。」莫拉說：「兩發在胸口，一槍在額頭。」

「我們聽到的就是三聲槍響。」嘉柏瑞說。

莫拉看著嘉柏瑞。「槍響之間的間隔多久？」

嘉柏瑞回想當時的狀況，再次感覺到當時的恐慌感。他記起自己是如何衝進樹林裡，又記起自己是如何每踏一步都越來越感到恐懼。「前兩槍是接連著發射的，第三發大約隔了五至十分鐘。」嘉柏瑞說道。

莫拉不發一語地將目光轉到屍體上，看著那個人的金色短髮及強壯肩膀，一把西格紹爾手槍落在他的右手附近。

克羅說：「我說啊，這很顯然是自我防衛。」

沒有人接話，沒有人想討論屍體臉上的彈藥殘留，也不談第二槍與第三槍之間的時間差距。但是，所有人都明白。

嘉柏瑞轉身，走回盧卡斯的屋子。

現在，車道上擠滿了車子。嘉柏瑞在車道上暫停了一下，被巡邏車頂的藍色閃光閃得睜不開眼睛。然後他看見海倫・葛萊瑟正帶著那個女孩子坐上汽車前座。

「妳要帶她去哪裡？」嘉柏瑞問道。

葛萊瑟轉身面對嘉柏瑞，她的頭髮映照著巡邏車閃光變得像是藍色金箔。「安全的地方。」

「有什麼地方可以確保她的安全嗎？」

「相信我，我會找到安全的地方。」葛萊瑟在駕駛座車門邊停下來，回頭看著屋子。「你知道嗎？那捲錄影帶改變了所有情勢。而且，我們可以讓盧卡斯變成污點證人，他現在別無選擇，只能和我們合作。所以你看，責任不會都落在蜜拉身上。她很重要，但不會是我們僅有的武器。」

「就算是這樣，這一切足以讓卡爾頓・偉恩下台嗎？」

「狄恩探員，法律之前，人人平等。」葛萊瑟看著嘉柏瑞，目光堅毅。「沒有人可以凌駕於法律之上。」葛萊瑟坐進駕駛座。

「等一下。」嘉柏瑞喊道。「我需要和這個女孩說句話。」

「我們必須離開了。」

「只要一分鐘就好。」嘉柏瑞繞到駕駛座旁的乘客座位，打開車門，仔細看著蜜拉。蜜拉緊緊抱著自己，退縮在椅子上，彷彿很害怕嘉柏瑞注視的眼光。嘉柏瑞心裡想：她只是個孩子，卻比我們所有人都堅強，只要有一絲機會，她就會想盡辦法存活下來。

「蜜拉。」嘉柏瑞溫和地開口道。

蜜拉回視的眼神中沒有信任，也許，她再也不會相信任何男人。她又為什麼要相信男人呢？畢竟她已經見過最糟糕的男性範例。

「我想要謝謝妳。」嘉柏瑞說：「謝謝妳救回我的家人。」

一抹微笑稍縱即逝，這比嘉柏瑞預期的反應還要好。

嘉柏瑞關上車門，對葛萊瑟點點頭。「把他拉下台。」嘉柏瑞喊道。

「國家付我薪水就是要我做好這件事。」葛萊瑟笑著說道，然後開車離去，後面有波士頓警局的警車護送。

嘉柏瑞爬上階梯，進到屋子裡。他看見巴瑞．佛斯特正在和巴桑提協商，而聯邦調查局的證據回應小組成員將盧卡斯的電腦和幾箱資料搬出去。現在，這個案子很清楚是屬於聯邦級的犯罪行為，波士頓警局會將調查權讓給聯邦調查局。嘉柏瑞心想：即便如此，調查局能辦到什麼程度呢？後來，巴桑提望向嘉柏瑞，在他眼中，嘉柏瑞也看到如同葛萊瑟一般的堅毅眼神。同時，嘉柏瑞注意到巴桑提的手上緊緊抓住那捲錄影帶，巴桑提像是守護著聖杯似的保護著那捲帶子。

「珍在哪裡？」嘉柏瑞詢問佛斯特。

「她在廚房，寶寶肚子餓了。」

嘉柏瑞看見太太背對著廚房門口坐著，所以珍沒看見他進來。嘉柏瑞站在她身後，看著她將蕾吉娜擁在胸前，嘴裡哼著不成調的曲子。嘉柏瑞臉上帶著微笑想著：珍一向五音不全。而蕾吉娜似乎一點也不在乎，安靜地躺在母親充滿自信的臂彎裡。嘉柏瑞心想：在一個家庭裡，很多事情需要花時間去學習，而「愛」是自然而然的就會發生的。

嘉柏瑞把手放在珍的肩膀上，彎下腰去親吻她的頭髮。珍抬頭看他，眼光閃亮。

「我們回家吧。」珍說道。

38

蜜拉

那位女士一直對我很好，我們搭的車子上路之後，她拉住我的手捏了捏。和她在一起，我覺得很安全，雖然我知道她不會永遠在我身邊握著我的手。還有很多女孩需要她關心，還有很多女孩迷失在這個國家的黑暗角落裡。但現在，她和我在一起。她是我的守護者，我靠在她身上，希望她可以伸手抱住我。但是她的注意力不在我身上，她的目光注視著車外的那片沙漠。她的一根髮絲落在我的袖子上，像一條銀絲線閃閃發亮。我撿起頭髮，收在口袋裡。這也許就是我們終將分別時，我唯一能擁有的紀念品。

車子停了下來。

「蜜拉。」她輕輕推了我一下，說：「快到了嗎？這一帶看起來眼熟嗎？」

我從她的肩膀上抬起頭來，看向窗外。車子停在一道乾涸的河床邊，那裡的樹木長得矮小、焦黃。再過去，是一片褐色的丘陵，上面有許多大石頭。「我不知道。」我告訴她。

「這裡看起來像嗎？」

「像，但是……」我繼續望著車外，強迫自己去回想曾經努力要遺忘的事情。

前座有一個男人回過頭來看我們。「那裡就是發現小徑的地方，在河床的另一邊。」他說：「上個星期，警察抓到一群女孩從這裡進來。也許蜜拉應該下車看看，有沒有什麼認得出來的東西。」

「來吧，蜜拉。」那位女士打開車門下車，但我沒有動，她把手伸進車裡。「這是唯一的辦法。」她輕柔地說：「妳必須幫助我們找到那個地方。」她伸出手來，我不甚情願地牽住她的手。

其中一個男人帶著我們穿過叢叢矮樹，走上一條窄路，進入乾涸的河床。在那裡，男人停下腳步，看著我。那位女士也看著我，等待我的反應。我注視著河堤，有一隻舊鞋在高溫下乾裂。一段回憶閃過我的腦袋，然後我想起一些事情。我轉身看著對岸的河堤，上面散佈著塑膠水瓶，然後我看見一塊藍色的防水布懸在一根樹枝上。

又想起另一段回憶。

這就是那個男人打我的地方，安雅就站在這裡，前端開口的鞋子裡，雙腳流著血。

我沒說一句話，就轉身爬上河堤。我的心跳加速，恐懼緊鎖著我的喉嚨。但我現在別無選擇，我看到安雅的鬼魂飄在我眼前，像一縷被風吹走的髮絲，哀傷地回眸看著我。

「蜜拉？」那位女士叫著。

我繼續前進，努力越過矮樹叢，直到我踏上黃土路面。這裡，我想就是這裡，廂型車就是停在這裡，那群男人就在這裡等我們。回憶的畫面加速閃過，像是惡夢中的片段。我們脫衣服的時候，那群男人斜眼盯著我們瞧。有個女孩被推到車身上的時候，大聲尖叫。還有安雅。我看到安雅一動也不動地躺在地上，剛剛強暴過她的那個男人正在拉上褲子的拉鍊。

安雅像一隻剛出生的小牛一樣，搖搖晃晃地站起身子。那麼地蒼白，那麼地瘦弱，彷彿薄得像一片影子。

我跟著她，跟著安雅的鬼魂。沙漠上佈滿尖銳的石頭，土壤中穿出帶刺的草枝，而安雅就跑過這些荊棘，雙腳鮮血淋漓，哭泣著朝她以爲的自由奔去。

「蜜拉？」

我聽見安雅驚慌的喘息聲，看見她肩膀上散落的金髮。空曠的沙漠延伸在她的面前，如果她跑得夠快、夠遠……

槍聲響起。

我看見安雅向前仆倒，吐出最後幾口氣，鮮血流在溫熱的沙地上。然而，安雅還是跪起身子，爬過帶刺的草枝，爬過碎玻璃般銳利的石頭。

第二聲槍聲響起。

安雅倒地，雪白的肌膚映著黃褐的沙地。這裡是她倒下的地方嗎？還是在那一邊？我現在在繞圈圈，發狂地想找到那個地點。*妳在哪裡？安雅，妳在哪裡？*

「蜜拉，跟我們說話。」

我突然停了下來，眼睛盯著地上。那位女士在跟我說話，但我幾乎聽不見她的聲音。我只能直勾勾地看著我腳邊的東西。

那位女士溫柔地說：「我們離開這裡，蜜拉，不要看。」

但我無法移動，僵在那裡看著同行的兩個男人蹲下去。其中一人戴上手套，撥開沙土，露出只剩一層皮的肋骨，以及褐色的頭顱。

「是一名女性。」他說。

好一段時間沒有人說話，一陣熱風捲起沙塵，我眨眨眼睛避開。等我再睜開眼睛的時候，沙子上露出更多安雅的身體部位，包括彎曲的髖關節及褐色的大腿骨。這片沙漠決定不再掩蓋住安雅，讓她重回地面。

消失的人有時候會回到我們身邊。

「來，蜜拉，我們走吧。」

我抬眼望向那位女士，她站得相當挺直，無懈可擊，銀色的頭髮閃耀得像是戰士的頭盔。她伸臂環抱著我，我們一起走回車上。

「是時候了，蜜拉。」那位女士平靜地說：「告訴我們所有的經過。」

我們坐在一張桌子前面，在一個沒有窗戶的房間裡面。我低頭看著她面前的一疊紙張，紙張完全空白，等著她手上的筆去填滿，等著我一直害怕說出的每一句話。

「我已經告訴過妳所有的事情。」

「我不這麼認爲。」

「妳問的每一個問題，我都回答了。」

「沒錯，妳幫了我們很大的忙，妳給了我們需要的資料。卡爾頓・偉恩即將入獄，爲他的所作所爲付出代價。現在，全世界都知道他的惡行，這一點我們非常感謝妳。」

「我不知道妳還想從我這裡得到什麼。」

「我想知道鎖在這裡面的東西。」她把手伸過桌子，碰觸我的心臟部位。「我想知道那些妳害怕告訴我的事情，那會幫助我了解壞人的操作手法，幫助我對抗那些壞人，也可以幫助我去救更多像妳一樣的女孩。妳必須這麼做，蜜拉。」

我眨掉眼眶裡的淚水。「不然的話，妳就會把我遣送回去。」

「不會的，不會的。」她傾身向前，目光灼灼。「只要妳願意的話，這裡就是妳的家，妳不會被驅逐出境，我保證。」

「即使……」我停住口。我無法再直視她的目光，我自慚形穢，低頭看著桌子。

「發生在妳身上的事情並不是妳的錯，那些男人對妳做的事情、那些男人逼妳做的事情，都不是妳自願的。那些事情傷害了妳的身體，但不會污衊妳的靈魂。蜜拉，妳的靈魂仍然是純淨的。」

我沒有辦法看她的眼睛，只能繼續低著頭，看著自己的眼淚滴在桌上，感覺像是我的心在滴血。每一滴眼淚都像是我身體的一部分，一點一滴流逝。

「妳為什麼不敢看著我？」她溫和地問我。

「我覺得很丟臉。」我低聲說道。「妳希望我告訴妳的每一件事都……」

「如果我不在這個房間裡看著妳，會有幫助嗎？」

我還是沒看她。

她嘆了一口氣。「好吧，蜜拉，我決定這樣做。」她把一台錄音機放在桌上。「我會打開錄音機，然後離開這個房間。然後，妳就可以說出任何妳想說的事情，任何妳記得的事情。如果用俄語來說比較容易的話，也沒關係。任何想法，任何回憶，任何發生在妳身上的事情。妳不是在對誰說話，只是對著一台機器說，機器不會傷害妳的。」

她站起來，按下錄音鍵，然後走出房間。

我瞪著錄音機上的紅色亮光，錄音帶慢慢地轉動，等著我開口說話，等著錄下我的傷痛。我深呼吸一口氣，閉上眼睛，然後，我開始說。

我叫做蜜拉，以下是我的旅程。

Storytella 13

漂離的伊甸

Vanish

漂離的伊甸 / 泰絲.格里森作；莊瑩珍譯. -- 二版. -- 臺北市：
春天出版國際, 2019.08
面； 公分. -- (Storytella ; 13)
譯自：Vanish
ISBN 978-957-741-226-3(平裝)

874.57　　108012194

ISBN 978-957-741-226-3
Printed in Taiwan

作　者　泰絲・格里森
譯　者　莊瑩珍
總編輯　莊宜勳
主　編　鍾靈

出版者　春天出版國際文化有限公司
地　址　台北市大安區忠孝東路4段303號4樓之1
電　話　02-7733-4070
傳　眞　02-7733-4069
E－mail　frank.spring@msa.hinet.net
網　址　http://www.bookspring.com.tw
部落格　http://blog.pixnet.net/bookspring
郵政帳號　19705538
戶　名　春天出版國際文化有限公司
法律顧問　蕭顯忠律師事務所
出版日期　二〇一九年八月二版
　　　　　二〇二一年五月二版九刷

定　價　380元

總經銷　楨德圖書事業有限公司
地　址　新北市新店區中興路二段196號8樓
電　話　02-8919-3186
傳　眞　02-8914-5524
香港總代理　一代匯集
地　址　九龍旺角塘尾道64號 龍駒企業大廈10 B&D室
電　話　852-2783-8102
傳　眞　852-2396-0050